...weil es

MORD

war !

**Kriminalroman von
Ruolf G.Siering**

Alle Rechte beim Autor
Herstellung: Books on Demand GmbH
ISBN 3-8311-2502-3

Ich habe versucht, die Regeln der Neuen Deutschen Recht=
schreibung anzuwenden, und mit viel Mühe habe ich es
wahrscheinlich geschafft.
Frisör und Telefon ist uns inzwischen in dieser Form
geläufig, beziehungsweise durch Hair-Styler und Handy
längst überholt. Ansonsten bin ich bei der alten Schreibweise
von Fremdwörtern geblieben.
Die neue Interpunktion verwirrt manchen Satz. Deshalb habe
ich auch dabei die konservative Schreibweise gewählt.

Ich bedanke mich bei Birgit Leibner. Sie fand die Fehler, die
ich übersah. Dir restlichen werden die Leser finden.

Dank auch an Sylvia Weiß, die mich davor bewahrte,
erklären zu müssen, was keine Klarinette ist. Ihr Rat war gut,
und ich habe ihn befolgt.

RGS

Der Mann stand in der Mitte der geteerten Straße, die durch ein Stück verwahrlostem Wald führte. Er sah dem Bus hinterher, aus dem er gerade ausgestiegen war, und dessen orangefarbenen Lichter langsam in der Dunkelheit verschwanden. Erst als sie nicht mehr zu sehen waren, wandte der Mann sich nach links und stapfte auf einem kaum erkennbaren Trampelpfad den leichten Hang durch den Wald nach oben. Er schien sich auszukennen. Trotz der Dunkelheit ging er zielstrebig, nicht eilig, mit leichten Schritten den Weg bergan. Die neblige, feuchte Kälte schien ihm nichts auszumachen, und wenn sich Klumpen des wenigen nassen Schnees unter seinen Sohlen zusammenballten, schlug er die Füße gegeneinander und ging unbeirrt weiter.

Er hatte eine schwarze Wollmütze weit über seine Ohren gezogen, sodass die Vorderkante der Mütze an den oberen Rand der unmodischen Brille mit den großen Gläsern und dem schweren, schwarzen Horngestell, stieß. Strähnige lange Haare hingen über den Kragen des grauen Anoraks. Ein zotteliger brauner Schnauzer verdeckte fast den Mund. In der Hand trug er eine braune rechteckige Segeltuchtasche mit umlaufendem Reißverschluss, wie sie manchmal Musiker benutzen, um ihre Instrumente zu transportieren. Der Mann hielt sein Handgelenk dicht an die Augen, kippte das obere Ende seines Handschuhs um und sah auf die Uhr. *Kurz nach sieben, die richtige Zeit.* Seine Augen hatten sich inzwischen an die Dunkelheit gewöhnt und als er von Weitem die Lichter des Hauses sah, verlangsamte er seine Schritte. Er blieb stehen, sah sich suchend um und ging zu einer Tanne mit herunterhängenden Ästen. Vorsichtig setzte er die Tasche ab, zog den Reißverschluss auf, nahm einige Teile heraus und steckte sie zusammen. Erst als er mit einem Schlag des Handballens das Magazin einklicken ließ, erkannte man, dass es sich nicht um eine Klarinette handelte.

Mit dem Fuß schob er achtlos die leere Tasche unter die Zweige des Baumes. Ruhig ging er auf das Haus zu. Mit dem linken Arm griff er über den Zaun und löste die Sperre der kleinen Tür neben der Einfahrt. Die Auffahrt zog sich in leichtem Bogen auf das Haus zu, lief an der Eingangstür vorbei und endete am Tor einer Garage. Die drei Fenster links neben der Eingangstür waren hell er leuchtet. Als der Mann näher kam, schaltete sich automatisch das Licht über der Tür an. Ohne jede Vorsicht ging er dicht heran und drückte den Klingelknopf. Statt einer Klingel hörte man einen melodischen Gong. In der abendlichen Stille klang von irgendwo her das krächzen eines Raubvogels.

1

Im Inneren des Hauses klapperten die Türen. Ruhig trat der Mann zwei, drei Schritte zurück. Hinter der Ornamentglasscheibe konnte man die Umrisse eines Menschen erkennen.

„Da hat es aber jemand eilig. Zwanzig Uhr war ausgemacht." Die Worte klangen scherzhaft.

Erst als der Besucher die Stimme erkannte, zog er den Drücker der Maschinenpistole durch. Der Hebel stand auf Dauerfeuer. Glas splitterte in großen Stücken klirrend auf die Steintreppe. Holz zerfetzte, Putz bröckelte staubig. Der Mann, der gerade noch ein Schatten hinter einer, von innen erleuchteten, transparenten Glaswand war, stand für eine Sekunde mit erstaunten Augen im leeren Türrahmen, deutlich im Licht der Außenlampe zu erkennen. Sein Gesicht war nicht schmerzverzerrt, und er fiel nicht langsam, mit effektvollen Bewegungen um, wie in jedem Fernsehkrimi. Er kippte einfach nach hinten, als habe ihm jemand die Beine weggezogen. Man hörte ein knirschendes Krachen, als sein Kopf auf die Steinfliesen der Diele knallte.

Der Schütze zeigte keinerlei Erregung, auch nicht, als im Haus Frauenstimmen zu kreischen begannen. Ohne Hast ging er auf das Haus zu, lehnte die MP ordentlich neben die zerschossene Haustür, ging ruhig an der Hauswand entlang und verschwand in die entgegengesetzte Richtung aus der er gekommen war. Zur Bundesstraße waren es etwa drei Minuten zu laufen.

* * *

Der seriös wirkende ältere Herr im hellen Kamelhaarmantel, ohne Hut, mit schwarzem, fast blau schimmerndem Haar, welches an den Schläfen fast weiß war, hieß Herbert Marten Dirk van Renesse van Duivenbode. In der Hand hielt er eine braune Papiertüte. Mit dem Zeigefinger drückte er den goldfarbenen Klingeknopf der Villa, vor deren Tür er stand. Das Haus war sehr groß, wirkte aber nicht protzig. Man sah ihm an, dass es von einem Bauhaus-Architekten gebaut worden war.

Mit dem jetzigen Besitzer des Hauses war Renesse während des zweiten Weltkrieges in dieser Stadt in die Schule gegangen. Er hatte ihn nicht mehr gesehen, seit er 1947 nach Kanada ausgewandert war. Er sah auf seine Uhr. *Fünf Minuten vor der Zeit. Na ja, Jo wird wohl fertig sein*, dachte er. Noch gestern hatte er ihn vom Leipziger Flughafen aus angerufen und dieses Treffen heute vereinbart.

2

Im Inneren des Hauses waren jetzt Schritte zu hören. Mit einem schleifenden Geräusch wurde ein Riegel zurückgezogen und die Tür öffnete sich. Ein ebenfalls älterer Herr mit dünnem, blonden Haar, das feucht aussah, stand in einem knallroten Bademantel in der Tür und breitete die Arme aus.

„Mensch Herbert! Ich hätte nie geglaubt, dich noch mal wieder zu sehen."

Renesse lächelte. „Nenne mich bitte Marten. Den Herbert habe ich abgelegt, das war mir zu deutsch. Aber du bist noch im Bademantel. Bin ich zu früh?"

„Nimm es nicht tragisch, Marten. Ich habe in der Wanne getrödelt. In drei Minuten bin ich fertig. Leg ab."

Jo Anders nahm ihm den Mantel ab und hängte ihn sorgsam über einen Bügel. Den Fön, den er noch in der Hand hielt, legte er daneben auf ein kleines Schränkchen. Die noch feuchten Haare strich er mit den Händen glatt. Seinen Gast schob er in ein riesengroßes Wohnzimmer.

„Such dir einen Platz. Drinks findest du in der Glasvitrine, meiner Hausbar. Ich bin sofort wieder da." Damit verschwand er in Richtung Bad.

Marten sah sich um. Das Zimmer war geschmackvoll eingerichtet und in hellen Farben gehalten. Einen Großteil des Raumes nahm eine grüne Ledergarnitur ein, mit einer langen Couch und ein paar tiefen, weichen Sesseln. In der Ecke stand neben einer guten Stereo-Anlage eine Elektronenorgel. Er erinnerte sich an die Wohnung von Jo's Eltern, wo er oft zu Gast war. Jo's Vater hatte einige renommierte Gaststätten in der Stadt und im Umland besessen. Obwohl genügend Geld vorhanden war, schien dessen Geschmack ziemlich spießig. Nun, im Gegensatz zu seiner eigenen Familie, besonders seinem Großvater, hatte sich Jo's Vater aus kleinen Verhältnissen hocharbeiten müssen. Er musste viel schuften und hatte wohl wenig Zeit, seinen Geschmack zu bilden.

Renesse erinnerte sich an die gemeinsame Schulzeit. Dass er die hier verbracht hatte war nur einem Zufall zuzuschreiben. Sein Großvater war ein bekannter Industrieller in dieser Stadt. Er besaß hier in der dritten Generation eine Maschinenfabrik und einige Grundstücke in guter Lage. Martens Mutter lernte auf einer Urlaubsreise John van Renesse van Duivenbode kennen und heiratete ihn. Er war auf Celebes geboren und besaß dort große Ländereien. Celebes gehörte damals zu Holländisch-Indien. Heute heißt die Insel Sulawesi. Er, Marten, war dort als ältestes von drei Kindern geboren. Die

3

ersten beiden Jahre erhielt er Unterricht von einem Privatlehrer. Im Sommer 1939 fuhr seine Mutter mit den Kindern auf einen Urlaub nach Hause, damit die ihren Großvater kennen lernten. Gerade zu dieser Zeit verheerte auf Celebes ein gewaltiges Erdbeben den gesamten Besitz der Familie van Renesse. Martens Vater wurde vermisst. Dazu kam dann noch der Ausbruch des zweiten Weltkrieges im September 1939 und eine Schiffsreise würde gefährlich werden. So kam es, dass die Familie hier blieb und Marten in dieser Stadt in die Schule kam, und wahrscheinlich der einzige Pimpf mit milchkaffeebrauner Hautfarbe wurde. Heute hört sich das so einfach an, aber damals war es schon kurios.

Nach dem Krieg konnte er dann mit seinem holländischen Pass ohne große Probleme nach Kanada auswandern und so dem Nachkriegselend in Deutschland entfliehen. Heute ist er auf dem gesamten amerikanischen Kontinent als Produzent von Häusern, dazu passenden Möbeln und allem was aus Holz ist, bekannt. Seine Produkte stehen in jeder Ecke Kanadas und der USA. Das wusste Jo allerdings noch nicht.

Es dauerte tatsächlich nur ein paar Minuten bis Jo, der eigentlich Josef hieß, zurückkam. Er hatte über sein weißes Hemd einen gelben Gentscher-Pullunder gezogen und eine geschmackvolle Krawatte ausgesucht. Marten hatte in einem der bequemen Sessel Platz gefunden. Auf dem niedrigen Tisch mit der dicken Glasplatte stand ein halb gefülltes Glas. Jo setzte sich ihm gegenüber.

„Sehr gut, Marten. Du hast dir meinen Whisky ausgesucht."

Marten verzog den Mund. „Entschuldige Jo. Nicht sehr gut. Von Whisky hast du keine Ahnung."

„Du hast recht. Davon habe ich wirklich nicht viel Ahnung. Ich kaufe ihn nur für meine Gäste. Der Verkäufer hat aber das Zeug über den grünen Klee gelobt, und ich habe ihm natürlich geglaubt. Ich selbst trinke fast nur Rotwein, einen alten, trockenen Rotwein. Mein Arzt meint: In zu großen Mengen. Magst du probieren?"

Jo sah Marten fragend an. Der zog eine Flasche aus der mitgebrachten braunen Papiertüte und hielt sie Jo unter die Nase. „Probiere den, und du wirst Whisky nie wieder *Zeug* nennen. Es ist ein Jack Daniels, allerdings nicht alt genug. Es ist nicht das Beste, aber gut. In der Eile war nichts besseres zu bekommen. Wenn du mal sehr guten Whisky trinken willst, musst du mich zu Hause besuchen. Dann trinken wir uns durch

4

meinen Keller. Anschließend wirst du aus Begeisterung die amerikanische Staatsbürgerschaft beantragen."

Er schob das angetrunkene Glas aus Jo`s Flasche beiseite, nahm zwei neue Gläser aus dem Schrank und goss aus seiner Flasche ein. „Three cheers auf unsere Schulzeit."

Jo wollte aufstehen. „Moment, ich hole Eis und...", aber Marten zog ein entsetztes Gesicht. „Bist du crazy? Kein Eis, kein Wasser! Ein guter Trinker nimmt Whisky leicht gekühlt, aber pur und immer einen guten Schluck. Verwässerst du etwa deinen alten Rotwein? Na also."

Sie tranken die Gläser aus und Jo nickte anerkennend mit dem Kopf. Marten goss noch mal nach. „Well wir nehmen noch einen und dann kommen wir auf deinen Roten zurück, wenn es nicht auch so ein Fusel ist, wie das *Zeug* hier." Er deutete auf Jo`s Flasche.

Jo stand auf, nahm aus einer Schublade ein großes Schlüsselbund. An der Tür drehte er sich noch mal um. „Lass dich überraschen, Marten." Er hob die Schlüssel hoch. „Mein Weinkeller ist verrammelt wie ein Tresor der Deutschen Bank. Ich hol jetzt eine Flasche."

„Hol zwei oder drei!"

Marten widersprach. „Ich geh lieber noch mal. Im Keller habe ich konstante Temperatur. Wenn eine Flasche zu lange hier steht, verliert sie ihr Couveé."

Marten lachte. „Wir lassen ihr keine Zeit dazu. You can be sure, mein Freund."

* * *

Hauptkommissar Harry Heller stand gerade vor dem Spiegel im Bad und kratzte sich den Rasierschaum vom Kinn, als das Telefon klingelte. Es war noch ein altes Modell mit einer Wählerscheibe und einer schrecklich schrillen Klingel. Heller war nackt bis auf die verwaschenen Boxershorts, die um seine dünnen Beine baumelten. Der Bauch hing leicht über den Gummizug der Hose. Eigentlich dick war er nicht, da er aber ziemlich kurz geraten war, stimmten die Proportionen nicht.

Das Telefon klingelte immer noch, aber er nahm erst beim fünften oder sechsten Klingeln den Hörer ab, nachdem er sich den Rest Rasierschaum aus dem Gesicht gewischt hatte. „Hier ist der automatische Anrufbeantworter von..."

Aus dem Hörer bellte eine gereizte Stimme. „Hör auf mit dem Scheiß! Du hast überhaupt keinen Anrufbeantworter."

„Ach Markert, du bist es. Machs kurz, ich hab keine Zeit. Ich will noch ein bisschen um die Häuser, und um zehn bin ich mit Freunden zum Skat verabredet. Im Gambrinus."

„Kannst du dir abschminken. Hier wurde gerade ein Mann zersiebt. Alle sind schon da. Die Techniker, der Arzt, die Ambulanz und sogar die Leute mit den Zinkwannen. Nur du fehlst noch. Alle warten nur auf dich."

Heller war empört. „Ich habe frei heute!"

„Hattest du, Heller. Machs kurz habe ich gesagt. Ich schick dir den Niederrmeyer vorbei." Und Markert legte auf.

„Arschloch!"

Heller ließ sich trotzdem nicht aus der Ruhe bringen. Er maulte vor sich hin. *Ich bin nicht der Notarzt. Mein Patient hat Zeit. Der wird nicht töter.*

Die Kaffeemaschine fauchte und zischte. Er wartete bis der Filter ausgetropft war, nahm die Kanne von der Platte und goss sich eine Tasse ein. Milch und Zucker mochte er nicht. Im gleichen Moment klingelte die Türglocke. Er ging zur Sprechanlage. „Niedermeyer? Ich komme gerade aus der Badewanne" log er. „Es dauert noch eine Weile. Klar?"

Heller trank in Ruhe seinen Kaffee aus und ging dann gemächlich die zwei Stockwerke hinab zur Straße. Polizeimeister Roland Niedermeyer trommelte nervös mit seinen langen, knochigen Fingern auf dem Lenkrad. Er sah beleidigt aus, aber das lag nicht an seiner Gemütsverfassung. Niedermeyer sah immer beleidigt aus. Er hatte ein zu lange Unterlippe, die immer etwas herabhing, als schmolle er wegen irgend etwas. Ohne Heller zu grüßen schaltete er Sirene und Blaulicht ein und rauschte davon.

Heller fasste ihn erschrocken an die Schulter. „Halt! Ich muss noch mal zurück. Ich glaube, ich habe die Kaffeemaschine nicht aus geschaltet." Niedermeyer fuhr ohne abzubremsen weiter. Er sah Heller von der Seite an. „Macht nix. Die Maschine hat einen Überhitzungsschalter. Die schaltet sich von alleine aus. Markert macht uns zur Sau, wenn wir so trödeln."

Heller grinste. "Der hat mir überhaupt nichts zu sagen. Er ist nicht mein Vorgesetzter. Wir haben den gleichen Rang." Niedermeyer grinste zurück. „Ich aber nicht. Ich bin Polizeimeister" meinte er, deutete mit der

Hand auf seine Rangabzeichen und sah Heller von der Seite an.

„Menschenskind!", schrie der „Lass deine Augen auf der Straße. Ich will meine Pension noch erleben. Wo fahren wir eigentlich hin?"

Niedermeyer deutete nach vorn. „Wir sind gleich da. Zwei Kilometer hinter dem Stadtrand steht auf einer kleinen Waldlichtung eine kleine aber feine Villa. Da liegt der Tote."

Als der Streifenwagen rechts von der Straße in einen kleinen Waldweg einbog, sahen die beiden schon von Weitem das Licht der Scheinwerfer, welche die Kollegen von der Spurensicherung am Tatort aufgestellt hatten.

* * *

Während Heller über die rot-weiße Absperrung stieg, lehnte sich Niedermeyer an seinen Wagen, zündete eine Zigarette an und machte sich auf eine lange Wartezeit gefasst. Er bemerkte den Mann nicht, der etwas abseits im Schutz der Bäume die Szene beobachtete. Es dauerte eine ganze Weile, ehe im Wagen das Telefon klingelte. Niedermeyer öffnete die Tür, lehne sich ins Auto und nahm den Hörer ab. Dann nickte er ein paar mal und ging ins Haus. Der Beobachter schien froh zu sein, dass niemand mehr in seiner Nähe war. Jetzt konnte er endlich ein bisschen mit den eiskalten Füßen auf den Boden stampfen, ohne dass es jemand hörte.

Später kam der Polizist wieder aus dem Haus. Mit ihm kamen zwei Frauen. Eine der beiden hatte den Mantel nur lose über die Schulter geworfen. Die Hände hatte sie vor dem Bauch gefaltet, und man konnte sehen, dass sie ein festliches Kleid trug. Ob sie die Hände in Handschellen hatte, konnte man von hier aus nicht ausmachen. Niedermeyer schob die beiden Frauen ins Auto und fuhr ohne Signal den Waldweg hoch. Der Beobachter eilte schnell zu seinem alten Opel, den er ein wenig weiter hinten auf einem holprigen Waldweg abgestellt hatte. Hastig stieg er ein und folgte dem Polizeiwagen ohne das Licht einzuschalten auf die Bundesstraße. Jetzt blendete er die Scheinwerfer auf und fuhr dem anderen Auto in einiger Entfernung hinterher.

* * *

Na endlich. Da bist du ja." Hauptkommissar Markert hatte seinen

7

Kollegen in sichtlich gereizter Stimmung empfangen. Heller war es gewohnt und nahm es nicht weiter zur Kenntnis. Markert befürchtete immer, etwas falsch zu machen oder etwas zu vergessen. Deshalb verbreitete er ständig Hektik um sich herum. Für seinen Rang war er beachtlich jung, gerade mal vierunddreißig. Man sah ihm an, dass er sportlich und aktiv war. Er hielt immer Ordnung in seinem Leben, wie auch in seinem Beruf. Er war erfolgreich. Sein Arbeitsstil war Heller zu bürokratisch. Im Interesse seiner Karriere und wohl auch charakterlich hielt er alle, auch die dümmsten Vorschriften stets gewissenhaft ein. Meist trug er zur Lösung eines Falles genauso viel bei wie Heller, aber mit unendlich mehr Aufwand als Heller. Heller hatte kaum noch Interesse an einer Karriere. Er wollte möglichst ruhig die letzten Jahre vor seiner Pension hinter sich bringen. Das hieß jedoch nicht, dass er gleichgültig war. Im Gegenteil! Während er oft uninteressiert schien, bemerkte er die kleinste Schwankung der Stimme seines Gegenübers. Markert dagegen war immer angespannt und misstrauisch. Er hatte nicht das Geschick sich in andere Menschen hinein zu versetzen und auf andere einzugehen. Markert war der Mann der Protokolle und der Ordnung. Nicht nur die Berichte für die Vorgesetzten waren immer korrekt und rechtzeitig fertig. Er protokollierte auch die unwichtigsten Vorgänge für sich selbst. Die Regale in ihrem gemeinsamen Büro waren von oben bis unten vollgestellt mir Ordnern, alle genau und sauber beschriftet.

Heller dagegen hatte in allen Taschen seines Anzugs zerknitterte Zettelchen mit Notizen, die er ständig suchte, aber nie fand. Trotzdem wusste er genau so viel Fakten wie sie Markert schrieb und neuerdings im Computer speicherte. So ergänzten die beiden sich perfekt in ihrer Arbeit. Jeder hatte Achtung vor dem anderen, aber keiner gab es zu.

Heller trat an die Leiche heran und hob die Decke an, die darüber gebreitet war. „Großer Gott! Wie sieht denn der aus. Wer ist das?"

„Das ist der Besitzer dieser Villa. Ludwig Langendörfer."

„*Der* Langendörfer?"

„*Der* Langendörfer!"

Langendörfer war ein bekannte Persönlichkeit in dieser Stadt. Gleich nach dem Fall der Mauer war er als *Mann der ersten Stunde*, wie es die Presse enthusiastisch nannte, von Frankfurt am Main hierher gekommen, hatte sich in der Lokalpolitik hervorgetan und war schnell zum Baubürgermeister gewählt worden. Außerdem hatte er in der Innenstadt zwei

8

Läden für Antiquitäten eröffnet, die anscheinend gut florierten.

Seine Frau betrieb ein mittelständiges Bauunternehmen, das im Gegensatz zu der Flaute im Baugewerbe immer gut ausgelastet war. Dass sie viel städtische Aufträge bekam, übersah man gerne, brachte es doch Arbeitsplätze und Steuern für die Stadt. Wie gemunkelt wurde, betätigte sie sich auch als Immobilienmaklerin., und sie sei nur Strohmann für Langendörfer. Beweisen konnte das jedoch keiner, und anscheinend wollte es auch niemand.

„Wie ist das passiert?"

„Einer kam, klingelte höflich und hat ihn ohne Kommentar umgepustet. Kalaschnikow. Älteres russisches Armeemodell, ungebraucht."

Heller wurde ärgerlich. „Woher willst du jetzt schon wissen, dass es eine Kalaschnikow war, ungebraucht? Russisches Armeemodell? Es kann irgend eine MP gewesen sein. Habt Ihr schon nach der Waffe gesucht?"

„Nein."

„Woher also?"

„Weil wir nicht suchen mussten. Sie stand ordentlich angelehnt an der Wand neben der Haustür."

In diesem Moment trat ein Mann von der KTU zu ihnen. Er trug die Waffe in einem Plastikbeutel unter dem Arm. „Soweit hier vor Ort feststellbar keine Fingerabdrücke. Die MP wurde erst vor kurzem aus dem Ölpapier gewickelt. Das Modell kenne ich gut. Es wird seit fast zehn Jahren nicht mehr produziert. Genaueres kann ich euch im Präsidium sagen. Da habe ich Unterlagen."

„Danke Weber."

Weber packte die Waffe wieder in den Plastikbeutel und hielt einen anderen, kleineren hoch. „Neunundzwanzig Hülsen haben wir gefunden, aber nur siebenundzwanzig Geschosse. Zwei stecken vielleicht noch im Körper des Toten oder liegen hier irgendwo rum. Die Spitzen der Geschosse sind abgefeilt, deshalb die riesigen Ausschusslöcher:" Mit den beiden Tüten unter dem Arm ging er zu seinem Gerätewagen zurück.

Heller sah Markert fragend an. „Habt ihr schon die ungefähre Tatzeit?"

„Wir haben sie sogar genau. Da drinnen sitzen zwei Tatzeuginnen. Eine war so klug, sofort auf die Uhr zu sehen. Ich habe die Uhr gleich auf Genauigkeit überprüft. Es ist eine Funkuhr. Tatzeit genau 19.28 Uhr."

Eine hübsche junge Frau im weißen Overall kam näher. Markert reichte ihr die Hand. „Hallo Doktor." Sie streifte die Gummihandschuhe ab. „Die Tatzeit stimmt grob mit der Aussage der Zeugin überein. Oberflächlich konnte ich siebzehn Einschüsse lokalisieren. Ob das stimmt und welcher davon tödlich war kann ich..."

„...erst nach der Obduktion sagen." Die beiden Kommissare sprachen wie aus einem Mund und lachten dazu.

„Genau ihr Affen! Der Mann sieht schlimm aus. Ähnliches habe ich erst einmal gesehen. Im vorigen Jahr. Da hat ein Mann seine Frau erdrosselt und hinterher mit dem Fuchsschwanz zersägt. Wie ein Fleischer."

Heller machte ein unschuldiges Gesicht. „Was wollen Sie, Mädchen, es ist doch schön, wenn ein Mann im Haushalt hilft."

Die Ärztin schüttelte den Kopf. „Sie sind total versaut, Heller. Ihre Witze sind makaber und ich kann nicht darüber lachen. Ich bin müde. Ich gehe jetzt nach Hause." Als sie ein paar Schritte entfernt war, blieb sie stehen und drehte sich um. „Und hören Sie auf, Heller, mich immer Mädchen zu nennen."

Während Heller ins Haus trat, den Toten hatte man bereits weggebracht, sah er sich in der Diele um. Die weißen Wände waren bis zur Decke mit Blut bespritzt. Ein kleines Schränkchen hatte der Tote beim Fallen umgerissen. Heller stellte es auf und fand darunter ein rot eingebundenes Notizbuch. Er steckte es unbemerkt in seine Tasche. Markert zeigte mit dem Finger auf eine weißlackierte Tür am Ende des Flures. „Hinten rechts."

Heller trat in einen Raum, in dem es steril von Chrom und Glas blitzte. Es sah aus wie in einem Chemielabor, war aber anscheinend eine der modernen Küchen, zu deren Benutzung man ein Elektronik-Studium braucht. An einem Tisch in der Ecke saßen zwei junge Frauen in kurzen Cocktailkleidern vor einer Kanne Kaffee. Während die eine mit ausdruckslosen Augen vor sich hinstarrte, sprang die andere auf und blaffte die beiden Polizisten an. „Was ist denn nun? Können wir endlich nach Hause gehen? Ich bin kaputt und mit meinen Nerven am Ende. Wir können..."

Markert hob abwehrend die Hände und unterbrach den Redeschwall. „Nicht so ruppig, meine Dame. Ich kann Sie verstehen, aber hier ist schließlich ein Mord geschehen und wir machen nur unseren Job. Sie sind Zeuginnen."

Die Frau fuchtelte wütend mit den Armen, holte tief Luft und fing

10

wieder an zu zetern. „Ja scheiß Job. Was kann ich dafür. Wir beide..."

Heller sah sie freundlich an. „Halt endlich die Klappe, Mädchen."

Sie schwieg tatsächlich verblüfft mit offenem Mund und setzte sich wieder auf ihren Stuhl.

„Was ist nun mit den beiden, Markert."

„Sie waren unmittelbare Zeugen des Mordes. Die eine," er blickte in sein Notizbuch, „Frau Jana Malinka hat jedoch nichts gesehen, nur die Schüsse gehört und traute sich aber nicht aus dem Zimmer. Die andere...Frau Maria Köpke, lief auf den Flur. Sie sah den Täter, wie er ruhig wegging und kann ihn recht gut beschreiben. Ich habe ihre Aussage schon kurz notiert. Ausführlich können wir das morgen machen. Aber jetzt pass auf: Es waren noch zwei andere Frauen hier. Die sind weggelaufen, als die Köpke die Polizei anrief.. Der Anruf ging 19.33 Uhr ein. Also die beiden sind fluchtartig weggelaufen. Die Namen und Adressen sind angeblich nicht bekannt."

Die Köpke sprang wieder von ihrem Stuhl auf. „Was heißt angeblich? Wir..."

„Ruhe verdammt!" Hellers Stimme blieb leise, aber sie hatte einen Unterton, der die Frau veranlasste, sich wieder auf ihren Stuhl zu setzen. „Am besten, wir rufen Niedermeyer. Er soll die beiden nach Hause fahren. Adressen und Namen haben wir doch?"

„Okey", entschied Markert, „Ihr kommt morgen Früh um neun ins Präsidium. 1.Stock, Zimmer 10, klar?"

Heller schaute auf seine Armbanduhr. „Ihr kommt um zehn." Und zu Markert meinte er: „Es ist gleich Mitternacht, und wir haben hier bestimmt noch eine Weile zu tun. Und schlafen will ich auch noch, wenigstens ein bisschen."

Bevor er die zwei Frauen entließ, forderte er sie noch mal auf, über die anderen zwei nachzudenken. „Die zwei Ausreißer. Vielleicht fällt Euch ja doch noch was ein. Die Namen und Adressen zum Beispiel. Zurückhaltung von Beweisen.....Na ja, ihr wisst schon."

Niedermeyer brachte die Frauen hinaus. Heller und Markert machten sich wieder an die Arbeit. Die Techniker hatten zwar schon alles untersucht, die Fingerabdrücke gesichert, Papiere geprüft, die offensichtlich herumlagen und in den Schubladen gewühlt. Sie hatten mehrere Kartons gefüllt mit Papieren hinausgeschafft. Eigentlich arbeiteten die Jungs immer ordentlich und mit Routine und gewissenhaft. Aber Heller bestand darauf, noch mal alles durchzusehen, und Markert mit seiner peniblen Art war sehr einverstanden. Sie gingen nochmals durch alle Zimmer, drehten hier etwas um und hoben dort etwas auf. Plötzlich fiel Heller ein: „Hat eigentlich schon jemand die Familie benachrichtigt?" Markert schüttelte ironisch den Kopf. „Was denkst du, Heller? Das wäre aber jetzt langsam Zeit, mein Lieber. Ich hatte unseren Polizeipsychologen angerufen und ihn herbestellt, weil diese Frau Malinka anscheinend einen Schock hatte und sich Frau Doktor Heidenreich um den Toten kümmern musste. Als es der Malinka besser ging, habe ich Doktor Mehnert gleich losgeschickt zur Ehefrau, Kinder hat er wohl keine, wenn ich recht informiert bin."

Heller lachte hämisch. „Da hast du dich aber fein aus der Affäre gezogen. Unser Mehnert wird sich riesig über seinen Auftrag gefreut haben." Markert lächelte Heller unschuldig an. „Die Freude hielt sich in Grenzen. Er wollte sich sogar davor drücken, aber er ist doch für so etwas zuständig. Oder etwa nicht.? Übrigens habe ich Niedermeyer beauftragt, mal in den Computer zu schauen, wenn er die beiden Nutten nach Hause gebracht hat. Vielleicht haben wir eine Akte über diesen Langendörfer."

„Wieso Nutten? Du kennst die Frauen doch gar nicht. Aber eine Akte über Langendörfer?" Heller schien das überaus komisch zu finden. „Das kann'ste vergessen. Solche Leute haben keine Akte bei uns, und wenn doch, dann hält sie der Alte unter Verschluss. Dich lässt er da bestimmt nicht ran und mich schon gar nicht. Das war doch ein bekannter Mann in der Lokalpolitik. Du glaubst doch nicht, dass man dich Flecken finden lässt auf einer prominenten weißen Weste. Das wird bei solchen Leuten intern geregelt. Ich versuch es gar nicht. Du weißt doch, dass du bei Hoffmann seit unserer Übernahme unten durch bist." Markert spielte auf den Tag an, an welchem sie als Beamte übernommen wurden.

„Sie wissen, meine Herren," hatte Hoffmann, der Polizeipräsident, gesagt, „Sie wissen, meine Herren, dass wir Sie laut Gesetz überprüfen mussten auf mögliche Stasi-Mitarbeit. Wir haben nichts Belastendes über die Anwesenden gefunden, was aber nicht heißt, dass es da nichts gibt. Schließlich standen sie im Dienst eines totalitären Staates. Wir übernehmen sie trotzdem, aber Ihnen ist schon klar, dass Sie eine Art Restrisiko sind. Das ist Ihnen wohl bewusst."

Heller hatte sich damals nicht zurückhalten können. Er war wütend über diese Arroganz. „Wir wissen das, Herr Polizeipräsident. Das ganze

Leben ist ein Restrisiko. Sogar im Westen. Sie haben sicher von Ihrem Kollegen gehört, der eine Bank überfallen hat ?" Seitdem stand Heller mit Hoffmann auf dem Kriegsfuß.

Inzwischen hatte es sich Heller in einem der großen Sessel bequem gemacht. Er blätterte in dem schmalen, rotgebundenem Heft, das er unter dem kleinen Schränkchen in der Diele gefunden hatte. „Was tust du da? Was ist das ?" Markert schielte ihm über die Schulter. „Das ist ein Notizbuch von Langendörfer. Da habe ich ein paar interessante Eintragungen gefunden. Zum gestrigen Tag steht hier: Nachm. Gambrinus, dann zwei Notizen für heute *Lief. 16h* Gambrinus und jetzt wird es geheimnisvoll. Ebenfalls zum heutigen Datum steht *20 h HD, RL, LF + 4D*, und für morgen *10 h VR*. Da müssen wir uns einmal Gedanken drüber machen, vielleicht hilft uns das."

Markert passte die Zurückhaltung des Notizbuches überhaupt nicht. Es war gegen die Vorschrift." „Warum hast du das Buch nicht der KTU mitgegeben ? Zur Registrierung und wegen der Fingerabdrücke ? Das war falsch !"

Heller hielt das Buch hoch. „Weil auf dem Einband LLL steht, in Golddruck, und weil es rot eingebunden ist. Wegen der Fingerabdrücke haben wir doch Handschuhe an. LLL heißt in diesem Fall, dass es Langendörfers Notizbuch ist. *Langendörfer liefert Lebensstil.* Das ist sein Werbeslogan. Und es ist rot eingebunden. Rot ist mein Tick. Wenn ich rot sehe klingelt es bei mir. Gefahr, Achtung, stop, oder sowas."

„Was soll das ?" Markert sah ihn ratlos an. „Mit den Kürzeln kannst du sowieso nichts anfangen, und wenn Langendörfer mit diesem Gambrinus dunkle Geschäfte gemacht hat, dann ist das doch sicher ein Deckname."

Jetzt musste Heller laut lachen. „Gambrinus ist kein Deckname. Gambrinus ist eine Kneipe. Das ist die Kneipe in der Stadt, wo du das beste Essen bekommst und ein gepflegtes Bier. Und das ist die Kneipe, wo ich heute Abend mit ein paar Stammgästen Skat spielen wollte.

Also: Langendörfer hatte anscheinend für heute eine Fete geplant. Er war demnach gestern Nachmittag im Gambrinus, hat Speisen und Getränke bestellt, die heute 16 Uhr angeliefert werden sollten. Für heute hatte er vier Damen bestellt 4D, und anscheinend drei Herren HD, RL + LF. Morgen Früh hatte er einen Termin mit VR um zehn Uhr. Zwei der Damen kennen wir schon, die anderen beiden werden wir finden. Das dürfte nicht so schwierig sein Die drei, nein vier Kürzel müssen wir irgendwie entziffern. Ich gehe gleich morgen Vormittag zu Max, das ist der Wirt vom Gambrinus. Vielleicht hat ihm Langendörfer was erzählt, oder einem der Gäste dort. Dann müssen wir nur noch herausfinden, wer noch von der Fete wusste. Langendörfer ist nur sporadisch in seinem Landhaus. Er hält sich meist in seiner Stadtwohnung auf. Der Täter muss also von der Feier gewusst haben."

Markert wurde nachdenklich. „Warum aber sind die eingeladenen nicht hier ? Das macht mich stutzig."

„Na hör mal", meinte Heller, „wenn du hier eingeladen wärst, wahrscheinlich zu einer Orgie, und du würdest den Zauber sehen, den wir hier veranstalten. Dann würdest du dein Auto vorsichtig wenden und dich heimlich davonschleichen, oder ?" Er klappte das Notizbuch zu. „Ich geh jetzt nach Hause. Hier können wir sowieso nichts mehr ausrichten." Markert versiegelte die Außentür des Häuschens und nahm Heller mit in die Stadt.

* * *

Etwa um die gleiche Zeit saßen Jo und Marten bei der dritten Flasche Rotwein, und auch die Whiskyflasche war halb leer. Aber bei keinem von beiden zeigte der Alkohol große Wirkung. Sie waren in die gemütliche Wohnküche umgezogen, denn beide hatten Hunger bekommen. Jo hatte zwei Pizzen in die Mikrowelle geschoben und einen knackigen Salat aus dem Kühlschrank genommen. Mit vollem Mund kauend wandte er sich an Marten. „Was ist denn nun der Grund dafür, dass du hier bist ? Geschäftlich oder einfach so, privat ?"

„Beides. Weißt du, ich hatte komischerweise niemals Heimweh in all diesen Jahren, aber jetzt wo Europa zusammengeht, zeichnet sich für mich etwas Interessantes ab. Geschäftlich meine ich. Natürlich hätte ich einen meiner Leute herschicken können, ich kann mich absolut auf sie verlassen. Doch nun hatte ich endlich mal eine gute Ausrede, diese Stadt einmal wieder zu sehen, in der ich immerhin einen Teil meine Jugend verbracht habe."

Jo nickte nachdenklich mit dem Kopf. „Ich verstehe das. Bei mir ist das ähnlich. Obwohl man mich hier achtundzwanzig Jahre eingesperrt hatte, habe ich nie die Welt vermisst. In die Ostländer durfte ich ja. Jetzt nachdem vor fast elf Jahren die Mauer fiel, wäre ich am liebsten ausgewandert. Ich wollte die Welt sehen. Einen ganzen Teil habe ich gesehen, aber ich freue mich immer wieder, wenn ich hierher zurückkomme. Es kribbelt aber wieder.

Trotz Allem. Manchmal bin ich Monate auf Tour. Aber zurück zu dir. Was sind das für Geschäfte, die du hier hast ? Oder ist das ein Geheimnis, worüber du nicht reden willst ?"

Marten schwieg eine ganze Weile. „Nein, beileibe nicht, nur ein bisschen unangenehm. Du kennst doch das Riesengelände mit der alten Fabrik, wo wir manchmal gespielt haben. Es gehörte meinem Großvater. Die Fabrik ist heute eine Ruine, aber das Gelände kann man schon nutzen. Nun, obwohl ich, zusammen mit meinen Geschwistern, der Erbe bin, gehört es nicht mir. Irgend ein, wie sagt ihr, *Wessi*, hat es von der Treuhand gekauft, zusammen mir mehreren Mietshäusern, die ebenfalls meinem Großvater gehörten. Die Eigentumsverhältnisse waren jedoch überhaupt nicht geklärt, denn in den sechziger Jahren wurde das alles von eurem Saat enteignet und ist jetzt nach dem Gesetz rückgabepflichtig. Ich will das alles wiederhaben. Da ist, wie ich herausgefunden habe, eine Kungelei gelaufen. Ich kann das beweisen. Aber ich werde dem Mann sicherlich Geld anbieten. Schließlich hat er ja die Miethäuser kostenaufwändig modernisiert. Natürlich könnte ich ihn verklagen, aber bei dem Tempo eurer Gerichte müsste ich jahrelang streiten, ich habe jedoch, wenigsten mit dem Fabrikgelände, einiges vor."

„Du willst dein Eigentum, das man dir weggenommen hat, wieder zurückkaufen?"

„Ich kann nicht warten. Ich habe schon zehn Jahre verpasst. Damals wollte ich mit all dem nichts zu tun haben. Aber jetzt, wenn die EU um die Ostländer erweitert wird, und dort scheint es ja jetzt schon ein bisschen besser zu laufen, dann wird doch ein neuer großer Markt entstehen. Und diesmal will ich dabei sein. Das Fabrikgelände ist günstig gelegen und riesengroß. Da werde ich ein neues Werk bauen."

Marten stand auf, ging in den Flur und kramte in den Innentaschen seines Mantels. Mit einem dicken Umschlag kam er in die Küche zurück. „Das will ich dir zeigen !" Er breitete mehrere Hochglanzfotos und einige Prospekte auf dem Tisch aus, nachdem Jo das Geschirr beiseite geräumt hatte." Das ist mein Fertigungsprogramm. Die Grundlage ist eine Holzhausreihe. Die sind alle aus den gleichen Segmenten gebaut, und du kannst, wie mit Lego-Steinen, fast alleine jedes Haus bauen, das du bauen willst. Das Prinzip ist ähnlich wie bei Euren Plattenbauten, nur ein bisschen bunter, eleganter, durchdachter, vielfältiger. Diese Häuser stehen bereits in allen Teilen Kanadas, der USA, und einige auch in Europa. Das ist jedoch

15

noch nicht alles. Ich liefere auf Wunsch die passgenauen Möbel aus Holz, und für den kleineren Geldbeutel auch aus Kunststoff oder Spanplatten mit Dekofolie. Das Haus, auch fertig eingerichtet, wenn du willst, kriegst du zum halben Preis als bei euch, und vor allem, es kann in zwei Wochen bezugsfertig sein. Dazu stelle ich über meine eigene Bank den persönlich zugeschnittenen Kredit zu günstigen Konditionen zur Verfügung. Damit alles läuft, habe ich morgen Vormittag um zehn den ersten Termin mit diesem Langendörfer. Das ist der Bursche, dem das alles jetzt gehört, wenn ich richtig informiert bin."

Jo machte ein ungläubiges Gesicht. „Langendörfer ? Der Stadtbaurat Langendörfer? Der Baubürgermeister ?"

„Ja, der macht irgend etwas in der Stadtverwaltung. Was genau, weiß ich nicht." Marten zuckte mit den Schultern.

„Langendörfer ist ein harter Brocken. Sieh dich vor Marten, der hat keine Skrupel."

Marten lächelte. „Harte Brocken sind meine Anwälte auch. Nicht zimperlich."

* * *

Obwohl es gestern spät geworden war, stand Markert bereits seit acht Uhr an der großen Tafel in seinem Büro. Mit großen, roten Buchstaben hatte er *Langendörfer* in die Mitte der Tafel geschrieben und dick unterstrichen. Von da aus liefen Linien zu verschiedenfarbigen Kreisen. Auf der rechten Seite gab es vier blaue Kreise. Zwei davon waren mit den Namen der beiden bekannten Zeuginnen beschriftet, die anderen zwei mit Fragezeichen. Vier weitere Kreise in gelb auf der linken Seite enthielten die Kürzel, beziehungsweise die wahrscheinlichen Initialen aus dem Notizbuch. Das VR war etwas abseits gesetzt. An dem oberen Rand der Tafel stand das Wort Gambrinus. Im Verlauf der Lösung des Falles würde die ganze Tafel mit farbigen Linien und Kreisen bedeckt sein, und nur Markert würde sich darin zurechtfinden.

Es war jetzt kurz vor zehn Uhr. Die Tür wurde geöffnet und Markert kam herein, behielt aber den Mantel an.

„Ich dachte, du wolltest gleich früh in deine Kneipe gehen und dich dort ein bisschen umhören und den einen oder anderen befragen."

„Ich bin schon weg. Bevor ich mich aber dort sehen lasse, wollte ich

16

mich hier schlau machen, ob es irgend etwas Neues gibt."

Markert schüttelte den Kopf. „Nein, aber vielleicht solltest du dir noch anhören, ob unseren beiden Damen noch etwas eingefallen ist. Es ist gleich zehn."

„Danke nein. Viel können die sowieso nicht wissen, aber bohre mal ein bisschen, ob ihnen bekannt ist, wer eingeladen war. Verrate aber nicht, dass uns die Initialen der Männer bekannt sind. Machs gut."

Er hatte die Tür bereits geschlossen, öffnete sie aber noch mal und steckte vorsichtig den Kopf herein. „Vergiss nicht, alles ordentlich aufzumalen."

Markert warf mit einem Stück Würfelzucker, das er gerade in der Hand hatte nach ihm, traf aber nur die bereits geschlossene Tür. „Hau bloß ab hier !", schrie er hinter ihm her.

Als Heller zum Ausgang lief, kamen ihm vier Frauen entgegen. Die beiden von gestern Abend und zwei andere, die verlegen den Kopf gesenkt hielten. Er strahlte sie an. „Nur Mut Mädels, nur Mut."

Doris Köpke warf den Kopf zurück und sah Heller mit einem wütenden Blick an. Die drei anderen schlichen ohne hoch zu sehen an ihm vorbei. Heller drehte nochmals den Kopf nach ihnen um. „Na also, es wird doch", grinste er.

Als die vier in Markerts Büro traten, stand er höflich auf, gab allen die Hand, und nahm ihnen die Mäntel ab. Hellers Motto *Höflichkeit ist aller Laster Anfang* gefiel ihm nicht. Er holte noch zwei Stühle an den Schreibtisch und bat die vier Frauen, Platz zu nehmen. „Ich sehe, meine Damen, Sie haben sich alles noch mal gut überlegt. Das ist fein." Er erklärte ihnen, dass es leider Vorschrift sei, sie alle einzeln zu befragen , aber es spreche nichts dagegen, vorher gemeinsam eine Tasse Kaffee zu trinken.

„Lassen Sie Ihr Gesülze, Herr Kommissar. Wir wollen das alles schnell hinter uns bringen und möglichst bald wieder hier raus." Die Köpke war wieder die Wortführerin

Man merkte Markert an, dass er beleidigt war. Eine der beiden hinzu gekommenen sah ihn unsicher ab. „Ich möchte gerne wissen, ob das unter uns bleibt, was wir hier erzählen."

Schulterzucken. „Ich kann Ihnen Vertraulichkeit zusichern soweit es unsere Ermittlungen betrifft, ich meine die Medien und so, aber ich muss Ihnen sagen, dass Sie natürlich öffentlich aussagen müssen, falls es zu einem

Strafverfahren kommt, und die Richter oder der Staatsanwalt dies für notwendig erachten. Das muss aber nicht so sein."

Er sah wohl, dass die junge Frau dem Weinen nahe war, und er wäre beinah versöhnlich geworden, wenn ihn die Köpke nicht wieder verärgert hätte.

„Sie plappern das so einfach vor sich hin. Die beiden jungen Dinger sind verheiratet, und wer weiß was die Herren Ehemänner so anstellen, wenn die Sache herauskommt. Und was ist mit dem Mörder ? Vielleicht knallt der uns ja auch ab, wenn er erfährt, dass wir hier sind und aussagen."

„Sie werden sehen, Sie haben unseren ganz besonderen Schutz."

Die Köpke lachte spitz.

„Ich bitte Sie jetzt, dass Frau Malinka zuerst bei mir bleibt. Frau Köpke lasse ich zu unserem Experten bringen. Er wird versuchen, nach Ihren Angaben ein Phantombild zu erstellen. Die beiden anderen warten bitte auf dem Flur. Vielleicht wollen Sie doch noch eine Tasse Kaffee ?", versuchte er es noch mal.

Die Köpke wühlte in ihrer Handtasche und rollte ein Blatt Papier auseinander. „Das ist nicht nötig. So sieht der Kerl aus. Genau so."

Verdutzt sah sie der Polizist an, stand auf und nahm ihr das Bild aus der Hand. Es zeigte einen kräftigen Mann, mit dunkler Wollmütze, großer Brille, langen schwarzen Haaren und einem riesigen Schnauzbart.

„Haben Sie das gemacht ?"

„Du liebe Güte. Was trauen Sie mir zu ? Das war der Zeitungsfritze."

Die höfliche Gelassenheit Markerts war wie weggeblasen. Seine Stimme wurde laut und er zischte wütend: „Sie haben die Zeitung informiert ohne uns Bescheid zu geben ?"

Jetzt wurde auch die Köpke wütend. „Ihr Herr Niedermeyer war kaum weg, als es bei mir klingelte. So spät in der Nacht. Jana war mit zu mir gekommen. Ein junger Mann stellte sich freundlich vor und sagte, er sei geschickt worden, ein Protokoll aufzunehmen. Zuerst war ich wütend und wollte ihn rausschmeißen, aber dann dachte ich mir, du kannst doch keinen Bullen rausschmeißen. Das wird Ärger geben."

Markerts Stimme wurde immer schärfer. „Wie heißt der Mann ? Hat er gesagt, er komme von der Polizei ?"

Nun war die Frau endgültig beleidigt. „Er heißt Benjamin Rosenberg, war sehr nett und wesentlich höflicher als Sie . Er sagte nur, er sei geschickt worden, ein Protokoll aufzunehmen. Das habe ich Ihnen aber bereits gesagt. Dass er von der Zeitung kam, habe ich erst mitgekriegt, als er mich bat, in die Redaktion mitzukommen. Sie würden in einer Stunde mit dem Druck beginnen und ich solle ein Phantombild machen, für die Titelseite."

„Und da sind Sie natürlich sofort mitgegangen, obwohl Sie doch so müde waren, und obwohl Sie doch solche Angst vor dem Mörder haben. Was hat er gezahlt?"

„Ich muss Ihnen gar nichts sagen. Nur das, was ich gestern gesehen habe. Sonst nichts. Das hat mir der Herr Rosenberg gesagt, und er hat mir auch zugesichert, dass weder mein Name genannt würde, noch ein Bild von mir gemacht werde. Obwohl, ich wäre schon ganz gerne mal auf einem Titelbild."

„Was hat er gezahlt?"

Sie druckste erst ein bisschen herum, war aber längst nicht mehr so mutig, weil Markerts Stimme ziemlich böse geklungen hatte. „Fünfhundert Mark", sagte sie kleinlaut und setzte hinzu: „Das ist eine ganze Menge Geld."

„Ausgerechnet die *Wahrheit.*"

Die Frau verstand nicht, was er meinte. „Was ist? Natürlich ist das die Wahrheit."

Markert winkte ärgerlich ab. „Dieser Rosenberg arbeitet für die *Wahrheit*, eines dieser dieser üblen Schmierblätter, deren Leute überall herumschnüffeln."

In Wirklichkeit war das ein ziemlich seriöses Blatt, aber Rosenberg hatte Markert mal recht hart kritisiert, als er bei einem Fall nicht weiterkam, und Kritik konnte Markert nicht vertragen. Da war er sehr nachtragend. Er raffte sich auf, stellte resignierend das Tonband an, und begann, die vier Frauen nacheinander zu befragen. Es kam nicht viel dabei heraus. Sie erzählten, dass eine solche Zusammenkunft der vier Männer etwa alle drei Monate stattfand. Die Köpke und die Malinka waren schon dreimal dabei, die beiden anderen das erste mal. Sie seien allerdings wohl nichts anderes als eine *Potenzfassade* für die *alten Böcke*, wie sich die Köpke ausdrückte. Man solle sicher denken, dass es sich bei den Treffen um Sexorgien handele. In Wirklichkeit seien sie jedes mal die ersten drei, vier Stunden alleine in der Küche gewesen. Vorher hatten sie den Männern Getränke servieren müssen und Essen bereitstellen, welches immer angeliefert worden ist. Die Männer hätten manchmal laut diskutiert, aber man konnte nie etwas verstehen, auch in die Papiere, die immer herumgelegen hätten, ließ man sie nicht sehen. Im Haus mussten dann immer alle Lichter brennen, und in der Küche der Recorder laute Musik spielen. Falls mal zufällig jemand vorbeikomme, habe der denken müssen es sei eine wilde Fete im Gange. Später seien die Frauen dann ins Zimmer geholt worden. Es habe immer reichlich zu trinken gegeben, und gutes Essen von einem kalten Büffet. Man habe aber immer nur über belangloses Zeug geredet. Sex habe man nie verlangt, aber sie haben nie vor drei, vier Uhr nach Hause gehen gedurft. Dann habe man sie mit dem Taxi heim fahren lassen. Die Bezahlung sei immer sehr großzügig gewesen. Sie haben nur den Namen Langendörfers gekannt. Die anderen habe man nur mit dem Vornamen angesprochen. Langendörfer habe immer gelacht und gesagt die anderen hießen Müller, Meier und Schulze.

* * *

Als Heller die Gaststube des *Gambrinus* betrat, war sie trotz der frühen Stunde recht gut besucht. An dem großen, runden Stammtisch, an welchem bestimmt zehn Leute Platz gefunden hätten, und der durch einen dichten Raumteiler von der übrigen Gaststätte getrennt war, saßen nur drei Männer. Heller verwunderte das nicht, denn es war ein ungeschriebenes Gesetz, dass hier nur Gäste saßen, die Jo Anders an den Tisch ließ. Versuche, dieses Gesetz zu brechen scheiterten nicht nur an Jo, sondern auch an Max, dem Wirt.

Heller klopfte mit den Fingerkuppen auf die Tischplatte. Das Gespräch der drei war verstummt und alle lächelten ihn an. Der junge Mann, der Jo gegenübersaß sprach ihn an. „Was liegt an, Herr Kommissar?"

Jo lachte amüsiert. „Setz dich, Heller."

Bevor er sich jedoch hinsetzte, legte Heller dem Frager die Hand auf die Schulter. „Laß den Quatsch, Benni. Erstens bin ich Hauptkommissar, und zweitens hast du mich immer beim Namen genannt. Was habt ihr beiden Galgenvögel wieder ausgeheckt. Warum grinst Ihr so unverschämt?"

Benjamin Rosenberg, genannt Benni, und sein Nachbar protestierten scheinbar empört über die Bezeichnung. „Das bringt dir eine saftige Beschwerde ein, Heller. Ich bin der bekannte und allseits beliebte Journalist Benjamin Rosenberg, und das ist mein ehemaliger Kollege und jetzt berühmte Schriftsteller Friedrich Graf-von Rabenhordt."

Heller winkte ab. „Lass sein, Benni. Mir brauchst du nicht zu imponieren. Sag mir lieber, was du um diese Zeit in der Kneipe machst. Bist du gefeuert ?"

„Es ist wohl eher die Frage was du um diese Stunde hier suchst. Habt ihr keine Arbeit ? Oder kommt ihr nicht weiter und braucht wieder mal die Hilfe der Presse ? Aber setz dich erst mal ehe ich weiter rede. Das hältst du im Stehen nicht aus."

Heller setzte sich tatsächlich und Max brachte ihm ungefragt ein Bier. „Danke Max." Und zu Rosenberg: „Um was geht`s ? Spuck`s aus !"

„Um deinen neuen Fall."

Heller stellte sich dumm. „Um welchen Fall ?"

„Um den." Dabei drehte er die Zeitung um, die umgekehrt vor ihm auf dem Tisch gelegen hatte.. Auf der Titelseite sah man ein Computerbild. Ein Mann mit dunkler Wollmütze, großer Brille und einem riesigen Schnauzbart. In dicken, großen Lettern stand darunter

WER KENNT DIESEN MANN ?

Und in kleineren Buchstaben *Rätselhafter, grausiger Mord in Nobelvilla. Vier junge Frauen gerade noch mal davon gekommen. Interview unseres Mitarbeiters BR mit einer der Tatzeuginnen.*

Der Versuch Hellers, seinen Ärger zu verbergen gelang ihm nicht so recht. „Wie habt ihr Halunken das schon wieder gerochen ? Ich hatte gehofft, das bleibt geheim, bis wir den Anfang des Fadens in der Hand halten. Wie bist du da rangekommen ? Da hast du wohl wieder mal den Polizeifunk abgehört. Du weißt, dass das verboten ist."

Rosenberg schüttelte treuherzig den Kopf. „Was du mir so alles zutraust, Heller. Ich halte mich strikt an die Vorschriften."

„Hör bloß auf, mein Freund. Ich könnte es sonst glauben. Für eine Schlagzeile verkaufst du deine Oma."

Man sah Rosenberg an, dass er nachdachte ob er Heller alles erzählen solle. „Bist du jetzt der Stammgast Harry Heller oder der Hauptkommissar Heller ?"

Die Antwort kam ärgerlich. „Du kennst mich. Wenn ich einen guten Tip bekomme, kann ich den Mund halten. Ich muss ja daran denken, dass ich dich wieder mal brauchen kann."

Rosenberg gab sich einen Ruck. „Das ist ein Wort. Ich verlass mich drauf. Die Sache ist so, dass ich wieder mal an dem Langendörfer dran bin. Es wird langsam klarer."

Verdutzt schüttelte Heller den Kopf. „Bist du jetzt ganz verrückt? Über die Geschichte ist doch Graf schon gestolpert. Aber was soll's. Jetzt ist er tot, und damit ist die ganze Sache sowieso gestorben."

Graf schüttelte den Kopf. „Du irrst, Heller. Jetzt wird es erst interessant."

Friedrich Graf-von Rabenhorst war kein Graf. Der Bindestrich verrät es. Von Haus aus hieß er Friedrich Graf. Vor fast fünfundzwanzig Jahren Hatte er Margret von Rabenhorst geheiratet. Die Ehe hatte nicht mal zwei Jahre gehalten, aber den Doppelnamen führte er weiter. Er glaubte, sich damit aufzuwerten als Journalist und Schriftsteller, was in gewisser Weise auch stimmte. Gleich nach dem Jurastudium war er in den Westen gegangen. In einer Anwaltskanzlei wurde er nach kurzer Zeit wieder gefeuert. Durch einen Zufall kam er zum Journalismus. Nach bescheidenen Anfängen hatte ihn eine bekannte Wochenzeitschrift, nicht zuletzt wegen seines nach Adel klingendem Namen, als Gerichtsreporter engagiert. Er wurde schnell bekannt und machte Karriere. Sofort nach der Wende kam er zurück und begann als Chefredakteur bei der ostdeutschen Ausgabe der *Wahrheit*. Trotz seiner Erfahrung unterschätzte er die Verhältnisse im Osten und die Macht der Seilschaften alter und neuer Macher. Er schoss sich auf so genannte Regierungskriminalität ein und wurde schnell zurückgepfiffen, als er erste Ungereimtheiten aus Langendörfers Biographie ausgrub und weiter bohren wollte. Man wollte anscheinend den Mann aus dem Westen mit dem vielen Geld nicht verärgern, und legte Graf die Kündigung nahe. Sein Nachfolger wurde Benjamin Rosenberg. Zwischen dem 31-jährigen Rosenberg und dem mehr als zwanzig Jahre älteren Graf, der jetzt erfolgreich freiberuflich Krimis schrieb, entwickelte sich eine zuverlässige Freundschaft.

Rosenberg meldete sich wieder zu Wort. „Ich wusste, dass Langendörfer gestern Abend Gäste erwartete. Darauf war ich neugierig, denn mir ist bekannt, dass in dem Landhaus regelmäßig Treffen stattfanden, durch den Besuch zweifelhafter Damen als Sexorgien älterer Herren getarnt. Ich bin mit meinem Auto zu der Villa gefahren, und als ich ankam, hörte ich das Kreischen von Frauenstimmen. Ich war also fast Zeuge geworden von dem Mord. Wäre ich ein paar Minuten früher gekommen, hätte ich den Mörder gesehen. Gleich darauf kamen eure Leute."

Heller verzog nachdenklich sein Gesicht. „Du kannst mir doch nicht erzählen, dass du am Tatort warst und nicht sofort zum Haus gerannt bist, um

Bilder zu schießen."

„Ich sagte doch, dass gleich nach mir eure Leute kamen. Sie stellten ihre Scheinwerfer auf, und dein Markert stolzierte herum und scheuchte die anderen von einer Ecke in die andere. Wäre ich da hin gegangen, hätte der mir sofort die Acht umgelegt und sich gefreut, dass er den Fall so schnell gelöst hat. Mir traut er alles zu, seitdem ich ihn mal durch die Mangel gedreht habe. Dann kamst du mit Niedermeyer."

Mit den flachen Händen schlug Heller ein paar mal auf den Tisch. Und fuhr den Journalisten an: „Du bist also seelenruhig in deinem Versteck geblieben."

Rosenberg fuhr sich nervös durch die Haare. „Was hätte es mir genützt ? Hättest du mich die Bilder machen lassen ?"

„Natürlich nicht."

„Na also."

Er erzählte noch die Geschichte, wie er den beiden Frauen nachgefahren war, durch die er zu diesem Phantombild gekommen war.

„Jetzt glaubst du wohl, du bist schon davongekommen. Mir gefällt die Sache nicht. Ich werde deine Story überprüfen, und wenn ich nur die kleinste Lüge finde, werde ich *dich* durch die Mangel drehen."

Max brachte ein paar neue Biere, goss Jo von seinem Wein nach und sah Heller an. „Schnüffelst du jetzt schon bei mir in der Kneipe ?„

„Vorsicht Max. Ich schnüffle nicht. Ich ermittle in einem schlimmen Mordfall. Aber sag mal Max, hat Langendörfer gestern bei dir was gekauft ?"

Max musste nicht lange überlegen. „Nein, vorgestern. Er holt jede Woche einen Kasten Bier, weil nur ich in dieser Gegend seine Marke führe. Wenn er Gäste hat, bestellt er dann immer einen Imbiss bei mir, mit allen Delikatessen. Dann lässt er sich zwei oder drei Kästen Bier mit anliefern. Den Champagner kauft er, glaube ich, bei Aldi. Wein und Spirituosen bei Tabak-Feldmann um die Ecke."

„Du wusstest also, dass er Gäste erwartete ?" Heller machte sich Notizen auf einem Bierdeckel. „Weißt du wie viele ?"

„Er hat für acht Personen bestellt. Ich solle aber reichlich kalkulieren. Gestern nach dem Mittagsgeschäft habe ich ihm die Sachen vorbeigebracht. Er war da aber noch alleine im Haus."

„Weißt du noch wer vorgestern bei der Bestellung hier im Lokal war, und könnten die was wissen. Vielleicht die Namen der Gäste ? Der Mörder muss jedenfalls über die Party Bescheid gewusst haben."

Max zögerte mit der Antwort, aber Jo mischte sich ein. „Du kannst das ruhig sagen Max. Ich war hier und Rosenberg. Langendörfer hat sich auf einen Schluck zu uns an den Tisch gesetzt. Wir haben beide mitgehört was er bestellt hat."

„Graf nicht ?"

Der lachte auf. „Wenn ich hier gesessen hätte, wäre Langendörfer an einen anderen Tisch gegangen. Ich stinke ihm an. Trotzdem habe ich von der Fete gewusst. Von Benni. Ich kann auch bestätigen, dass er von meiner Wohnung aus zu der Villa gefahren ist. Kurz vor halb acht."

* * *

Heller war schlechter Laune, als er zu Markert ins Büro zurückkam. Ihn ärgerte, dass dieser Rosenberg schneller war als sie. Markert saß vor seinem Computer, den er selbst gekauft hatte, weil die Stadt kein Geld hatte für so was.

„Hallo Markert. Wir haben ein Phantombild."

„Ich weiß."

„Rosenberg."

„Ich weiß."

Übellaunig schmiss er seinen Mantel über eine Stuhllehne. „Verdammt ! Freu dich oder ärgere dich. Freu dich, dass wir ein Bild haben. Ärgere dich, dass Rosenberg schlauer war als wir."

„Das Bild kannst du wegschmeißen. Es interessiert mich nicht."

Vor Überraschung blieb Heller der Mund offen. Markert drehte sich langsam herum und deutete auf eine grüne Plastiktüte. Er hob sie hoch und leerte den Inhalt auf Hellers Schreibtisch. Dann legte er Heller die Stücke einzeln vor.

„Haben Webers Leute im Wald gefunden. Ein grauer Anorak, Größe sechsundfünfzig glaube ich. Eine Wollmütze, dunkelblau, vom Ramschtisch wahrscheinlich. Eine Brille, dickes schwarzes Horngestell, unmodisch." Er hob die Brille vor seine Augen. „ 1,5 Dioptrin. Exakt meine Stärke. Aber jetzt: Eine schwarze, langhaarige Perücke und ein borstiger, brauner Schnauzbart. Beides Kunsthaar. Primitive Faschingsqualität."

Er stopfte alles wieder in die Tüte. Heller hatte sich enttäuscht in den

24

Sessel fallen lassen.

„Scheiße", knurrte er vor sich hin.

* * *

Der Stammtisch im Gambrinus hatte inzwischen Zuwachs bekommen. Renesse hatte sich suchend umgesehen, und als er Jo entdeckte, ging er zu seinem Tisch. Er grüßte freundlich und wollte sich setzen. Graf stand auf und verwehrte ihm den Stuhl.

„Das geht leider nicht, mein Herr, die Plätze an diesem Tisch sind reserviert."

Jo aber nickte ihm zu und deutete mit der Hand auf den Stuhl. „Setz dich, Marten. Darf ich vorstellen. Friedrich Graf-von Rabenhorst, Schriftsteller und Benjamin Rosenberg, Journalist. Und das ist mein Schulfreund Marten, Dirk van Renesse van Duivenbode. Er kommt aus Vancouver und besucht mich."

Nach den üblichen Komplimenten klärte Jo Marten auf über den vermeintlichen Grafen und Rosenberg. „Graf-von Rabenhorst ist ein Doppelname und kein Adelstitel. Nenn ihn einfach nur Graf, ohne Herr. Das mag er. Er glaubt dieses *Graf* mache etwas her. Der Andere, Schmächtige ist Benni, Journalist bei einer überregionalen Zeitung. Er hat viel Phantasie, wenn er keine Fakten hat."

Graf sah Marten interessiert an. „Sie haben aber auch einen klangvollen Namen. Wie darf ich Sie ansprechen ? Einfach Herr van Renesse, oder tragen Sie einen Titel ?"

„Einfach Marten. Auch ohne Herr. Das ist bei uns so üblich. Was mein Name betrifft, er ist holländisch, und da sagt das van nur etwas über die Herkunft aus. Duivenbode bedeutet einfach Taubenschlag. Wahrscheinlich hat irgend ein Vorfahre von mir neben einem Taubenschlag gelebt."

Rosenberg lachte. „Da fiel deine Ex wohl aus einem Rabennest."

Jetzt erzählte Marten Jo, dass er sich heute Vormittag wie verabredet zu Langendörfers Landhaus fahren ließ. Zu Jo's Erstaunen, hatte er ihm gestern Nacht noch erzählt, dass er seinen Wagen samt Chauffeur mit dem Schiff vorausgeschickt habe. Ohne sein Auto sei er hilflos. Im Wagen gebe es ein Funktelefon mit Sprachzerhacker, Fax, PC mit Internetanschluss und eine gut sortierte Bar. Er brauche das weil er immer erreichbar sein müsse und

25

umgekehrt. Manchmal gebe es Probleme in seiner Firma, die er nur selbst entscheiden könne.

Jedenfalls sei er vor der Villa ein paar Polizisten in die Arme gelaufen. Die hätten ihm den Eingang verwehrt, und nachdem er ihnen den Grund für seinen Besuch genannt habe, hätten sie erzählt was passiert sei

Rosenberg fiel ihm ins Wort. „Lassen Sie das nicht den den Heller hören und schon gar nicht den Markert, unsere beiden Kommissare von der Mordkommission. Die suchen nämlich noch den Mörder und haben Sie schnell beim Wickel, zumal sie auch noch aus dem Ausland kommen."

Das sei schon zu spät, meinte Marten lächelnd. Der Polizist an der Absperrung habe seinen Namen notiert, sein Hotel und auch dass er mit Langendörfer geschäftlich verabredet gewesen sei.

Jo wollte von Marten wissen, ob sein Geschäft nun geplatzt sei.

„Nein, ich habe schon heute Nachmittag ein Date mit der Witwe. Vielleicht läuft es jetzt sogar günstiger."

Bis Max das Mittagessen servierte gab es am Tisch nur das Thema Langendörfer. Als der Wirt vor dem Essen eine Flasche Whiky brachte, war Marten wirklich erstaunt.

Jo grinste. „Deine Marke, Marten. Nur ein paar Jahre älter. Ich habe heute Früh gleich Max angerufen, und es gibt nichts was Max nicht besorgen kann."

Marten ließ Max noch ein paar Gläser bringen und bat ihn, und die anderen, mitzutrinken. Das große Staunen war aber erst perfekt, als Jo Marten von seinem Rotwein anbot, den er extra für sich bei Max einlagern ließ. Bis jetzt hatte niemand davon abbekommen.

* * *

Mit verärgerten Gesichtern saßen sich Heller und Markert gegenüber. Heller fasste sich als erster. „Das ist ja wie im Krimi. Da kannste nur noch hoffen, dass sich ein paar echte Haare oder Hautpartikel finden lassen, dann könnten wir die DNS ermitteln, ermitteln lassen. Aber selbst wenn, dann haben wir noch lange nicht den Mann, der dazu passt."

Heller zuckte mit den Schultern.. Markert dachte laut nach. „Vielleicht war es ein gekaufter Killer, oder so was wie die Russenmafia. Dann kommen wir doch kaum da ran."

Heller schüttelte den Kopf. „Die kommen nicht, wie der Weihnachtsmann verkleidet, mit dem Bus. Die fahren mit dem Auto vor, ballern los und rauschen ab."

Auch von einem Auftragsmord wollte er nichts wissen. „Ein Profi späht sein Opfer aus, sucht einen belebten Ort den es regelmäßig und voraussehbar besucht, macht sein Ding und verschwindet ungesehen in der Aufregung der Zeugen. Der schießt nicht im Wald, wo ihn ein zufälliger Spaziergänger sehen kann. Da hat einer sein ganz privates Süppchen gekocht."

Ratlos stand Markert auf und ging an seine Tafel. „Also gehen wir systematisch vor. Ganz von vorne." Er deutete mit einem Stock auf einen neuen Kreis mit einem roten B in der Mitte. „Auf Grund des Zeitungsbildes hat sich vorhin ein Busfahrer gemeldet, mit dem der Täter wahrscheinlich gefahren ist. Der Mann ist an der Endhaltestelle am Krankenhaus zugestiegen, hat genau passendes Geld bis zu anderen Endstelle Neudorf hingelegt, ist aber schon vorher, genau da, wo der schmale Waldweg von der Neudorfer Straße zur Villa führt, ausgestiegen. Obwohl der Bus halb leer war, hat sich der Mann auf die hinterste Bank gesetzt. Er habe genau so ausgesehen wie der Mann auf dem Bild."

„Das inzwischen einen Dreck wert ist." Ironisch deutete er auf Markerts Plastiktüte. Ohne auf Hellers Unterbrechung zu achten fuhr Markert fort. „Das könnte bedeuten, dass er in der Nähe des Krankenhauses wohnt, oder dort ein Auto abgestellt hat, oder mit einem anderen Bus oder einem Taxi dorthin gefahren ist. Das kann Niedermeyer mit seiner Truppe recherchieren. Vielleicht ist ja jemandem was aufgefallen. Dass er passendes Fahrgeld hinlegte könnte bedeuten, dass er öfter mit dem Bus fährt, oder sich bei irgendwem nach dem Fahrpreis erkundigt hat. Auch was für Niedermeyer. Aber wie ist er vom Tatort weggekommen? Hatte er ein Auto dort abgestellt, oder hat er eins angehalten? Ein Taxi wird er kaum dort hin bestellt haben. Auch darum müssen wir uns kümmern."

Mit den Händen fuhr Heller durch die Luft als wolle er Markerts Fragen wegwischen. „Hat er, oder hat er nicht. Es könnte, aber es kann auch ganz anders sein. Solange wir kein Motiv finden, ist das alles für die Katz."

Markert ließ sich nicht beirren. „Solange wir kein Motiv finden, halte ich mich erst mal an die Fakten."

Markert ließ sich von Heller berichten, wer alles von Langendörferrs

Fete gewusst hatte, und er schrieb alle Namen an seine Tafel. „Also Der Wirt vom Gambrinus, Rosenberg und Graf, dieser Jo Anders und die vier Frauen, deren Namen wir jetzt alle kennen, und die, wahrscheinlich, drei Herren deren Kürzel wir im Notizbuch gefunden haben. Die vier Frauen können wir wohl als Täter ausschließen. Ach ja, da ist noch ein Holländer. Ein gewisser van Renesse van Duivenboden. Der hatte heute Vormittag eine Verabredung mit Langendörfer. Der Polizist von der Tatortwache hat mich vorhin angerufen und gab mir seinen Namen und die Adresse seines Hotels. Ich habe dort nachgefragt und man sagte mir, dass der Holländer einen kanadischen Pass hat. Er sei meist unterwegs und selten im Hotel. Gestern Abend sei er spät, weit nach Mitternacht zurück gekommen."

„Da hast du deinen VR. Das ist ein kleines v und heißt van Renesse."

Markert nickte und schrieb den Namen in den entsprechenden Kreis an der Tafel.

Heller informierte Markert noch über die Identität von Anders und Graf, die dieser nur dem Namen nach kannte. Am späten Nachmittag machte er sich dann auf den Weg zu Langendörfers Witwe, während Markert noch seine Papiere ordnete, sich dann an den Computer setzte und seinen Bericht schrieb.

* * *

Es nieselte und Heller, der selten einen Dienstwagen anforderte, machte einen Buckel, die Hände tief in den Manteltaschen. Da er selbst kein Auto hatte, fuhr er oft mit dem Bus oder der Straßenbahn, lief aber auch gerne mal ein Stück. So konnte er ausgezeichnet nachdenken.

Die Langendörfer-Villa lag tief in einem großen, parkähnlichem Grundstück mit gepflegtem Rasen, halb von den Büschen verdeckt. Als er an der schmiedeeisernen Tür neben der Flügeltür zur Einfahrt klingelte, bemerkte er, dass sich eine Kamera zu ihm drehte. Eine ruhige Stimme meldete sich aus der Sprechanlage.

„Ja bitte ?"

Er nannte seinen Namen und den Dienstgrad.

„Einen Augenblick bitte", und nach einer kleinen Weile, „Die gnädige Frau lässt bitten."

Die Tür öffnete sich mit einem leisen Summen. Heller trat ein und ging den kiesbetreuten Weg zum Haus hinauf. Alle Fenster waren hell erleuchtet. In der geöffneten Haustür empfing ihn eine junge, sehr hübsche Frau in einem eleganten Blazer. Bevor er einen Fehler machen konnte, sprach sie ihn an.

„Ich bin die Hausdame, Die gnädige Frau bittet Sie um einen Augenblick Geduld. Sie hat Besuch. Es wird nicht sehr lange dauern. Bitte nehmen Sie doch Platz."

Seinen Mantel nahm sie mit nach draußen. Sie hatte ihn in einen großen Raum geführt, der nur mit dunkelblauen Polstermöbeln und niedrigen Tischen ausgestattet war. Die vielen Bilder an den Wänden schätzte er nicht billig ein, obwohl er nicht viel davon verstand. Gleich nachdem er sich gesetzt hatte stand die junge Frau wieder neben ihm. In der linken Hand trug sie ein Tablett mit einem Cognacglas und in der Rechten eine fast volle Flasche. „Die gnädige Frau bittet Sie, sich zu bedienen. Darf ich eingießen?"

Heller hatte die Wahl zwischen seinen Dienstvorschriften und einem wahrscheinlich guten, alten Cognac. Er entschied sich für den Cognac. Markert wäre entsetzt gewesen. Gerade als er dabei war, sich ohne Scheu noch mal nachzugießen, rauschte eine Dame ins Zimmer. Hinter sich einen dezent gekleideten Herrn mit schwarzen Haaren, die einen Stich ins metallisch-blaue hatten, die Schläfen silbergrau. Die Dame sprudelte sofort los.

„Oh wie schön, dass Sie nicht so ein pingeliger Polizist sind, Herr Kommissar. Mein Cognac ist stadtbekannt.", und ohne Pause: „Das ist Kommissar Haupt und dies Herr van Renesse van Duivenbode, ein Geschäftsfreund meines verstorbenen Mannes. Er hat mich gerade besucht, und ich habe ihn gleich mitgebracht. Sie wollen ihn doch sicher auch verhören. Er hat meinen Mann natürlich nicht umgebracht, das wollen Sie aber sicher von ihm selbst wissen."

Heller lächelte freundlich. Eigentlich hatte er eine trauernde Witwe erwartet. „Da haben Sie recht, gnädige Frau. Ich habe von Herrn van Renesse gehört. Aber wir nennen das nicht verhören, wir sagen befragen. Und noch einen Irrtum muss ich aufklären. Ich heiße nicht Haupt, ich bin Hauptkommissar und mein Name ist Heller."

„Huch! Ein heller Hauptkommissar. Ist das üblich?" Sie tat erschreckt und hielt dir Hand vor den Mund. „Oh, verzeihen Sie bitte, das ist mir so rausgerutscht. Das war nicht so gemeint. Den dummen Witz hören Sie sicher öfter. Oder traut sich das keiner bei Ihrem Rang ?"

"Ich vertrage auch Witze, die auf meine Kosten gehen. Manchmal lockern sie sogar eine heikle Situation auf. Ich kann Sie beruhigen, gnädige Frau, es gibt noch schlimmere. Mein Vorname ist zum Beispiel Harry und mein Kollege heißt Stefan. Da..."

„Ha, wo haben Sie den Wagen, Harry ?"

Frau Langendörfer kicherte, Heller lächelte und Renesse wusste nicht, wo der Witz war. Die junge Frau im Blazer verzog keine Mine.

„Verzeihung, ich habe ganz vergessen vorzustellen. Das ist ein au-pair Fräulein aus England, Miss Joan. Sie nennt sich lieber Hausdame, aber das wäre denn doch ein bisschen übertrieben."

Die junge Frau neigte leicht den Kopf, zurückhaltend. Die Langendörfer beugte sich, sehr laut flüsternd, zu Heller. „Eigentlich heißt sie Emma, aber meinem Mann gefiel der Name nicht und nannte sie Joan. Sie hat mit meinem Mann geschlafen. Ich weiß es, aber das macht mir nichts aus. Sie weiß, dass ich es weiß, doch das macht ihr nichts aus." Und wieder laut: „Aber Herr Hauptkommissar, Sie haben sicher eine Menge Fragen. Bitte setzen Sie sich wieder, meine Herren."

Renesse, der sich im Hintergrund gehalten hatte, war sichtlich erleichtert. Heller auch. „Zuerst mein herzliches Beileid. Ich habe tatsächlich einige Fragen, aber ich möchte Ihre Trauer nicht stören."

„Ach wissen Sie, es tut mir natürlich leid. Diesen Tod hat er wirklich nicht verdient. Es wird Sie vielleicht wundern, dass ich so spreche, aber unsere Ehe war keine Liebesheirat, mehr eine geschäftliche Verbindung. Das wird Ihnen die ganze Stadt sowieso erzählen. Hauptsächlich ging es darum, unsere wirtschaftlichen Aktivitäten gegeneinander abzugrenzen. Ich kann als Eigentümer eines Baugeschäfts manches tun, was mein Ludwig, mein Mann, als Stadtbaurat nicht könnte. Am Anfang haben wir sogar manchmal miteinander geschlafen, aber das brachte nichts. Eigentlich habe ich den Geschäftspartner verloren."

Markert hätte jetzt mit roten Ohren die Bilder an den Wänden betrachtet. Heller tat so als habe er nichts gehört. Er stellte sachlich seine Fragen, die sie freimütig beantwortete.

Mit achtzehn sei sie in Leipzig aus dem *Spießermuff* ausgestiegen. Sie habe sich in den Messetrubel gestürzt. Ja, die Stasi habe versucht...., erzählte sie ungefragt, aber sie habe nicht...., ehrlich. Lange vor dem Mauerfall sei ihr

Langendörfer über den Weg gelaufen. Der habe sie geheiratet, um sich vorsorglich ein Standbein im Osten zu verschaffen.. Sie habe gehofft, auf diese Art leichter in den Westen zu kommen. Außerdem habe er ihr eine gesicherte Existenz geboten.

Die Frau sprudelte alles heraus als sei sie bei der Beichte. Sicher war es der Cognac, bei dem sie wahrscheinlich einige Gläser Vorsprung hatte, aber Heller hatte das Gefühl, dass sie doch betroffener war, als sie es zugeben wollte und einfach jemanden zum Reden brauchte. Renesse verabschiedete sich irgendwann diskret. Er kam sowieso nicht zu Wort

„Ich habe noch eine Verabredung. Am besten ich komme morgen mal bei Ihnen vorbei, Herr Heller."

Heller dachte nicht daran ebenfalls zu gehen. So leicht würde die Frau nicht wieder reden. Auch wenn er bisher nicht viel erfahren hatte, so konnte es doch nicht schaden wenn er sich ein besseres Bild von dem Opfer machen konnte. Und so einen guten Cognac würde er so schnell auch nicht wieder bekommen. Es war schon ziemlich spät, als die Flasche fast leer war und die *Haustochter* ihn zur Tür begleitete.

* * *

Genau eine Stunde später, gegen 21.00 Uhr, ging ein Mann durch die Straßen der Innenstadt. Er ging eng an den Hauswänden entlang und blickte sich alle drei Schritte um. Unter dem Arm trug er eine abgewetzte Aktentasche aus braunem Leder. Die breite Krempe eines altmodischen Hutes verdeckte sein Gesicht. Wenn ihm jemand entgegenkam, drehte er sich um und sah scheinbar interessiert auf die Auslagen der im Licht glänzenden Schaufenster. An einer dezent beleuchteten Ladenfront mit vier riesigen Fenstern ging er anscheinend achtlos vorbei, registrierte aber genau was sich in der Auslage befand. Es waren hauptsächlich Polstermöbel. Manche mit blassen, verblichenen Bezügen und elegant geschwungenen Füßen, andere klobig, gradlinig. Es gab aber auch kleine, verspielte Tische, Sekretäre und Glasvitrinen. An den Wänden hingen große und kleine Bilder, teilweise in protzigen Goldrahmen, die Farben nachgedunkelt und düster, andere schreiend bunt. Über dem Laden hing senkrecht eine goldfarbene Schale, vor der, indirekt beleuchtet, drei große, graue Lettern zu schweben schienen.

- LLL-

Der Mann bog um die nächste Ecke, kam aber nach einer kurzen Weile aus der gleichen Richtung zurück. Ein einsames Auto fuhr schnell die Straße hinab. Außer einem Mann, der ein paar Häuser weiter mit einem Hund an einer Straßenlaterne stand, war weit und breit niemand zu sehen. Es war eine ruhige Seitenstraße, und bei diesem Wetter, und um diese Zeit, waren die Fußwege der Stadt aufgeklappt. Die Leute saßen jetzt zu Hause vor dem Fernseher oder in der Stammkneipe bei einem Bier. Keiner scherte sich um einen einsamen Mann in einer einsamen Straße.

Der Mann sah sich nach beiden Seiten um und verschwand in einem hohen, gewölbten Torbogen ohne Eingangstür. An der Eisentür, die aus dem Durchgang in den Hof führte machte er sich nur kurz zu schaffen, bis sie mit leichtem Knacken aufsprang.

* * *

In der Dienststube des privaten Wachdienstes ein paar Ecken weiter, machte sich ein Wachmann gerade fertig zum ersten Rundgang in dieser Nacht, als auf einem Tableau eine Nummer aufleuchtete und ein schriller Ton zu hören war. Der andere Wachmann am Schreibtisch sah hoch und dann auf seinen Kollegen. „Das ist bei Langendörfer. Soll ich die Polizeistreife informieren ?"

„Vielleicht macht Langendörfer selbst einen Rundgang und hat vergessen den Alarm auszuschalten."

Sein Kollege verzog die Mundwinkel. „Der macht keine Rundgänge mehr. Der liegt in einem Kühlfach in der Pathologie."

„Ach Gott ja. Vielleicht seine Frau ? Oder eine herumstreunende Katze hat den Alarm ausgelöst."

„Hast du die Langendörfer schon mal hier gesehen ? Dazu noch in der Nacht. Schau einfach mal vorbei. Lass dich aber nicht blicken. Spiel nicht den Helden. Wenn du was bemerkst melde dich übers Handy. Ich ruf dann den Streifenwagen."

Etwa zwanzig Minuten später führten zwei Polizisten in Uniform den einsamen Spaziergänger mit dem breitkrempigen Hut in Handschellen ab. Ein weiterer Polizist trug die Aktentasche des Mannes, die aber jetzt viel praller war.

Auf dem Revier ging es dann ganz schnell. Der Mann behauptete *keine Deutsch* zu verstehen. Man zog ihm den Ausweis aus seiner Tasche. Er war Pole und hieß Zygmund Krasski. Nach Abnahme der Fingerabdrücke und nachdem die üblichen Polizeifotos gemacht waren, brachte man ihn in die JVA, die gleich um die Ecke war.

„Soll doch der Chef morgen machen."

* * *

Am nächsten Morgen, Heller wollte gerade sein Stullenpaket auspacken, klopfte es an die Tür zu seinem Büro. Er rief „Herein !" Ein Polizist in Uniform trat ein und schloss die Tür hinter sich. „Da will Sie ein Mann sprechen, Herr Hauptkommissar, komischer Name *von Nessel* oder so. Macht aber einen guten Eindruck."

„Ist gut Wolf", entgegnete Heller. „Van Renesse heißt der. Schicken Sie ihn rein." Er packte sein Frühstück wieder in die Schublade, zog seine Jacke an und ging dem Besucher mit ausgestreckten Armen entgegen. Er konnte sehr freundlich sein, wenn er wollte.

„Herr van Renesse ! Wir kennen uns ja schon. Ich freue mich sehr, dass Sie Wort gehalten haben. Mein Kollege Markert macht eigentlich die Befragungen, das hat sich so bei uns eingespielt, aber er ist im Moment nicht im Haus. Nehmen Sie also bitte mit mir vorlieb."

Renesse blieb sehr zurückhaltend und vermied bei der Anrede den Dienstgrad Hellers. „Herr Heller, ich bin kanadischer Staatsbürger und außerdem ein angesehener Geschäftsmann. Ich möchte bitte zuerst die Fronten klären. Zu einer *Befragung,* er betonte das Wort, müsste ich meinen Anwalt und meine Botschaft hinzuziehen. Zu einer Unterhaltung mit Ihnen bin ich natürlich gerne bereit."

Er reichte Heller seinen Pass, den dieser gründlich studierte. Dann hob er abwehrend beide Hände, konnte aber die kleine Ironie in seinem Ton nicht verbergen. „Ich bitte Sie, Sir. Anwalt, Botschaft. So was kann dauern. Reden wir einfach ein bisschen miteinander."

Renesse blieb reserviert, aber freundlich. „Ich freue mich, Herr Heller, dass Sie es so sehen. Ich will die Angelegenheit ja auch nicht komplizieren. Gestern sind wir beide ja kaum zu Wort gekommen. Es war mir allerdings auch ein bisschen peinlich. Frau Langendörfer hatte wohl ein wenig zu viel getrunken. Das ist ja auch verständlich in ihrer Situation."

Heller grinste unverschämt. „Wissen Sie, in meinem Beruf ist man an einiges gewöhnt. Aber reden wir über Herrn Langendörfer. Ludwig Langendörfer. Haben Sie ihn gekannt? Ich meine persönlich?"

Renesse verneinte. Man sei über Anwälte miteinander verkehrt. Er habe nie persönlich die Ehre gehabt. Bei dem Wort *Ehre* hob Heller die Augenbrauen und brummte ein *na ja* vor sich hin. Wer Heller kannte, wusste, dass ihm das nicht ohne Absicht herausgerutscht war. Er wollte den anderen aus seiner Reserve locken, was ihm aber nicht gelang.

Welcher Art denn die Geschäfte gewesen seien, über die man sich auseinandergesetzt habe. Aber Renesse blieb allgemein. „Herr Langendörfer besaß ein Industriegrundstück und ein paar Wohnhäuser, die mich als potentieller Investor interessieren."

Jetzt klopfte Heller direkt auf den Busch und spielte seinen vermeintlichen Trumpf aus. „Die ehemalige Maschinenfabrik Ihres Herrn Großvaters und ein paar, genauer vier, heruntergekommene Wohnhäuser in der Nähe. Ich weiß. Langendörfer hat sie möglicherweise unter dubiosen Umständen, bitte das ist nur ein Gerücht, also sagen wir unter ungeklärten Umständen, von der Treuhand gekauft. Für'n Appel und'n Ei. Der rechtmäßige Eigentümer sind ja wohl Sie, und jetzt wollten Sie die Rückgabe von Alteigentum geltend machen."

Renesse war nicht aus der Ruhe zu bringen. „Wie Herr Langendörfer an diese Grundstücke kam ist mir nicht bekannt." Er wusste es wohl, konnte es aber nicht beweisen und sah keine Notwendigkeit, einem Polizisten in dieser Angelegenheit Rede und Antwort zu stehen. „Ansonsten ist es aber nicht so, wie Sie zu glauben wissen. Ich trete nicht als Alteigentümer auf. Um lange Prozesse und Ärger zu vermeiden, war ich durchaus bereit, dafür zu zahlen. Allerdings rechnete ich mit dem Hinweis auf Alteigentum mit einem moderaten Preis." Er lächelte diskret.

Heller entging kein Wort. „Sie sagten Sie waren bereit zu zahlen. Sind Sie es jetzt nicht mehr?"

„Nein."

Heller blickte ihn fragend an.

„Ich habe bereits bezahlt. Frau Langendörfer wollte auch ihren Baubetrieb verkaufen. Daran bin ich ebenfalls interessiert, es ist meine Branche. Selbstverständlich bin ich über den Wert lange informiert. Dieses Eigentum der Frau Langendörfer ist auch nicht strittig. Ich habe ihr gestern einen Scheck dafür gegeben über eine faire Summe. Die Sache muss nun nur noch amtlich geregelt werden, Grundbuch und so. Über den Kauf der Immobilien, von denen wir vorhin sprachen, haben wir einen Vorvertrag unterzeichnet, der in Kraft tritt, sobald Frau Langendörfer die offizielle Erbin ist.

„Interessant", sagte Heller nachdenklich. „Sie glauben also, dass sie tatsächlich die Erbin ist. Für die Grundstücke haben Sie sicher ebenfalls eine fairen Preis geboten, im Hinblick auf mögliche Prozesse. Der Preis ist wahrscheinlich *fairer* als Sie Ludwig Langendörfer hätten zahlen müssen. Oder täusche ich mich da ?"

Renesse wurde jetzt sehr abweisend. „Das geht Sie eigentlich überhaupt nichts an, aber ich sehe, Sie haben begriffen."

Die deutliche Abwehr Renesses schien Heller nicht im geringsten zu beeindrucken. Sie haben also, wenn ich das recht verstehe, einen Vorteil vom Tod Langendörfers. Damit hätten Sie auch ein Motiv. Rein theoretisch", schränkte er ein.

Im Gesichtsausdruck Renesses änderte sich keine Mine.

„Wo waren Sie vorgestern zur Tatzeit, um neunzehn Uhr achtundzwanzig genau."

Renesse blieb vollkommen ruhig. „Und Sie, Herr Heller ? Wo waren Sie um diese Zeit ? Ich habe leider noch einen wichtigen Termin. Ich habe mich gefreut, Sie kennen zu lernen. Wenn noch Fragen offen sind, sollten Sie doch besser meinen Anwalt konsultieren."

Er gab Heller freundlich die Hand und wollte gerade gehen, als Markert zur Tür herein kam. Heller stellte beide einander vor.

„Ah, Herr van Renesse. Hat Sie mein Kolle bereits befragt ?"

Statt seiner antwortete ihm Heller. „Aber nein. Wir haben ein bisschen miteinander geplaudert." Er schob Renesse fast zur Tür hinaus.

Markert blieb der Mund offen stehen. „Hast du wenigstens das Band laufen lassen ?"

Unwirsch winkte Heller ab. „Wolltest du auf seinen Anwalt und den Botschaftssekretär warten ? Bis dahin sollten wir den Täter längst haben. Der Renesse hat zwar ein Motiv, ein finanzielles, aber der bringt keinen um. Wenigstens nicht persönlich."

„Das ist mir doch sehr fraglich. Immerhin hat er Geschäfte mit Langendörfer gemacht. Mit Frau Langendörfer lässt es sich bestimmt leichter verhandeln. Jetzt hat er einen Vorteil vom Tod Langendörfers."

„Das hat er sogar indirekt zugegeben", lächelte Heller. „Vielleicht eine kleine Erpressung der Witwe, die bei ihrem Mann sicher schwieriger gewesen wäre."

Heller war noch dabei, Markert über Einzelheiten des Gesprächs zu informieren und der machte sich eifrig Notizen, als die Tür aufgestoßen wurde und Oberkommissar Fischer vom Dezernat Einbruch ins Zimmer trat.

Fischer setzte sich ungefragt. „Habt Ihr'n Kaffee? Ihr macht doch die Sache mit dem Langendörfer. Die Kollegen vom Revier haben mir heute früh einen komischen Vogel aus der JVA gebracht. Sie haben ihn heute Nacht bei einem Bruch in Langendörfers Antiquariat geschnappt. Gerade mal ein paar Minuten hat er gebraucht, um durch ein Kellerfenster in den Laden zu kommen. Ein Profi. Er hat sich drei wertvolle Ikonen unter den Nagel gerissen und war schon auf dem Rückweg als ein Wachmann ihm die Pistole unter die Nase hielt. Der Mann hatte Glück, dass der Gangster nicht bewaffnet war."

Die beiden Hauptkommissare hörten aufmerksam zu.

„Der Mann ist Pole, heiß Zygmund Krasski und kann, obwohl er bereits vier Jahre hier ist *keine deutsch*. Das hat er dann allerdings schnell gelernt, als ich ihm Mord oder Beihilfe vorgehalten habe. Er behauptet, die Ikonen gehörten ihm. Eine davon konnten wir inzwischen identifizieren. Sie ist aus einer Kirche in der Nähe von Krakau als gestohlen gemeldet. Ich bin erst mal fertig mit ihm. Wenn ihr wollt, leihe ich ihn Euch aus."

* * *

Marten hatte zusammen mit Jo ein Gläschen in dessen Wohnzimmer getrunken. Er war gleich nach dem Besuch bei Heller zu ihm gegangen und hatte ihm alles erzählt, fast alles.

Jo war empört. „Der hat dich tatsächlich nach deinem Alibi gefragt?"

Marten nahm es gelassen. „Er kann doch gar nicht anders. Das ist schließlich sein Job. Ich habe zufällig durch diesen Mord ein gutes Geschäft gemacht. Er hat schon recht, wenn er glaubt, dass ich mit der Witwe leichteres Spiel hatte, als mit dem Toten. Da muss er doch fragen. Geld ist immer ein Motiv. Ich habe ihm die Luft rausgenommen und mit der Botschaft gewinkt. So was kam ihm in der DDR nicht vor. Wer weiß, vielleicht war er sogar bei der Stasi."

Jo wehrte entsetzt ab. „Du tust ihm Unrecht. Er war bei der Kripo und hat Verbrechen bekämpft. Sonst nichts. Im Gegensatz zu vielen anderen war Heller immer korrekt und anständig. Ich kenne ihn schon lange. Natürlich war er in der Partei. Er konnte gar nicht anders, wenn er seinen Job behalten wollte. Und glaube nicht, dass du ihn eingeschüchtert hast mit deiner Botschaft. Heller ist ein Schlitzohr."

Sie redeten noch ein bisschen über alles Mögliche. Jo wollte wissen, wie es sich so lebt in Kanada, und Marten interessierte sich für die Lebensumstände Jo's, bis sie wieder auf Heller kamen.

„Woher kennst du den eigentlich ?"

„Ich war mit seinem Vater befreundet. Der ist jedoch schon vor der Wende verstorben. Du müsstest ihn eigentlich auch noch kennen. Sein Sohn, Harry war Stammgast in meiner Kneipe."

Marten glaubte, nicht richtig gehört zu haben. „Du hast ein Kneipe gehabt ? Ich denke du hast studiert."

„Das ist eine lange Geschichte."

Marten hörte gespannt zu.

Gleich nach dem Abitur begann Jo ein Studium für Germanistik und Literatur. Er strebte von Anfang an eine Hochschulkarriere an. Das war aber nur möglich, weil man seinem Vater, als lokalem *Kapitalisten,* schon früh, gleich neunundvierzig nach Gründung der DDR, alle seine Gaststätten und die Grundstücke weggenommen hatten, mit fadenscheiniger Begründung. Jo galt also nicht mehr als Klassenfeind. Dabei hatte sein Vater noch Glück gehabt, dass man ihn nicht eingesperrt hatte. Er durfte immerhin als leitender Angestellter in einem seiner Lokale arbeiten. Nach Abschluss des Studiums arbeitete Jo, lausig bezahlt, als wissenschaftlicher Mitarbeiter an der Uni. Er durfte die Vorlesungen der Herren Professoren ausarbeiten und musste sie manchmal auch gleich vortragen. Aber es machte ihm Spaß.

Als er am Tag nach dem Mauerbau mit einer Gruppe Studenten diskutierte und dabei die Mauer, im DDR-Jargon *Antifaschistischer Schutzwall.,* kritisierte, kamen eine Stunde später zwei Männer mit einem Schäferhund

Sie legten ihm Handschellen an und meinten: „Machen Sie keine Dummheiten, sonst haben Sie ein Loch im Anzug."

Kurz, er war drei Monate im Stasi-Knast und bekam dann in einer lachhaften Gerichtsverhandlung, ohne Anwalt, acht Monate. Die anderen fünf saß er in einer JVA bis zum letzten Tag ab. Die Karriere war im Eimer. Er ging noch mal in die Lehre. Koch und Kellner, später Serviermeister. Als sein Vater dann in die Rente ging, konnte er dessen Gaststätte, den heutigen Gambrinus, als Angestellter der Konsum-Genossenschaft übernehmen. Max, der Wirt lernte bei ihm Kellner.

Marten schüttelte den Kopf. „Das war ja eine böse Sache. Man hat das bei uns nie so richtig wahrgenommen. Kanadier, genau wie die Amerikaner, interessiert nur die Situation im eigenen Land. Gut, von den Kommunisten hielt man nichts, aber wie das alles genau war, darüber machte sich kaum einer Gedanken. Also, wenn ich das jetzt richtig verstanden habe, war der Gambrinus dein Restaurant?"

Jo schüttelte verneinend den Kopf. „Offiziell gehörte sie dem Konsum. Bis zur Wende. Im Gegensatz zu dir, war ich jedoch vor Ort., und ich habe höllisch aufgepasst. Die Grundbuchunterlagen vor der Enteignung besaß mein Vater immer als Kopie. Ich habe an der richtigen Stelle mit ein paar Mark Dampf gemacht, wenn du weißt was ich meine, und dann ging alles ganz schnell. Die Lokale, die Grundstücke, alles was mein Vater besaß, bekam ich ganz schnell zurück. Es waren ausnahmslos Top Lagen, das musst du ja noch wissen. Eine bekannte Hotelkette hat mir dann eine Wahnsinnssumme geboten. Ich habe dann noch ein bisschen nach oben gepokert uns alles verkauft. Außer dem Gambrinus."

„Willst du damit sagen, dass die Kneipe immer noch dir gehört? Der Max arbeitet demnach als Pächter oder sogar auf deine Rechnung?"

„Nein. Max stand in beschissenen Zeiten immer auf meiner Seite. Das Haus mit den vier Wohnungen gehört mir, ebenso das Grundstück. Die Gaststätte und eine der Wohnungen habe ich Max zur kostenfreien Nutzung überlassen. Zwei der Wohnungen habe ich an zwei arme Schlucker vermietet, die von der Wende voll erwischt wurden. Die Miete ist nicht der Rede wert. Die vierte habe ich Anna als Eigentum geschenkt."

„Jetzt verstehe ich deine Privilegien im Gambrinus. Die Hoheit über den Stammtisch, den eigenen Wein einbunkern. Aber sag, wer ist Anna?"

„Jo lächelte geheimnisvoll. „Das erzähle ich dir ein anderes mal."

* * *

Markert hatte sich den Polen vorgeknöpft. Als er ihn fragte, ob er das

Tonband laufen lassen dürfe, schaute der Mann unsicher auf Heller, der auf einem Stuhl neben dem Schreibtisch saß und einen freundlicheren Eindruck als Markert machte. Als Heller lächelnd nickte, nickte auch der Pole.

Markert blieb korrekt wie immer. „Name, Zygmund Krasski, richtig ? Alter zweiunddreißig, richtig ? Adresse ?"

Der Pole suchte Ausflüchte. „Mal hier, mal da."

„Aber Herr Krasski, in Ihrem Ausweis steht doch eine Berliner Adresse." Er las vor. „Lange Straße 32, bei Agnes Pastelka."

Fischer vom Einbruch hatte inzwischen längst recherchiert, dass es sich dabei um eine ältere Dame handelte, die fingiert Zimmer an ihre Landsleute vermietete, damit dies einen Wohnsitz nachweisen konnten.

Der Mann nickte eifrig. „Ja. Agnes Pastelka."

„Sind Sie mit ihr verwandt ?"

Heller mischte sich jetzt ein. Er schaute den Mann freundlich an, ballte die linke Hand zur Faust und schlug mit der flachen rechten ein paar mal drauf. „Bumsen ?"

Krasski schien erleichtert, nickte begeistert mit dem Kopf und widerholte die Handbewegung. „Ja, bumsen, bumsen."

Markert sah Heller vorwurfsvoll an und wurde wieder amtlich. „Herr Krasski. Oberkommissar Fischer hat Sie bereits belehrt, dass Sie ohne einen Anwalt, oder wenn Sie sich selbst belasten würden, nicht verpflichtet sind auszusagen. Wenn Sie aber reden, müssen Sie die Wahrheit sagen."

„Ich immer die Wahrheit. Anwalt heute keine Zeit. Kommt morgen."

Er sah Markert treuherzig an, aber Heller funkte scharf dazwischen. Seine Freundlichkeit war wie weggewischt. „Du lügst ! Halunke !"

Das brachte ihm einen vorwurfsvollen Blick von Markert ein. „Herr Krasski. Frau Pastelka ist achtundsiebzig. Ihre Aussage ist unglaubwürdig."

Krasski versuchte keck zu werden. „Na und, wissen Sie bessere für mich ? Vielleicht zwanzig, fünfundzwanzig ?"

Da kam er aber bei Heller an den Falschen. Der blieb leise und ruhig. „Schluss jetzt mit den Märchen. Du hast die Frau noch nie in deinem Leben gesehen. Wir wissen, dass diese Frau überhaupt keine Zimmer vermietet. Das ist alles nur Geschwätz."

Markert und Heller nahmen den Mann jetzt in die Zange. Markert formell und amtlich, Heller provokativ und manchmal ironisch."

Krasski, anfangs störrisch, aber sichtlich unsicher, redete sich immer tiefer in Widersprüche. Es dauerte keine Stunde bis beide wussten was sie wissen wollten. Als ihn Markert in seiner korrekten und sachlichen Art darauf hinwies, dass er möglicherweise des Mordes oder der Beihilfe zum Mord beschuldigt werden würde, begann er zu reden, versuchte aber immer noch auszuweichen.

Er habe Langendörfer vor drei Tagen die Ikonen gebracht. Der habe ihm jedoch kein Geld dafür gegeben, da er sie erst prüfen lassen wolle. Das sei aber vollkommen in Ordnung gewesen. Er habe schon mehrmals mit ihm Geschäfte gemacht.Als er dann in der Zeitung von dem Mord gelesen habe, sei er in Angst geraten, dass er in die Sache hineingeraten könne, oder dass man ihm nicht glaube, dass die *Bilderchen* ihm gehören. Er habe ja keine Quittung darüber. Deshalb habe er gestern Abend versucht, sich sein Eigentum wieder zu holen.

„Bekomme ich die *Bilderchen* wieder ? Oder Geld aus Kasse von Langendörfer ?"

Heller schien belustigt. „Du bekommst weder die Ikonen wieder, noch Geld aus Kasse von Langendörfer. Du bekommst Knast aus Mund von Richter."

Markert verbesserte ihn. „Es sei denn, Herr Krasski, Sie können beweisen, dass die Ikonen Ihnen gehören."

Krasski raufte sich anscheinend   verzweifelt die Haare. „Das Familieneigentum. Ich bin armer Mann. Familie muss Geld haben."

Heller fuhr wieder scharf dazwischen. Er hielt ihm auf einem Fahndungsblatt der polnischen Polizei das Foto einer der drei Ikonen unter die Nase. „Du lügst schon wieder Mann. Mindestens eine davon ist geklaut. Aus Kirchenbesitz. Die anderen beiden sicher auch. Also kein Familienbesitz."

Erschrocken betrachtete Krasski das Foto und versuchte wiederum eine Ausrede. „Ich habe nicht gesagt Eigentum von meine Familie. Ist Eigentum von andere Familie. Wenn geklaut, dann von diese. Ich nur -wie sagt man- Kommissionär, Makler."

Er habe die Sachen von einem Mann bekommen, um sie zu verkaufen. Der habe gesagt, sie seien Eigentum seiner Familie. Nein, den Namen des Mannes kenne er nicht.

Auf den Vorhalt Markerts, es sei unglaubwürdig, dass ihm ein fremder Mann die wertvollen Stücke einfach so anvertraut habe, wand er sich und gab zu, dass er schon öfter mit dem Mann Geschäfte gemacht habe. Den

Namen könne er aber nicht nennen.

„Sonst ich tot."

Dabei fuhr er sich mit dem Zeigefinger quer über den Hals und rollte dabei fürchterlich mit den Augen. Obwohl die beiden Polizisten sich redliche Mühe gaben, und obwohl Heller jeden Trick anwandte, den er kannte, war nichts weiter aus ihm herauszubringen als die stereotype Wiederholung der drei Worte: „Sonst ich tot."

Dann ließ er sich zögerlich dazu überreden, erst mal den Rat seines Anwaltes einzuholen und sich alles noch einmal zu überlegen.

Markert hatte die Hoffnung über den geheimnisvollen Unbekannten näher an die Hintergründe des Mordes an Langendörfer heranzukommen.

Heller schüttelte zweifelnd den Kopf. „Es ist doch möglich, dass die beiden Fälle überhaupt nichts miteinander zu tun haben. Oder es steckt wirklich organisierte Kriminalität dahinter. In beiden Fällen haben wir schlechte Karten."

Sie riefen einen Streifenwagen und ließen Krasski in die JVA zurückbringen.

Da wussten sie noch nicht, dass sie ihn nicht wiedersehen würden.

* * *

Graf und Rosenberg saßen schon am Stammtisch, als Marten und Jo den Gastraum betraten. Sie gingen zuerst zur Theke, um Max zu begrüßen. In der Küche sah man eine mollige, adrette Frau wirtschaften. Sie trug statt einer Schürze oder eines Kittels karierte Kochhosen und eine blütenweiße Kochjacke mit einer Doppelreihe schwarzer Knöpfe. Statt einer Kochmütze saß ein Schiffchen keck auf ihrem Kopf. Der Halsknoten war korrekt gebunden. Wie sie mit den großen Töpfen und Pfannen hantierte, zeigte, dass sie fachkundig und routiniert war. Während sie mit der linken Hand einen Topf beiseite schob, winkte sie mit der rechten den beiden zu.

„Hallo Liz", winkte Jo zurück. Das z sprach er aus wie ein *tz*. Eigentlich hieß sie Elisabeth, aber seit der Wende und der Invasion englicher Wörter, fand sie es schick, sich Liz zu nennen, aber sie sprach es auf deutsche Art aus. Alle Stammgäste, die sie duzen durften, hatten sich angewöhnt, es genau so zu tun. Der einzige, der sich nicht daran hielt, war Max. Er nannte sie Lisa. Wenn er seht gut gelaunt war sagte er Lieschen zu ihr, was sie schrecklich fand. War seine Laune schlechter rief er Liesbeth.

Sie kam aus der Küche, wischte sich die Hände an einem Vorstecker ab und begrüßte die neuen Gäste mit Handschlag.

„Hallo Jo, hallo Herr van Renesse."

„Lassen Sie das weg. Ich bin einfach der Marten, gnädige Frau."

Sie strahlte bei der Anrede über das ganze Gesicht und blickte ihren Mann an, als wolle sie sagen *hast du das gehört*? Zu Marten aber sagte sie: „Und ich bin die Liz."

Er musste sich ein Lachen verkneifen, machte es aber wie alle. „Also Liz, was haben Sie heute für uns gekocht.?"

Max mischte sich ein. „Nichts. Du Lieschen kümmerst dich um die Getränke. Für Jo den Roten und für Marten seinen Whisky. Schau auch mal nach den anderen Gästen."

Da Marten erstaunt schien, klärte ihn Jo auf. „Bei besonderen Gästen, und du scheinst dazu zu gehören, bekommt Liz Küchenverbot. Da kocht der Chef selbst. Was heißt schon kochen, er zaubert. Du wirst schon sehen."

Auf dem Weg zum Stammtisch erzählte Jo, dass Max stolz sei auf seine Kochkünste und er habe auch allen Grund dazu. Zwar sei Liz die gelernte Köchin und Max habe nur Kellner gelernt, was heißt schon *nur*, aber er könne eigentlich einfach alles und er würde gegen jeden Sterne-Koch bestehen.

Jo klopfte mit den Fingerknöcheln auf den Tisch und Marten tat es ihm nach.

„Na, ihr Schreiberlinge."

„Na, du Kapitalist."

Marten verzog ärgerlich die Mundwinkel. „Ist das immer noch ein Schimpfwort in dieser Gegend?"

Jo versuchte zu beschwichtigen. „Der Benni ist zum Ärger seines Chefs ein bisschen rosa geimpft, aber der hat nicht Gysi gewählt. Eher wohl den Schröder oder den Joschka, dem man jetzt an den Kragen will. Nun wo nicht alles so läuft, wie er es sich gedacht hat, jetzt ist er beleidigt."

Rosenberg, der eigentlich gar nicht streiten wollte, musste jetzt seine Meinung verteidigen. „Was hat uns denn der Kapitalismus gebracht, oder wenn ihr so, wollt die soziale Marktwirtschaft. Bankrotte Industriebetriebe, Staatszuschüsse für windige Wessis und einen Haufen Arbeitslose."

Marten blieb sehr sachlich. „Eure Betriebe waren lange vor der

Wende bankrott und konnten sich nur mit Staatszuschüssen über Wasser halten. Die DDR war Weltmeister für Industriesubventionen, und Arbeitslose hattet ihr in Hülle und Fülle, you know, aber die saßen auf Bürostühlen und waren besser bezahlt. Gebracht hat es euch bessere Straßen, überhaupt eine bessere Infrastruktur, ein intaktes Verkehrsnetz. Auch neue Betriebe, saubere Flüsse und saubere Luft. Die Arbeitslosigkeit wird sich verringern. Da bin ich als *Kapitalist* ganz sicher. Es hat aber vor allem ein sauberes Hirn gebracht, den meisten denke ich, und die Tatsache, dass Sie als Journalist alles denken, sagen und sogar schreiben dürfen was Sie wollen."

Jo mischte sich wieder ein. „Der Graf war früher auch so ein rosa Spinner. Seit er freischaffender Schriftsteller ist und sein Konto wesentlich dicker, hat sich der Revoluzzer zur Ruhe gesetzt."

Graf zuckte mit den Schultern. „Man wird nicht nur älter, sondern auch weiser und behäbiger. Lasst uns über was anderes reden. Was halten Sie von der trauernden Witwe, Marten ? Sie haben Sie doch besucht wie man hört, und wie ist Ihr Geschäft gelaufen ?"

Beide Hände erhoben schüttelte Marten den Kopf. „Über Damen spreche ich nicht am Biertisch und über Geschäfte überhaupt nicht."

In Rosenberg wurde der Journalist wach. „Aber Sie werden uns doch erzählen ob Sie hier investieren und wie hoch. Das interessiert doch unsere Leser, und ein bisschen Hoffnung brauchen doch die Leute, ganz abgesehen von der PR für Sie."

„Okay, Benni. Natürlich kann ich PR gebrauchen, clear, und wenn alles gelaufen ist, und wenn Sie mir versprechen, mich weder als Kapitalist zu verteufeln, noch aus mir den Onkel aus Amerika zu machen, verspreche ich Ihnen ein Exclusiv-Interview mit Bildern, wenn Sie wollen. Ich kann Ihnen jede Menge informatives Material geben über meine Firmen und Produkte."

Benni war ganz Ohr. „Okay Marten. Ich will Sie doch nicht zerreißen. Vielleicht ein kleines bisschen kratzen ?"

„But only a little bit. Aber Vorsicht ich kratze besser."

Das Gespräch verstummte plötzlich, als sich die Tür öffnete, die neben dem Stammtisch ins Treppenhaus führte. Eine junge Frau, etwa zwanzig, mit feuerrotem, langem Haar trat ein. Sie trug ein elegantes Tweedkostüm. Den flauschigen Mantel hatte sie über dem Arm und legte ihn achtlos auf einen Stuhl. Sie winkte allen zu.

„Hallo Jungs !"

Dann ging sie um den Tisch herum, nahm Jo's Kopf in beide Hände und küsste ihn auf den Mund.

„Grüß dich, Joschi." Sie drehte sich um zu Marten. „Sie müssen Herr van Renesse sein ? Oder darf ich einfach Marten sagen ? Joschi hat mir schon so viel über Sie erzählt, dass ich Sie sehr gut kenne. Ich bin die Anna."

Marten versteckte sein Erstaunen hinter seiner guten Erziehung. Er stand auf, küsste ihr die Hand, die sie ihm ohne Zierde hinhielt. „Wenn ich Sie so ansehe, Anna, dürfen Sie bei mir so ziemlich alles. Leider hat mir Jo, außer dem Namen, überhaupt nichts von Ihnen erzählt. Er muss ein Glückskind sein."

Sie strahlte ihn an. „Das ist er. Hast du gehört Joschi ?"

* * *

Heller und Markert saßen wieder mal an ihren Schreibtischen gegenüber. Um vierzehn Uhr hatten sie Rosenberg und Graf vorgeladen. Markert hatte sich Rosenberg vorgenommen und Heller ging mit Graf ins Nebenzimmer.

„Also Graf, wenn ich das Mikrofon eingeschaltet habe, sage ich meinen Spruch auf, klar ? Dann gibst du deine Personalien zu Protokoll." Er kippte den Schalter des Kassenrekorders um.

„Nach Vorladung in der Sache Langendörfer erscheint zur Zeugenbefragung Herr Wilhelm Graf und..."

„Herr Wilhelm Graf -von Rabenhorst !"

Heller zog ironisch den rechten Mundwinkel nach oben. „Herr Wilhelm Graf Bindestrich von Rabenhorst." Auffordernd blickte er Graf an. „Na los, weiter ! Geburtsdatum, Beruf, Adresse und so weiter."

Um es kurz zu sagen: Es kam nichts Neues heraus. Ja, er habe seinerzeit über Langendörfer recherchiert und auch einiges herausgefunden, konnte es aber letztendlich nicht beweisen. Wie es Langendörfer erfahren habe, dass er an ihm dran sei, wisse er nicht. Aber Heller sei schon klar, dass er ihm nichts über seine Arbeit sagen müsse.

Müssen müsse er nicht, aber können könne er schon meinte Heller.

Ja aber damals habe man ihm ein Dokument bei einem Anwalt unterschreiben lassen, nach dem er öffentlich nichts über Langendörfer schreiben dürfe, was er nicht beweisen könne. Man habe ihm ansonsten eine

Strafanzeige angedroht. Jetzt, wo man Langendörfer so übel zugerichtet habe, würde er sich sowieso hüten in der Sache herumzustochern. Er sei nicht lebensmüde. Wenn Rosenberg das tue sei es dessen Sache.

„Aber, warf Heller ein, dass du auf Grund seiner Recherchen bei der *Wahrheit* rausgeflogen bist, und die Androhung eines Strafverfahrens wäre doch ein mögliches Tatmotiv für einen Mord. Rache vielleicht." Damit sei er auf der Liste der Verdächtigen.

Graf lachte laut auf. „Nach zehn Jahren ? Wenn ich jeden Hund, der mich mal an gepinkelt hat, umbringen will, muss ich mir einen eigenen Friedhof anlegen. Übrigens bin ich nicht rausgeflogen, sondern ich habe selbst gekündigt, wenn auch unter dem Druck der Redaktion. Und dass ich dort weg bin war eigentlich ein Glücksfall, denn jetzt verdiene ich mein Geld -und wesentlich mehr als vorher- am Schreibtisch und ohne Hektik. Die Verleger reißen sich um meine Manuskripte, und noch nie habe ich so zufrieden gelebt. Wer weiß ob ich jemals den Mut gehabt hätte, freiberuflich zu arbeiten."

Nein, ein Alibi habe er für die Tatzeit nicht. Er habe am Schreibtisch gearbeitet. Benni sei gegen neunzehn Uhr bei ihm gewesen und habe ihm erzählt, dass er sich mal die Langendörfer-Fete ansehen wolle. Um zwanzig Uhr habe er sich die Tagesschau geschaut und später bei Max ein paar Biere getrunken.

Ganz ähnlich verlief die Befragung Rosenbergs. Er gab zu, kurz nach der Tat am Tatort gewesen zu sein. Das habe er ja schon Heller erzählt. In der Langendörfer Story habe er da angesetzt, wo seinerzeit Graf aufgehört hatte. Er habe einige neue Details erfahren, und er hoffe, sie demnächst beweisen zu können. Warum solle er ihn umbringen, wenn er ihn moralisch und vor allem politisch erledigen könne.

Markert wusste natürlich, dass er Rosenberg kein plausibles Motiv unterstellen konnte, aber ihm ging im Kopf herum, dass er vielleicht doch noch den Täter gesehen habe und jetzt selbst ermitteln wolle, um die Ergebnisse für seine Zeitung auszuschlachten. Was Rosenberg Neues recherchiert hatte, wollte er nicht sagen.

„Es ist nichts bewiesen, und ich werde mich hüten, mich in die Nesseln zu setzen."

Markert traute Journalisten alles zu. Schweren Herzens musste er ihn jedoch gehen lassen.

Als die beiden Polizisten die Mitschnitte noch mal abgehört hatten, waren sie so schlau wie am Anfang. „Das ist alles Quatsch was wir hier machen. Nur weil ein paar Leute wussten, dass da in der Villa etwas los war und dass sie wussten, dass Langendörfer an diesem Abend in seinem Landhaus war und nicht in seiner Stadtwohnung, quetschen wir sie hier aus und konstruieren ein paar lächerliche Motive. Ohne das wirkliche Motiv kommen wir keinen Schritt weiter. Die Flinte gibt auch nichts her. Sie kann von irgendeinem durchgedrehten Offizier der Roten Armee aus irgendeiner verlassenen Russenkaserne stammen. Die kannst du heute an jeder Ecke für'n Appel und'n Ei kaufen. Und wir haben immer noch keine Ahnung, wer die drei eingeladenen Herren waren. Gerade mal das *vR van Renesse* kennen wir. Vielleicht kommen wir mit den Klamotten weiter, mit denen sich der Kerl vermummt hat. Wo wurden sie gekauft, von wem, gibt es Spuren von dem Täter an ihnen ?"

„Die hat die KTU noch in Arbeit Die sind noch nicht so weit. Trotzdem müssen wir noch diesen Jo Anders und den Gastwirt befragen."

„Natürlich müssen wir, aber ich bezweifle, dass das was bringt. Ein Motiv hätte möglicherweise der Amerikaner. Aber wenn wir bohren wird der uns auch ein Alibi bringen. Du machst den Technikern Dampf, und ich gehe morgen noch mal zu der lustigen Witwe. Die hat eigentlich das beste Motiv, und ausgerechnet die habe ich noch nicht nach dem Alibi gefragt. Vielleicht kann sie uns auch helfen bei der Entschlüsselung der Initialen aus dem Notizbuch."

Dabei dachte er an guten, alten Cognac.

* * *

Wieder begrüßte ihn die hübsche, junge Frau an der Tür des Langendörfer-Hauses. „Die gnädige Frau bedauert. Sie fühlt sich nicht wohl und kann Sie nicht empfangen."

Heller blieb die Freundlichkeit in Person. „Leider kann ich im Moment darauf keine Rücksicht nehmen. Ich habe einen Mord aufzuklären und da zählt jeder Tag. Allerdings wenn sie eine ärztliche Bescheinigung beibringen kann, dann müssten wir das natürlich anerkennen. Bitte fragen Sie, an welchem Tag es ihr dann recht wäre, ins Präsidium zu kommen, oder ich frage sie gleich mal selbst."

Er schob sich an der Frau vorbei in die geräumige Diele. Miss Joan schien ein wenig schadenfroh zu lächeln. Sie verschwand hinter einer Tür und schon nach kurzer Zeit rauschte die Witwe herbei. Sie war sichtlich schlechter Laune.

„Was fällt Ihnen ein ? Ich werde mich bei Ihrem Chef beschweren. Ich kenne den Herrn Kriminaldirektor Hoffmann sehr gut."

Ohne darauf einzugehen sah sich Heller um. „Können wir uns hier irgendwo ungestört unterhalten ? Ich kann leider nicht darauf verzichten, Ihnen einige weitere Fragen zu stellen. Sie sind doch sicher auch selbst daran interessiert, den Mörder Ihres Mannes zu fassen. Oder etwa nicht ?"

Die Langendörfer drehte sich um und ging, ohne darauf zu achten ob Heller ihr folgte, zu einer Tür, die in ein nüchternes Büro führte.

Heller schrieb im Kopf den Cognac ab, beschloss aber, sie ein bisschen zu irritieren. „Wissen Sie, mich interessiert vor allem, wo Sie vorgestern zwischen neunzehn und zwanzig Uhr waren."

Entrüstet fuhr sie ihn an: „Wollen Sie mir tatsächlich unterstellen, dass ich etwas zu tun habe mit dieser Angelegenheit ? Das ist ungeheuerlich."

„Aber gnädige Frau, ich will Ihnen überhaupt nichts unterstellen. Das ist eine reine Routinefrage, die ich stellen muss. Sie an meiner Stelle würden das Gleiche tun. Immerhin haben Sie einen gewaltigen Vorteil vom Tod ihres Gatten. Wie ich gehört habe, sind Sie die Erbin eines recht großen Vermögens. Wie Sie mir selbst sagten war Ihre Ehe eine reine Vernunftsache, eine geschäftliche Angelegenheit, ich zitiere Sie. Da kann man doch auf die Idee kommen, dass der Tod Ihres Gatten zum Geschäft gehörte, rein theoretisch." Heller wusste genau, dass er zu weit ging und bei der Rückkehr ins Präsidium eine Einladung in Hoffmanns Büro bekommen würde. Trotzdem wiederholte er seine Frage nach dem Alibi.

Die Mine der Frau wurde eisig. „Ich fühle mich nicht verpflichtet, Ihre Frage zu beantworten. Trotzdem werde ich es tun. Ich war mit der Gattin von Herrn Herbert Darius wie schon oft in der Oper. Es gab den *Tannhäuser*. Mein Mann war mit Herrn Darius gut befreundet, und ich kümmere mich gerne um die alte Dame. Genügt Ihnen das ?"

Ich werde das überprüfen lassen. Ich habe jedoch noch eine weitere Frage. Wer sind RL, LF und HD ? Diese Initialen standen in einem Notizbuch Ihres Mannes zum Datum seines Todes. Es ist ziemlich wahrscheinlich, dass es sich um die Namen dreier Herren handelt, die ihn an diesem Tag um zwanzig Uhr besuchen wollten. Anscheinend war eine Feier angesagt. Die

Namen von vier hübschen Damen kennen wir bereits." Diesen Nachsatz konnte sich Heller nicht verkneifen.

Frau Langendörfer lächelte nur spöttisch. „Ich habe keine Ahnung, wer damit gemeint ist. Ich kenne die Freunde meines Mannes nicht. Auch nicht die Freundinnen."

„Sie widersprechen sich. Gerade haben Sie mir erzählt, dass Herr Darius einer seiner Freunde war. HD passt also ganz gut. Sie haben mir sehr geholfen. Ich bedanke mich."

Heller verbeugte sich und ging hinaus. Die Frau würdigte ihn keines Blickes mehr und verschwand im Haus. Joan überlegte eine Weile, dann hielt sie Heller zurück. „Frau Langendörfer war an diesem Abend wirklich im Theater. Ich habe sie selbst hingefahren und auch wieder abgeholt. Aber Sie sollten mal mit diesem Herrn Darius reden, der war weder ein Freund noch ein Geschäftspartner."

Heller wurde neugierig. Joan dachte lange nach. „Ich kann schlecht etwas darüber sagen. Wenn Darius hierher kam redeten sie kein Wort miteinander, bis sie beide in der Bibliothek alleine waren. Ich hatte immer das Gefühl einer Verschwörung. Wenn ich Ludwig, ich meine Herrn Langendörfer, danach fragte wurde er ärgerlich und meinte das ginge mich nichts an."

Heller bedankte sich und fragte auch sie, ob sie mit RL und LF etwas anfangen könne, aber sie verneinte ebenfalls.

* * *

Das Wetter hatte sich etwas gebessert. Es war aber noch kalt und am Straßenrand lagen Reste von zusammengekehrtem, braunem Schnee. Der Gehweg und die Straßen waren jedoch trocken, und die vorbeifahrenden Autos schmatzten nicht mehr durch den Matsch. Die kalte Sonne stand an einem klaren, blauen Himmel und gab den Menschen eine Ahnung vom kommenden Frühling.

Die beiden Spaziergänger in ihren dicken Wintermänteln beschlossen, noch eine Weile die frische Luft zu genießen, bevor sie in Jo´s Haus zurückkehrten. Jo lächelte in sich hinein, und nachdem sie ein ganzes Stück durch den gepflegten Vorort gegangen waren begann er zu reden.

„Jetzt willst du wissen, wer Anna ist, ob ich mit ihr schlafe, ob ich sie liebe und ob ich noch ganz bei Trost bin in meinem Alter."

„Ich will nur das wissen, was du mir erzählen willst. It´s really funny, aber Liebe hat mit dem Alter rein gar nichts zu tun, höchstens mit dem physischen, aber auch das nur bedingt."

„Natürlich liebe ich Anna. Aber nicht so, wie die beiden Schreiber und die anderen an meinem Tisch denken. Anna und ich amüsieren uns darüber, und wir lassen sie dumm sterben. Ich liebe Anna wie eine Tochter. Bett ist nicht.

Sie ist jetzt achtundzwanzig. Als ich sie kennen lernte, das war vor vier Jahren, fast fünf, da war sie seelisch verkümmert und steckte in tiefen Depressionen. Sie rauchte Hasch, dieses Dreckzeug. Äußerlich war sie sehr gepflegt und sauber, aber sie hatte keine Ideale mehr und die Welt kotzte sie an, wie sie es ausdrückte. Den Grund dafür kannte ich damals noch nicht. Ihr Studium hatte sie geschmissen, das Haus, das sie von ihren Eltern hatte, verkauft und das Geld fast restlos verjubelt.

Eines Abends, es war schon Feierabend im Gambrinus, saß sie plötzlich an meinem Tisch. Ich war alleine und habe keine Ahnung was mich veranlasste, sie, entgegen meinen Prinzipien, dort sitzen zu lassen. Irgendwie sah sie traurig aus, obwohl sie mich anlächelte.

„Ich bin die Anna", sagte sie, so wie sie es heute zu dir sagte. Eine Antwort blieb ich ihr schuldig. Ich mochte sie auf Anhieb, war aber schon zu sehr Eigenbrötler geworden, um ihr meinen Namen zu nennen."

„Du trinkst einen guten Wein", lächelte sie, „und ich habe gehofft, du lädst mich ein."

„Sie nahm die Flasche in die Hand und betrachtete das Etikett wie ein Kenner. *Donnerwetter*, war alles was sie sagte. Ich hätte ihr gerne etwas angeboten, aber ich verstoße nie gegen meine Prinzipien. Du bist die erste und einzige Ausnahme. Tut mir leid, Anna, schüttelte ich den Kopf, aber ich habe mir hier ein Image geschaffen, welches ich nicht aufs Spiel setzen will. Schon dass du an diesem Tisch sitzen darfst, ohne dass ich dich dazu einlud, ist schon ein Sakrileg. In dieser Gaststätte trinke ich diesen Wein und sonst keiner. Damit halte ich Distanz zu anderen Gästen. Es ist ein Privileg und ein Prinzip. Aber zu Hause habe ich einen ganzen Keller voll davon. Ein paar Minuten von hier."

„Lass gut sein, Alter. Ich habe auch ein Prinzip, obwohl ich von Prinzipien gar nichts halte. Ich gehe nicht mit dir ins Bett." Sie schwieg eine

Weile. „Und du musst bei mir auch nicht auf den Putz hauen. Ein Keller voll von diesem Wein und du sitzt nicht alleine hier rum. Du hättest ein großes Haus und hundert Freunde."

„Ich lächelte über ihre Menschenkenntnis. Ich habe keine hundert Freunde, ein paar schon, aber ein großes Haus, das habe ich. Irgendwie habe ich sie überzeugt, dass ich auch nicht die Absicht habe, mit ihr ins Bett zu gehen und überredete sie, mit mir zu kommen. Ich weiß nicht, ob es die Aussicht auf ein Glas Wein war, oder ob sie einfach jemanden zum Reden brauchte. Wir haben bis in die frühen Morgenstunden zusammengesessen und geredet. Von ganz alleine begann sie, mir ihre Geschichte zu erzählen.

Anna war in einer Stadt, ganz in der Nähe aufgewachsen. Behütet und in einem guten Haushalt. Ihr Vater war Parteisekretär in einem volkseigenen Kombinat, in dem ihr Großvater Direktor war. Man war stolz auf die DDR, weil man an sie glaubte, und weil man von ihr lebte. Bereits im Kindergarten sang sie die Lieder, die alle Kinder in diesem Staat sangen und nicht merkten, dass sie falsche Töne hatten. Sie wurde eingeschult und freute sich über das blaue Halstuch der Thälmann-Pioniere. In der FDJ engagierte sie sich selbstverständlich als Gruppensekretärin. Sie wechselte zur EOS, und es war beschlossene Sache, dass sie studieren würde."

„Stopp", sagte Marten, „Stopp ! EOS, FDJ, Thälmann-Pioniere, Kombinat. Was ist das alles."

Jo lachte laut. „Entschuldige Marten. Bei uns gab es so eine Abkürzungsmanie. Das waren für uns selbstverständliche Begriffe." Er erklärte es Marten.

„Lange bevor sie ihr Abitur machen konnte, fiel die Mauer und mit ihr die eingehämmerten, falschen Ideale. Sie ging weiter zur Schule und begann später ein Studium für Geschichte. Marxismus-Leninismus gab es ja nicht mehr.

Die ersten Gerüchte tauchten auf, dass ihr Vater für die Staatssicherheit gearbeitet habe, aber sie glaubte, dass er sich nicht zu schämen brauche, nach seiner Überzeugung gehandelt zu haben, als sie eines Morgens beim Aufstehen einen Zettel fand, auf dem stand, dass ihre Eltern es vorgezogen haben, in den Westen zu gehen. Man würde sie nachholen, wenn sie Fuß gefasst hätten. Daneben lag die Urkunde eines Notars, die besagte, dass das Haus auf ihren Namen umgeschrieben worden sei. Sie sei jetzt die Eigentümerin. Später kam ihr Großvater, der anscheinend von den Plänen ihrer Eltern gewusst habe, und nahm sie mit zu sich nach Hause. Hier in diese Stadt.

Sie bekam dann heraus, dass ihr Vater als IM, als informeller Mitarbeiter, üble Berichte für die Stasi abgefasst hatte, mit denen die Karriere einiger junger Leute verbaut wurden. Zwei davon waren sogar für lange Zeit ins Gefängnis gekommen. Ihr Großvater, der immer noch der sture Betonkopf war, fand daran nichts auszusetzen. Anna aber fing an, sich Gedanken zu machen über ihr Weltbild.

Von ihren Eltern hörte sie lange Zeit nichts. Nicht mal einen Brief gab es oder einen Anruf. Erst vor einem Jahr erfuhr sie, dass ihr Vater inzwischen unter anderem Namen als Personalchef in einem großen Konzern, dem früheren *Klassenfeind,* arbeitet. Er weigerte sich jedoch, mit ihr in Verbindung zu treten, um seine Identität nicht preiszugeben.

Mit ihrem Großvater gab es dann immer öfter Streit, und als sie durch einen Zufall eine Urkunde fand, in welcher er für treue Dienste als OBE, das heißt Offizier in besonderem Einsatz, im Auftrag des Staatssicherheitsdienstes, belobigt wurde, gab es einen großen Streit, und sie beschränkte den Kontakt zu ihren Großeltern auf das Notwendigste.

Es muss eine harte Zeit für sie gewesen sein. Als dann ihre Großmutter kränkelte, wurde die Beziehung unerträglich. Sie erwischte ihren Großvater dabei wie er ihre Sachen durchstöberte, und ganz schlimm wurde es, als sie bemerkte dass er sie beim Duschen belauschte. Sie konfrontierte ihn damit, und er versuchte, sie zu schlagen.

Sie zog aus dem Haus aus, verkaufte das Haus ihrer Eltern und geriet in eine Gruppe von Aussteigern, von denen viele Ähnliches erlebt hatten.

In jener Nacht, als ich sie kennen lernte , weinte sie sich bei mir aus und schlief in einem meiner Gästezimmer. Ich mochte sie sehr und beschloss, mich ein bisschen um sie zu kümmern. Wir holten ihre Sachen aus der schäbigen Wohnung, in der sie jetzt hauste, und ich nahm sie zu mir ins Haus. Als dann die Rekonstruktion des Hauses abgeschlossen war, in dem sich der Gambrinus befindet, schenkte ich ihr eine Eigentumswohnung über der Gaststätte. Sie nahm alles ohne Ziererei und ohne viel Worte darüber zu verlieren, an, und seitdem liebt sie mich wie einen Vater.

Jetzt studiert sie wieder und arbeitet ein bisschen für mich. Aber das ist eine andere Geschichte und bei Gelegenheit werde ich sie dir erzählen. Jetzt gehen wir nach Hause und trinken noch einen Schluck. Es wird Zeit für zwei alte Knaben, sich in die warme Stube zu setzen, und auf den Frühling zu warten."

* * *

Heller hatte keine Zeit verloren und die Wohnung von Herbert Darius aufgesucht,
„Was kann ich für sie tun ?"
Darius war ein dürrer alter Knabe. Ein Hagestolz mit dem Gehabe eines gedienten Soldaten. Knochig mit einem Gesicht aus harten Kanten und einer spitzen Nase.
Er gab sofort zu, dass er am Tage des Mordes von Langendörfer in dessen Landhaus eingeladen war. Er habe keine Veranlassung gesehen, sich bei der Polizei zu melden. Er sei ja nicht dort gewesen. Einer der beiden anderen Herren habe ihn im Wagen angerufen -er sei schon auf dem Weg gewesen- er solle umkehren. Bei Langendörfer sei etwas passiert und die Polizei sei dort. Näheres habe er nicht erfahren.
Die Verbindung zu Langendörfer sei politischer Natur gewesen. „Herr Langendörfer setzte sich aktiv für die Kommunalpolitik ein. Ich war schon immer politisch aktiv und bin es immer noch, trotz meines Alters. Ich habe mich immer wieder mal mit ein paar Herren getroffen, um eine gemeinsame Politik zum Nutzen der Stadt zu erörtern. Wissen Sie, wir haben das immer als Saufabend getarnt. In diesem neuen Staat gibt es viele Intrigen und noch mehr Neider. Es muss nicht immer jeder alles wissen."
Heller war erstaunt, das alles so offen zu hören, aber es war ihm schon klar, dass vieles, über die Parteigrenzen hinaus, im Hintergrund abgesprochen war. Er war sicher, dass die Geplänkel im Stadtrat nur für die Öffentlichkeit bestimmt waren.
„Darf ich wissen mit welcher Partei Sie sympathisieren ?"
Darius streckte den faltigen Hals, hob die lange, spitze Nase nach oben und nahm eine Art Feldherrenpose ein. Die Hände faltete er auf dem Rücken. „Ich sympathisiere nicht. Ich bekenne mich offen. Ich bin Ehrenvorsitzender der örtlichen Gruppe der PDS. Das ist jedem bekannt, den es interessiert."
Heller fiel vor Verwunderung kaum noch eine Frage ein. „...Und Herr Langendörfer teilte Ihre politischen Ansichten ?"

Herr Langendörfer war aktives Mitglied einer liberalen Partei und hatte in deren Auftrag ein Mandat im Stadtrat. Aber er war ein kluger Mann und machte seine Handlungen nicht von irgendeiner Parteidoktrin abhängig, sondern alleine vom Wohl unserer Stadt."

„Und von seinem eigenen Wohl, nehme ich an." Heller war wütend, aber Darius nicht aus der Fassung zu bringen.

„Was wollen Sie ? Es ist jedem Bürger erlaubt und möglich, seine eigenen Interessen wahrzunehmen, unabhängig von seiner Parteizugehörigkeit. Ich denke, das ist doch wohl der Grundgedanke jeder Demokratie. Oder ?"

Heller konnte nur noch ironisch antworten. „Das hat Ihre Vorgängerpartei, zu der Sie sich ja wohl noch bekennen, auch wenn sie ihren Namen gewechselt hat, aber lange Zeit verheimlicht. Sie nannte sich doch auch demokratisch."

„Ich lasse mich von Ihnen nicht provozieren !"

Darius stand anscheinend über den Dingen. „Auch in der Deutschen Demokratischen Republik konnte jeder seine eigenen Interessen vertreten, solange er loyal zu seinem Staat stand. Jeder war aufgerufen mitzuarbeiten. Zu seinem Wohl und dem Wohl des Staates."

„Ja, und wenn er nicht loyal war, wurde er eingesperrt. !"

„Sie verkennen bewusst die Situation in der wir uns befanden. Wir waren ringsum von Feinden umgeben, die uns vernichten wollten."

„Außer im Osten, da waren doch Ihre Freunde."

„Selbst die haben uns zum Schluss verraten." In Darius's Stimme klang Bitterkeit und Verachtung."

„Darüber kann man verschiedener Meinung sein, Herr Darius. Vielleicht waren da nur ein paar klügere Köpfe. Aber lassen wir das. Sie wollen also sagen, dass Herr Langendörfer und Sie in manchen Dingen gleicher Meinung waren und zusammen gearbeitet haben."

Darius protestierte. „So kann ich das auf keinen Fall stehen lassen. Die klügeren Köpfe, an die sie glauben, haben ein Chaos angerichtet. Sehen Sie sich doch um: Ausländer, Kriminelle, Arbeitslose, Korruption, Nazis. Was Herrn Langendörfer betrifft kann ich nur sagen, dass er bei unseren Treffen seine politische Meinung für sich behielt, und ausschließlich zum Wohle der Stadt argumentierte. Wenn er dabei eigene Interessen nicht außer Acht ließ, sollte man ihm das nicht vorwerfen."

Heller war wütend über soviel Ignoranz und Starrsinn. Er gab es auf einen solchen Mann belehren zu wollen.

„Lassen wir das. Ich bitte Sie, mir zu sagen, wer an diesem Abend außer Ihnen noch an diesem Treffen teilnehmen sollte."

Darius schüttelte den Kopf. „Ich fühle mich dazu nicht berechtigt. Es war ein rein privates Vergnügen, zu dem wir uns treffen wollten. Zumindest müsste ich die Herren erst fragen, ob sie damit einverstanden sind."

Heller platzte fast der Kragen vor Wut. „Erstens haben sie gerade vorhin zugegeben, dass es keine private Veranstaltung war. Dazu haben wir auch die Aussagen zweier Damen, die schon mehrmals an solchen *privaten* Treffen teilgenommen haben. Zweitens sind Sie verpflichtet, mir alles zu sagen was Ihnen bekannt ist. Sie dürfen keine Informationen zurückhalten, die zur Aufklärung eines Mordes beitragen könnten. Notfalls können wir Sie dazu zwingen."

Bei dem höhnischen Lachen des alten Mannes sträubten sich Hellers Nackenhaare.

„Indem Sie mich einsperren ? Das haben Sie doch gerade *meiner* Partei vorgeworfen. Im Übrigen fällt mir gerade ein, dass es eine Überraschungsparty werden sollte. Mir sind die Namen der anderen Herren -und Damen- überhaupt nicht bekannt."

Jetzt glaubte Heller ihn zu haben und lächelte ihn freundlich an. „Sie erzählten mir aber doch vorhin, einer der Herren habe Sie angerufen und Ihnen geraten, umzukehren."

Darius war nicht zu erschüttern. „Anscheinend hat der Mann *mich* gekannt. Aber er hat mir seinen Namen nicht genannt. Er sagte nur dass bei Langendörfer die Polizei sei. Ich solle lieber umkehren. Dann legte er auf."

Heller gab auf. „Ich muss Sie bitten, morgen Früh ins Präsidium zu kommen. Wir werden nochmals von vorne anfangen und dann ein Protokoll aufnehmen. Denken Sie inzwischen gut nach. Auch eine uneidliche Falschaussage ist strafbar."

„Da muss ich Sie leider enttäuschen. Ich fühle mich zur Zeit gesundheitlich nicht sehr wohl und bin nicht in der Lage, das Haus zu verlassen. Ich bin nicht mehr der Jüngste. Mein Arzt, Herr Doktor Rudolf Lauritz, wird mir meine Vernehmungsunfähigkeit sicher attestieren."

„Wir werden Sie im Wagen abholen." Wütend und ohne sich zu verabschieden verließ Heller das Haus und ging ins Büro zurück.

Markert war genauso sauer als Heller ihm den Besuch bei Darius schilderte.

„Wir kriegen den Fuchs. Das verspreche ich dir. Notfalls packe ich das Aufnahmegerät ein, oder nehme eine Stenotypistin mit, und mache die Befragung bei ihm zu Hause. Dann soll er mal eine Falschaussage machen. Die Konsequenzen werde ich ihm ausführlich erläutern. Wann willst du denn diesen, diesen Josef Anders zur Vernehmung bestellen ?"

Heller zog die Stirn kraus. „Der würde uns wahrscheinlich genauso abblitzen lassen. Ich denke mal, ich werde ihn heute Abend im Gambrinus treffen. Da kriege ich mehr aus ihm heraus, als wenn wir ihn hier in die Zange nehmen. Anders hat seinen eigenen Kopf."

Das war gar nicht nach Markerts Geschmack. „Du kannst doch nicht einen Zeugen in der Kneipe vernehmen. Der Staatsanwalt bekäme einen Herzinfarkt. Dieser Fall geht mir eh schon auf die Nerven. Wir kommen keinen Schritt weiter. Wenn wir auf jede Empfindlichkeit Rücksicht nehmen wollen, bleiben wir mitten drin stecken. Aber wie ich dich kenne, wirst du sowieso deine Meinung nicht ändern. Weißt du was, ich komme auch hin, in diese Kneipe, wenn ich hier fertig bin. Ich will mir den Laden und die Leute mal ansehen. Damit das klar ist. Ich bin nicht einverstanden mit deiner Art zu arbeiten. Es ist unüblich so was zu tun, wenn es nicht gar ungesetzlich ist. Außerdem hätte eine solche Aussage keinen Bestand bei einer Verhandlung. Aber irgendwie müssen wir weiterkommen. Bestimmt hängen die irgendwie mit drin."

Heller war wieder anderer Meinung. „Von denen hat keiner damit zu tun. Wir verplempern damit nur unsere Zeit."

* * *

Jo und Marten saßen schon am Stammtisch, als Heller die Gaststube betrat. Anna saß neben Jo und hatte einen Obstsaft vor sich stehen. Graf kam fast gleichzeitig mit Heller, Rosenberg fehlte noch.

„Der hat irgendwas vor", sagte Graf.

Man unterhielt sich lange über andere Dinge, bevor Heller mit seinen Fragen herausrückte. Gleich nachdem er angekommen war, hatte er Max nach seinem Alibi befragt. Der hatte zuerst rum gemault, aber Liz bestätigte ihm, dass ihr Mann, nachdem er bei Langendörfer die Bestellung abgegeben hatte, den ganzen Abend am Buffet gestanden habe. „Da kannst du hundert Gäste befragen, die das bestätigen können."

„Sag mal, wo warst du eigentlich an diesem Abend ?", fragte Heller Jo beiläufig, als sei ihm die Frage gerade eingefallen. „Etwa zwischen 19 und 20 Uhr."

„Auf diese Frage habe ich schon lange gewartet. Was würdest du sagen, wenn ich mich nicht daran erinnern könnte ?"

„Ich würde sagen, du lügst."

„Gut, du hast schon einen beschissenen Beruf. Ich war um diese Zeit zu Hause. Ich lag in der Badewanne und fünf Minuten vor acht hat mich mein Schulfreund seit zweiundfünfzig Jahren zum ersten Mal wieder besucht." Er deutete auf Marten.

„Wenn du nicht ausgerechnet die Zeit, nach der ich gefragt habe, ausgelassen hättest, dann könntet ihr euch gegenseitig ein Alibi geben. Die Schüsse fielen zwei Minuten vor halb acht. Fünf Minuten -gut gerechnet- zur Straße und zehn Minuten mit dem Auto zu dir. Da hast du aber kein Alibi."

„Brauch ich eins ?"

„Im Moment nicht, aber fänden wir ein plausibles Motiv, wäre es schon gut, wenn du eins hättest." Heller konnte sich nicht vorstellen, warum Jo geschossen haben sollte. Und wo hätte er dann die Kalschnikow her.

Jo zuckte gleichgültig mit den Schultern. „Ja in dem Fall müssten wir beide damit leben."

Marten meldete sich zu Wort. „Als ich zu ihm kam, war Jo gerade aus dem Badezimmer gekommen. Mit nassen Haaren und im Bademantel. Ich dachte schon, er habe meinen Besuch vergessen."

Heller hob die Hände über den Kopf und streckte die Handflächen gegen die beiden aus. „Seid doch nicht so verdammt empfindlich. Ich muss euch das fragen. Als Polizeibeamter bin ich dazu verpflichtet. Ich könnte mir bei Jo absolut kein Motiv vorstellen. Ich muss dies Fragen halt jedem stellen, der von der Anwesenheit Langendörfers im Landhaus gewusst hat. Wir kommen sonst einfach nicht weiter. Kein Anhaltspunkt..

„Der perfekte Mord ?"

„Keine Rede. Den gibt es nicht. Jeder Täter hinterlässt Spuren. Es kommt nur darauf an, dass ich sie auch finde."

„Ich will dir weiterhelfen", lächelte Jo. „Ich habe etwa um halb acht beim Italiener angerufen und was zu essen bestellt. Kurz vor acht brachte der Bote die Bestellung. Kannst ja dort nachfragen. Der erinnert sich. Ich bin ein guter Kunde. Verrate es aber Max nicht. Der ist schnell eingeschnappt. Und italienische Küche mag er überhaupt nicht." Alle grinsten.

„Vergiss es Jo."

In diesem Moment betrat Markert die Gaststube und sah sich suchend um. Da der Stammtisch von einem Raumteiler halb verdeckt war, ging er zum Wirt, der ihm zeigte wo er Heller finden konnte.

Der stellte Markert den Anwesenden vor, sagte ihm aber, dass er Jo fragen müsse, ob er sich an den Tisch setzen dürfe.

„Ich weiß nicht....das ist doch wohl eine öffentliche Gaststätte ? Oder nicht. Ich bin Polizist, zwar nicht dienstlich hier, aber ich bin quasi immer im Dienst." Markert ärgerte sich über diese *Arroganz*, wie er meinte. Da ihn Heller aber vorher ausdrücklich gebeten hatte, nicht den Beamten herauszustellen, bat er zähneknirschend Jo um Erlaubnis.

Graf setzte noch eins drauf. „Wissen Sie, Herr Hauptkommissar. Den Platz an diesem Tisch muss man sich verdienen."

Jo wollte die Wogen glätten. „Graf übertreibt ein bisschen, Herr Markert. Obgleich ich zugeben muss, dass ich nicht jeden an meinen Tisch lasse."

Jetzt konnte Markert aber nicht mehr an sich halten und wiederholte seinen Einwand. „Das ist aber doch eine öffentliche Gaststätte."

„Aber der Wirt hat mir den Tisch reserviert", konterte Jo lächelnd.

Markert gab sich noch lange nicht geschlagen. „Dann müsste das ja im Reservierungsbuch der Gaststätte vermerkt sein."

Max der gerade an den Tisch kam war erbost. „Spinnt der ?"

Markert sah seine Autorität gefährdet. „Sie wissen genau, wer ich bin, Herr Wirt. Ich hätte gut Lust Ihnen eine Beamtenbeleidigung zur Last zu legen", meinte er geschraubt.

Jetzt sah Heller Markert verärgert an. „Max hat nicht behauptet dass du spinnst. Er hat gefragt. Keiner hat ja gesagt. Oder"

„Seid friedlich" lenkte Jo ein. „Nehmen Sie einfach Platz, Herr Markert. Ich nehme an Sie sind privat hier, nicht weil Sie sich ärgern wollen. Max bring Herrn Markert was zu trinken. Was möchten Sie, Sie sind mein Gast."

Max schaute Markert immer noch unfreundlich an, aber weil er von Heller unter dem Tisch einen Tritt bekam, blieb Markert ruhig,

„Bitte geben Sie mir ein Flasche von dem Wein, den Herr Anders trinkt." Markert konnte ja nicht wissen, dass er damit schon wieder in ein Fettnäpfchen trat. „Aber bitte auf meine Rechnung. Besten Dank Herr Anders, aber ich kann nicht gegen die Dienstvorschriften verstoßen, und die besagen, dass ich von niemandem, der irgendwie in einen Fall verwickelt ist, Geschenke annehmen darf."

„Ich weiß zwar nicht, wieso ich, wie sagten Sie *verwickelt* bin, aber bitte, wie Sie mögen."

Max aber murrte Markert an. „Das geht leider nicht. Der Wein ist nur für Jo. Er gehört ihm. Ich hätte nicht mal den Gaststättenpreis dafür."

Bevor Markert endgültig böse wird, griff Jo ein. „Es ist zwar gegen mein Prinzip, aber bring Herrn Markert eine Flasche. Er kann das nicht wissen, wenn er zum ersten Mal Gast in deinem Restaurant ist. Bring ihn zum Einkaufspreis." Zu Markert sagte er, indem er Max zublinzelte: „Ich mache Sie aber darauf aufmerksam, dass dieser Wein nicht billig ist. Er steht auch nicht auf der Getränkekarte."

Wäre Markert nicht so mit seinem Ärger beschäftigt gewesen, hätte er an den Gesichtern der anderen bemerkt, dass irgendetwas faul an der Sache sein musste. Das stellte sich aber erst nach mehr als zwei Stunden heraus, als Markert nach der Rechnung verlangte. Jo, Marten und Max hatten nochmals auf anscheinend beiläufiges Befragen bestätigt, dass sie am Mordabend, beziehungsweise zur Tatzeit, nicht am Tatort waren.

Markert schaute auf die Rechnung und dann zu Max, der sich Mühe gab, keine Miene zu verziehen. Er schaute auf die Rechnung und alle lachten leise in sich hinein. Nur Anna lachte ungeniert laut.

Er deutete auf den Preis. „Ich hatte nur eine Flasche Herr Wirt."

Max tat unschuldig. „Was ist ? Einhundertachtunddreißig Mark. Das ist der Einkaufpreis, ohne Gaststättenaufschlag. Jo hat Ihnen doch gesagt, dass der Wein nicht billig ist."

Mit rotem Kopf zahlte Markert nachdem er sich von Heller fünfzig Mark geborgt hatte. Diese Kneipe würde er nie wieder betreten. Das schwor er sich in seinem Inneren. Nie wieder !

* * *

Zur gleichen Zeit stand der alte, blaue Opel Rosenbergs in einer Seitenstraße. Immer wenn ein anderer Wagen durch die stille Straße fuhr duckte er sich. Seit mehr als zwei Stunden beobachtete er ein Haus auf der gegenüberliegenden Straßenseite. Vor genau einer Stunde hatte ein Auto vor dem Haus angehalten, das er observierte. Es war schon dunkel gewesen. Auf der Seitentür des Wagens stand der Name eines Kurierdienstes. Ein Mann war ausgestiegen, hatte noch einmal Adresse und Hausnummer auf dem Schild an der Gartentür mit einem Brief in seiner Hand verglichen und dann geläutet. Nachdem er eine Weile vergeblich gewartet hatte, schob er den Brief in den Kasten neben der Tür. Dann klebte er einen vorbereiteten roten Aufkleber auf das Namensschild. Als er weg war, ging Rosenberg hinüber und sah den Hinweis, dass eine wichtige Nachricht im Briefkasten sei. Man solle unbedingt nachsehen.

Er hätte zu gerne gewusst, was für eine Nachricht das war, aber der Briefkastenschlitz war zu eng, sodass er selbst mit seinen langen, schmalen Fingern nicht hineinkam, obwohl er sich alle Mühe gab. Jetzt, Rosenberg hatte sich wieder im Wagen klein gemacht, kam ein Taxi die Straße herauf und hielt vor dem Eingang des Hauses. Ein Mann stieg aus. Rosenberg erkannte den Hausherrn. Er bemerkte den Hinweiszettel auf dem Namensschild und nahm den Brief aus dem Kasten. Im Licht der Hauslampe drehte er ihn und besah ihn von allen Seiten. Ohne ihn zu öffnen betrat er das Haus.

Länger als eine Stunde blieb alles ruhig. Dann wurde das Licht im Erdgeschoss ausgeschaltet, und die Tür öffnete sich wieder. Der Mann trat heraus und nach einer kurzen Weile hielt wieder ein Taxi vor der Tür. Der Mann sprach mit dem Fahrer, stieg dann ein, und das Taxi fuhr schnell davon.

Rosenbergs Wagen stand in der richtigen Fahrtrichtung und er folgte dem Taxi in großen Abstand, war aber bemüht, es nicht aus den Augen zu verlieren. In ziemlicher Entfernung vor der Stadt hielt der Wagen vor einem großen, marode aussehendem Gebäude, welches von einer hohen Mauer umgeben war. Der Mann stieg aus, reichte dem Fahrer das Geld durch die Scheibe der linken Tür und schickte das Auto weg.

Als es außer Sicht war, nahm er den großen Brief, den er im Katen gefunden hatte, aus der Tasche, entnahm dem Umschlag einen Schlüssel, mit dem er das Schloss der eisernen Kette öffnete, die um die Stäbe des hohen Tores geschlungen waren. Beim Öffnen quietschte das rostige Tor laut in seinen Angeln. Ohne sich umzublicken ging der Mann auf das Gebäude zu.

Rosenberg, der in sicherem Abstand gewartet hatte, stieg jetzt ebenfalls aus und folgte dem Mann, der nun durch eine verrostete Eisentür anscheinend ein paar Stufen hinunterging. Er konnte ihn nicht mehr sehen und stellte sich in den Schatten der Mauer. Er wollte warten bis er wieder herauskam.

Plötzlich gab es eine gewaltige Detonation. Rosenberg bekam einen riesigen Schreck und warf sich auf die Erde. Die eiserne Tür flog krachend in den Hof. Trotz seiner Angst hob er geistesgegenwärtig die Kamera und drückte auf den Auslöser. Danach verließ er fluchtartig das Gelände und rannte zu seinem Wagen. Da legte sich eine Hand auf seine Schulter. Ein Mann stand vor ihm und hauchte ihn mit einer Schnapsfahne an.

„Ist Krieg ?" Dabei schaute er erschrocken zurück zu dem Gebäude, aus dem jetzt Flammen in den offenen Fensterhöhlen loderten.

„Verdammt !", sagte Rosenberg und versuchte die Hand von seiner Schulter wegzudrehen, aber der Mann hielt eisern fest, obwohl er kaum noch stehen konnte.

„Freund oder Feind ?"

Rosenberg wusste nicht, was er von ihm wollte.

„Freund oder Feind ?", stammelte der Mann noch mal.

Um ihn loszuwerden entschloss sich Rosenberg mitzuspielen. Hauptsache man sieht ihn hier nicht, dachte er. Er schaute den Mann scharf an „Freund !"

Jetzt war der Penner begeistert. Er versuchte zu salutieren, fand aber seine Stirn nicht. „Uuunteroffizier Ki..Kinkel. Einsatz be..bereit. Bitte uuum Befehle."

Rosenberg wollte unbedingt schnell weg von hier, denn in der Ferne hörte man schon die Sirene der Feuerwehr. Er fuhr den Mann scharf an. „Sofort in den hinteren Frontabschnitt ! Auf weitere Befehle warten !"

Der Betrunkene stürzte davon. So eilig, dass Rosenberg befürchtete, dass er bald auf der Straße läge. Er rannte zu seinem Auto, wendete und fuhr so schnell los, dass die Reifen quietschten.

* * *

Heller saß noch eine ganze Weile, nachdem Markert gegangen war, am Stammtisch. Sie amüsierten sich über Markerts Gesicht, als der die

60

Rechnung bekam. Heller war sich ganz sicher, dass morgen mit ihm nicht gut Kirschen essen war.

„Eigentlich hat er mir ein bisschen leid getan", sagte Jo, „aber er hatte mit seiner Beamtenarroganz einen Denkzettel verdient."

Marten erzählte dann noch eine ganze Zeit über seine Aktivitäten in Kanada und in den Staaten, zeigte Bilder und Prospekte. Auf die Frage Grafs bestätigte er nochmals, dass er hier kräftig investieren wolle.

„Warum erst elf Jahre nach der Wende ?", wollte Jo wissen.

„Ach damals hatte ich mich gerade in USA engagiert, und es ist nicht so einfach, in einem so großen Land Fuß zu fassen. Außerdem wusste man ja nicht genau wie die Sache hier ausgehen würde. Und für abenteuerliche Unternehmungen bin ich zu alt. Es kam mir gerade recht, als meine Anwälte konkret wussten, was hier mit meinen Grundstücken gelaufen war und jetzt hatte ich erst die richtige Verhandlungsposition. Mit dem Langendörfer hätte ich bestimmt einen schwierigen Gegner bekommen, aber seine Frau war anscheinend froh, alles möglichst schnell loszuwerden."

Da wurde Heller von Max ans Telefon gerufen. „Für dich, Harry."

Heller telefonierte lange und fragte mehrmals bei seinem Gesprächspartner zurück. Dann kam er mit bestürztem Gesicht an den Tisch zurück.

„Ich muss weg. Es gab eine Explosion. Auf dem alten Fabrikgelände Ihres Großvaters, Marten." Nachdenklich schaute er Marten an. „Sie sind doch wohl jetzt der Eigentümer ?"

Marten nickte. „Jedenfalls per Vorvertrag, der erst mit der Testamentseröffnung wirksam wird. Vorausgesetzt Frau Langendörfer erbt."

„Markert hat mich angerufen. Es hat anscheinend einen Toten gegeben,"

Renesse sprang vom Stuhl auf. „Kann ich mitkommen ?"

„Natürlich", sagte Heller, und beide gingen zur Tür, wo Niedermeyer schon auf sie wartete.

* * *

Markert war in schlechter Laune vom Gambrinus noch mal ins Büro gegangen. Er wollte nachsehen, ob sich eventuell etwas Neues ergeben habe. Mit der Wut im Bauch wegen der beschissenen Flasche Wein, mit der sie ihn reingelegt hatten, wollte er nicht nach Hause. Er hatte sowieso Bereitschaftsdienst. Auf dem Tisch fand er den Bericht der KTU über die Untersuchung der Klamotten, der Perücke und dem falschen Bart am Langendörfer-Tatort. Es gab keinerlei nähere Erkenntnisse. Der Anorak wurde als eine italienische Produktion älteren Datums analysiert, konnte aber nicht in Deutschland gekauft worden sein. Perücke und Bart stammten tatsächlich aus einer Karnevalskollektion, wie Heller schon vermutet hatte, und wurde deutschlandweit und im Ausland angeboten. Der Täter hatte unter den Bart ein Heftpflaster geklebt und unter die Perücke wahrscheinlich einen Damenstrumpf aus Nylon über den Kopf gezogen. Es gab also weder Haare noch Hautpartikel vom Täter. Er war außerordentlich sorgfältig vorgegangen. In den Schneeresten im Wald hatte man Fußspuren der Größe 44,5 gefunden. Es stellte sich aber heraus, dass das Spuren von Gummi-Überschuhen waren, die heute kaum noch getragen werden. Es ließ aber darauf schließen, dass der Täter höchstens Größe 42 trug. Wenn er die Schuhe nicht an den bloßen Füßen getragen hatte, was kaum anzunehmen war.

Es folgte eine Beschreibung der Maschinenpistole, die tatsächlich aus russischen Armeebeständen stammte und ungebraucht war. Die Leinentasche war aus polnischer Produktion, aber in Deutschland käuflich.

Markert fluchte vor sich hin, als das Telefon läutete. Eigentlich wollte er jetzt ins Bett. Von der Leitstelle der Feuerwehr erfuhr er von der Explosion in der Fabrik, und dass ein Toter gefunden wurde. Er sauste die Treppen hinab, steckte das Blaulicht auf das Wagendach und raste mit eingeschalteter Sirene davon.

* * *

Der Tatort war weiträumig abgesperrt. Trotz der späten Stunde und des abseits liegenden Ortes, standen erstaunlich viele Neugierige vor dem rot-weißen Plastikband und reckten die Hälse. Markert kroch hindurch nachdem er einige Leute angeschnauzt hatte, die absolut keinen Platz machen wollten. Gott weiß wo diese Kathastrophenleute immer so schnell herkommen, ging es ihm durch den Kopf.

„Was ist denn passiert ?" Markert hatte sich an einen der Feuerwehrleute gewandt, der am Löschwagen eine Zigarette rauchte.

„Dort steht der Einsatzleiter", sagte der Mann und zeigte in Richtung des noch brennenden Gebäudes. Bei dem Mann stand Weber von der Spurensicherung.

„Irgendjemand wollte anscheinend den ganzen Kasten in die Luft jagen", und der Einsatzleiter ergänzte: „Das Feuer entstand wahrscheinlich durch eine Explosion. Ich glaube nicht, dass Brandbeschleuniger benutzt wurden. Aber das kann ich Ihnen morgen ganz genau sagen."

„Wir haben eine Leiche gefunden", nahm Weber wieder das Wort. Fürchterlich zugerichtet. Sie liegt bereits eingesargt im Auto. Wenigstens das, was davon übrig ist. Wir wissen noch nicht, wer der Mann ist. Ob er Opfer ist, oder ob er den Sprengsatz gelegt hat, kann man auch noch nicht sagen."

Einer von Webers Männern trat zu den dreien und trug etwas in der Hand. Ein zerfetztes Stück Metall. „Das war kein Sprengsatz. Das ist ein Stück von einer Tellermine, wahrscheinlich russischer Herkunft. Aber eine Mine kann die schrecklichen Verwüstungen nicht angerichtet haben. Entweder war die Mine nur als Zündung gedacht, oder ein Verrückter hat mehrere Minen gebündelt. Es ist aber noch unklar, wie sie gezündet wurden. Ich denke mir, der Tote ist drauf getreten. Aber was wollte er hier um diese Zeit ? Und war es Zufall oder war die Bombe für ihn bestimmt. Wenn ja, wer hat sie dann gelegt."

„Weber unterbrach ihn. „Darum soll sich gefälligst die Mordkommission kümmern. Wir haben schon genug zu tun. Da kommt übrigens Heller."

Markert würdigte ihn keines Blickes und Heller grinste still in sich hinein. „Wir sollten vorn anfangen. Wer ist der Tote. Wir können von der rechten Hand Abdrücke nehmen. Die ist noch relativ komplett. Ich war schon am Wagen und habe ihn mir angesehen. Die rechte Hand ist fast das Einzige was noch heil ist an diesem Mann. Es sieht aus, als habe man ihn in den Zinksarg hinein schaufeln müssen", sagte Heller und schüttelte den Kopf. „Ich muss da direkt an Langendörfer denken. Der war auch so zugerichtet."

„Wir haben einen Augenzeugen", sagte Weber.

„Das erzählst du mir erst jetzt. Bist du neu bei uns ?" Markert war sauer, aber Weber meinte: „Aus dem kriegst du im Moment sowieso nichts heraus. Der ist stockbesoffen. Er schläft friedlich in einem Auto der Feuerwehr."

Trotzdem gingen Markert und Heller zu dem Auto. Der Penner lag friedlich auf dem Rücken und schnarchte laut. Die Beine hingen aus dem

Wagen heraus. Auf seinem Gesicht lag ein friedliches Lächeln. Heller schüttelte ihn, und der Mann glotzte ihn mit weit aufgerissenen, erschreckten Augen an. „Sechs, sechs, sechs", nuschelte er und schlief sofort wieder ein.

„Lass gut sein", meinte Heller zu Markert, der ihn auch noch mal rüttelte. „Du hörst doch, er träumt von Sex. Wir nehmen ihn mit. Hoffentlich kotzt er mir nicht ins Auto."

Missmutig drehte sich Markert ab, als ihn ein ein älterer Herr mit einem mickrigen Hund im Weg stand, und Markert am Ärmel zupfte. „Wie kommen Sie hier hinter die Absperrung. Verlassen Sie bitte den Tatort."

Zögernd drehte sich der Mann um und wollte gehen. Dann fasste er sich aber Mut. „Verzeihen Sie. Der Wachtmeister hat mich reingelassen und gesagt, dass ich mich bei Ihnen melden soll."

Heller wurde aufmerksam. „Was kann ich für Sie tun ?"

„Ich weiß nicht, ob es wichtig ist, aber ich bin vorhin mit meiner Ina, das ist mein Hund müssen Sie wissen. Ich bin alleinstehend, und meine Ina ist mein Alles."

Markert unterbrach den Alten barsch. „Ist ja gut, aber wir haben jetzt keine Zeit. Das sehen Sie ja." Heller aber ermunterte den Mann weiter zu sprechen. „Ja alles, ich tue alles für meine Ina, und ich gehe jede Nacht, bevor ich mich schlafen lege, ich kann nämlich schlecht schlafen, ich gehe also jede Nacht mit meiner Ina noch mal Gassi. Auch heute. Ich war weit weg, als es so schrecklich krachte, meine Ina zittert jetzt noch am ganzen Leib, also, kurz danach habe ich ein Auto gesehen, das ganz schnell hier weg fuhr."

Markert interessierte sich jetzt wieder für den Mann. „Ja und ? Was war das für ein Auto ? Marke, Farbe. Haben sie den Fahrer gesehen ?"

Der Alte war ganz verdattert. „Es saß nur eine Person im Auto", sagte er, „aber ob es Mann war oder eine Frau kann ich nicht sagen. Das Auto war dunkel. Blau, vielleicht schwarz. Was für eine Marke es war, kann ich nicht sagen. Vielleicht ein Opel. Mein Enkel hat einen Opel, müssen Sie wissen, nur in rot. Der Wagen sah genauso aus. Aber mein Enkel besucht mich ja kaum noch. Vielleicht hat er jetzt ein ganz anderes Auto."

Heller und Markert waren enttäuscht. *Da hat man schon mal einen Augenzeugen, aber der weiß nichts.* „Ja, besten Dank. Sie haben uns sehr geholfen, aber dunkle Vielleicht-Opel gibt´s wahrscheinlich Hunderte in der Stadt."

Der Mann wurde jetzt ganz nervös. „Aber ich habe mir doch die

Nummer gemerkt. Wenigstens teilweise."

Die beiden Polizisten schauten als habe sie der Schlag getroffen. „Schnell Mann. Wie war die Nummer ?"

Der war jetzt stolz. „Zuerst kam das Kennzeichen für die Stadt, das kenne ich. Mein Enkel..."

„Weiter Mann. Die Nummer !"

„Dann kamen zwei Buchstaben, die ich nicht mehr weiß, denn in meinem Alter..." Markert knurrte drohend. „...dann kamen drei Sechsen. Sechs, sechs sechs."

„Der Penner", rief Markert begeistert. „Der Penner hat den Waagen auch gesehen." Er tätschelte dem alten Mann die Schulter. „Das haben Sie gut gemacht."

Heller bekam einen nachdenklichen Gesichtsausdruck. „Markert, ich weiß, wer einen dunklen Opel mit dieser Nummer fährt."

Markert verstand nicht recht. „Das werden wohl viele sein, aber das kriegen wir raus. Und dann nehmen wir einen nach dem anderen unter die Lupe."

„Das wird nicht nötig sein", murmelte Heller nachdenklich. Rosenberg fährt den."

„Los ! Wir müssen ganz sicher sein", rief Markert. „Wir knöpfen uns den Penner noch mal vor. Rosenberg, wenn er das tatsächlich war, läuft uns nicht weg." Markert war tatendurstig. Mit viel Kaffe und noch mehr Kölnisch Wasser brachten sie den Mann dazu, dass er halbwegs wieder reden konnte.

„Früher, bis vor ein paar Tagen, habe ich in dieser Fabrikhalle meinen Schlafplatz gehabt. Da war es immer schön warm, auch wenn dort längst nicht mehr gearbeitet wird. Dort hat dann irgendein Idiot eine Kette ans Tor gehängt. Zuerst habe ich versucht, über die Mauer zu klettern, aber die ist oben mit lauter Glasscherben besetzt." Er zeigte seine bepflasterten, schmutzigen Hände hoch. „Seitdem schlafe ich in dem alten Schwanenhaus am See. Um diese Jahreszeit gibt es ja keine Schwäne hier. Vorher sitze ich mit ein paar Kumpels auf der Bank an der Friedhofsmauer und wir trinken ein Schlückchen. Bei der Kälte muss man das ganz einfach."

Die beiden Kommissare unterbrachen seine weitschweifige Rede nicht, weil sie befürchteten, er werde dann wieder einschlafen.

„Heute Nacht, meine beiden Freunde waren gerade zu ihren Platten gegangen, kam ein Taxi und hielt am Tor an. Als es weg war, ein Mann war

65

ausgestiegen, ging dieser Mann zu der Kette am Tor und schloss sie mit einem Schlüssel auf. Am liebsten hätte ich ihm eine rein gehauen, weil sicher *er* die Kette da dran gehängt hat. Jedenfalls ging er zum Tor der großen Halle und trat ein. Es gehen dort vier Stufen hinab. Die Tür ist nie verschlossen. Dann gab es den Knall, dass ich dachte der Krieg sei ausgebrochen. Ich sah einen Mann, der aus dem Tor mit der Kette kam und dachte in meinem Suff, der habe geknallt. Er sagte, er sei der Einsatzoffizier und hat mich sofort in die hinteren Linien beordert. Ich war bei der Volksarmee und bin gewohnt, Befehle auszuführen. Als ich nach hinten rannte, raste er in einem Auto an mir vorbei, als sei der Teufel hinter ihm her. Ich kam erst in dem Feuerwehrauto wieder zu mir, bin aber anscheinend gleich wieder eingeschlafen."

Mit Geduld hatten die beiden zugehört, aber jetzt konnte Markert nicht mehr an sich halten. „Wie sah der Mann aus, besondere Merkmale, wie alt ?"

Der Mann wurde verlegen. „Wissen Sie, ich war ziemlich blau. Er war vielleicht um die dreißig, ziemlich schmächtig. Er hatte eine Brille ohne Rahmen. Die Gläser waren direkt an den goldenen Bügel befestigt. So ein Besserwisser-Typ. Sie wissen schon."

„Gut Mann", rief Markert. Und zu Heller: „Das ist Rosenberg."

Sie stiegen zusammen in Markerts Auto. Heller hatte Renesse total vergessen.

Der ging zum Einsatzleiter der Feuerwehr und wies sich aus. Er sagte ihm, dass er wahrscheinlich der zukünftige Besitzer sei und teilte ihm den Namen der jetzigen Besitzerin mit. Dann ließ er sich die Kette zeigen. Sie war ordentlich aufgeschlossen. Unversehrt.

* * *

„Diesmal muss er uns aber was Besseres erzählen", hatte Markert geknurrt. „Mit so einer Zufallsgeschichte, wie bei Langendörfer kommt mir der Windhund nicht wieder davon."

„Vergiss doch endlich, dass er dich mal in seiner Zeitung angezählt hat. Rosenberg ist kein übler Kerl. Der bringt doch keinen um." Heller war ärgerlich, weil er sich selbst die Zusammenhänge nicht erklären konnte.

Sie waren mit vollem Signal und Blaulicht losgefahren und standen jetzt vor Rosenbergs Wohnung in einem modernen Mehrfamilienhaus. Heller drückte die Klingel und sofort, als habe Rosenberg auf sie gewartet, öffnete er die Tür.

„Kommt rein. Ich habe so was befürchtet. Da hat sich der alte, besoffene Penner doch mein Kennzeichen gemerkt."

„Ja, und es gibt noch einen zweiten Zeugen" fuhr ihn Heller böse an.

„Zwei Zeugen!" Er tippte sich an die Stirn. „Mit so einem Macho-Kennzeichen fährt man ja auch nicht nachts durch die Gegend. Schon gar nicht, wenn irgendwo eine Bombe hochgeht."

„Ist er tot?"

„Ist wer tot?"

„Darius!"

Die beiden Polizisten sahen Rosenberg ungläubig an.

„Sie wollen doch damit nicht etwa sagen, dass der Tote in der alten Fabrik Darius ist. Einer der Männer, die am Todestag von Langendörfer bei ihm eingeladen waren?"

„Doch. Ich wusste, dass Darius irgendetwas mit Langendörfer zu tun hatte. Gemeinsame Geschäfte, dachte ich. Ich hielt es sogar für möglich, dass er der Täter war, der einen Mitwisser beseitigen wollte. Doch, dann dachte ich, dazu sei er wohl zu alt und zu gebrechlich. Ich habe ihn also seitdem observiert, soweit ich Zeit hatte. Heute Abend wartete ich vor seinem Haus.

Als er spät mit einem Taxi wegfuhr, bin ich ihm nachgefahren. Er fuhr zur Fabrik. Für die Kette am Tor hatte er einen Schlüssel. Er ging auf das Gebäude zu und durch die Tür in den tieferliegenden Lagerraum. Er war kaum drin, gab es einen fürchterlichen Krach und das Gebäude flog in die Luft."

„Und Sie haben natürlich mit der ganzen Sache nichts zu tun", höhnte Markert.

Heller schaute Rosenberg drohend an. „Los! Erzähle endlich. Alles! Und lass dir eine gute Geschichte einfallen. Du warst also *angeblich nach* dem Mord an Langendörfer am Tatort. Heute bist du hinter Darius her und prompt wird der in die Luft gesprengt. Ein bisschen viel Zufall. Oder? Jetzt musst du dich aber anstrengen, wenn wir dir glauben sollen."

Markert lachte laut auf. „Der kann erzählen was er will. Der steckt bis zum Hals in der Sache Das sieht doch ein Blinder."

„Jetzt habe ich es aber satt. Wenn dein Freund Markert mich nicht leiden kann, soll er mir auch nur das leiseste Motiv beweisen. Aber Du ? Von dir hätte ich nicht erwartet, dass du mir so was zutraust."

Heller schrie auf einmal laut. „Verdammt Markert, hör auf. Lass ihn endlich reden!"

Rosenberg zuckte resigniert mit den Schultern. „Es wird mir nichts anderes übrig bleiben. Ich sag Euch was ich weiß."

Bereits Graf hatte vermutet, dass Langendörfer mit der verblichenen DDR unerlaubte Geschäfte gemacht hatte, aber dessen Informanten wollten darüber nicht öffentlich aussagen. Jetzt hatte Rosenberg einen Mann ausfindig gemacht, der für den Antikhandel Pirna gearbeitet hatte, einer KOKO Firma Schalk-Golodkowskys. Dort wurden beschlagnahmte Bilder, Möbel und andere antike Gegenstände, meist aus dem Besitz von DDR-Flüchtlingen oder Ausgereisten, nach dem Westen verkauft. Der Abnehmer, der durchaus wusste woher die Sachen kamen, war Langendörfer. Das war für den keine Straftat, auch wenn es in den Augen anderer unmoralisch war, aber wer stört sich schon an Unmoral, wenn es um großes Geld geht.

Dieser Informant behauptet nun, dass Langendörfer als Gegenwert elektronische Geräte via Bukarest geliefert habe, die zum Export in den Ostblock nicht erlaubt waren. Der Mann aus Pirna, der jetzt in Frankfurt am Main lebe, wolle gegen eine hohe Summe die Beweise dafür liefern.

Der Zeitung Rosenbergs war diese Summe jedoch zu hoch. Er solle erst mal versuchen, selbst zu recherchieren. Erst wenn nichts dabei herauskomme, wolle die *Wahrheit* möglicherweise zahlen.

„Nun habe ich allerdings gehört, dass Langendörfer auch Informant der Stasi gewesen sei, also ein Spion im Westen im Auftrag des Ostens. Das wäre natürlich ein Knüller. Die gesamten Unterlagen der HVA XX über Spionage im Westen, haben sich aber die Amerikaner unter den Nagel gerissen. Da kommt nicht mal die Bundesregierung ran."

Markert zog die Stirn kraus und wollte ihn unterbrechen, aber Heller zischte ihn an. „Still!"

Rosenberg sprach weiter. „Ich habe also Langendörfer gründlich observiert. Dabei fiel mir auf, dass er sich öfter mit Darius traf. Immer heimlich und außerhalb der Stadt. Dieser Darius ist", er unterbrach sich, „war jedoch offiziell und äußerst aggressiv in der PDS tätig. Er zählte zu der so genannten *Kommunistischen Plattform*. Zudem war er Ehrenvorsitzender der hiesigen Parteigruppe. Ich hatte den Eindruck, dass Langendörfers Tod ein politisches Motiv hatte. Deshalb habe ich mich danach ganz auf Darius konzentriert, da dieser mein einziger Anhaltspunkt war. Ich kam einfach nicht weiter. Darius hatte aber kaum persönliche Kontakte, nicht mal mit Parteigenossen.. Der einzige der ihn regelmäßig besuchte, war ein gewisser Dr. Rudolf Lauritz. Im Alter von Darius war das natürlich nichts Besonderes. Inzwischen weiß ich definitiv, dass Darius der Abnehmer der Elektronik war, die Langendörfer lieferte. Darius war damals Direktor eines RFT-Kombinats."

Heller unterbrach ihn. „Hast du Lauritz gesagt? Dr.Lauritz?"

Rosenberg bestätigte es noch mal, und Heller sprach nachdenklich weiter. „Darius hat Lauritz mir gegenüber erwähnt. Der würde ihm bescheinigen, dass er körperlich nicht in der Lage sei, ins Präsidium zu kommen."

„Was soll das?", raunzte Markert. „Dazu ist ein Arzt ja wohl da, dass er Atteste ausstellt und seine Patienten berät. Du glaubst doch nicht den Schmarren diese Zeitungsschmierers?"

„Bleib ruhig Markert. Es klingt doch alles plausibel. Mir fällt aber im Augenblick etwas anderes auf. Rudolf Lauritz. *RL* ‚denk mal nach. Los!"

„Markert war verblüfft. „Das Tagebuch. Rudolf Lauritz. Der dritte Mann."

„Siehste. Mach weiter Rosenberg. Aber denk nicht, dass du schon aus dem Schneider bist."

„Heute Abend stand ich mit meinem Wagen vor dem Haus von Darius. Es war schon spät und alles dunkel. Ich dachte, er sei womöglich schon im Bett und wollte gerade wegfahren, da kam ein Auto von einem Botendienst, und auf dessen Klingeln wurde nicht geöffnet. Also war effektiv keiner im Haus. Die Frau von Darius ist krank und wohnt auf dem Land bei einer älteren Verwandten. Die Langendörfer hat sie dort mal zu einem Theaterbesuch abgeholt."

Rosenberg erzählte dann von dem Brief, und dass Darius mit einem Taxi kam und nach dem Erhalt des Briefes später wieder wegfuhr, und er hinterherfuhr und sah wie Darius die Kette am Tor mit einem Schlüssel öffnete, den er dem geheimnisvollen Brief entnahm.

„....Und dann hat es geknallt."

Dass er Fotos gemacht hatte, erzählte er nicht.

Heller dachte nach. „Die Geschichte klingt plausibel. Das heißt aber noch nicht, dass ich sie glaube. Wir müssen jetzt erst herausfinden, in welcher Beziehung Darius zu Langendörfrer gestanden hat. Wenn du behauptest, dass der Schlüssel in diesem Brief lag, dann ist der Botendienst der erste Anhaltspunkt. Wer den Schlüssel in den Briefumschlag legte, hat meiner Meinung nach auch die Bombe gelegt. Die Fragen lauten also 1. Wer besaß einen Schlüssel zu dieser Kette am Fabriktor, 2. Von wem bekam der Botendienst den Brief. Die müssen das ja schließlich wissen." Rosenberg musste ihm die Adresse geben.

„Eigentlich müssten wir dich jetzt als möglichen Tatverdächtigen festnehmen, und Markert wird mir die Leviten lesen, wenn ich das nicht tue. Noch nicht tue. Du verlässt die Stadt nicht, bevor ich es dir gestatte. Und du bleibst gefälligst ständig erreichbar für uns. Deine Handynummer habe ich, und das bleibt ständig eingeschaltet, wenn du das Haus verlässt. Hast du das kapiert?"

Er packte den widerstrebenden Markert am Arm und zog ihn aus der Wohnung. Trotz der späten Stunde fuhren sie zu der angegebenen Adresse des Kurierdienstes, wo sie jedoch niemanden antrafen. Sie fanden die private Nummer des Inhabers auf dem Firmenschild., aber dort meldete sich niemand.

„Komm Heller", brummte Markert, Morgen ist auch noch ein Tag. Ich hab´s satt."

* * *

Marten und Anna waren noch mit Jo nach Hause gegangen, als sie sich aus dem Gambrinus verabschiedet hatten. Sie saßen in den tiefen Ledersesseln bei einem Glas Wein. Marten erzählte, was er an der Unglücksstelle erfahren hatte. Alle drei waren ratlos und konnten sich keinen Reim machen auf die Vorgänge. Marten wechselte dann das Thema.

„Hör mal Jo, wir hatten vorhin von meinen beabsichtigten Investitionen gesprochen. Wie hast du dein Geld angelegt? Verstehe mich nicht falsch. Ich brauche keinen Teilhaber. Ich kann das alles selbst finanzieren, aber wenn du willst, kannst du einsteigen. Wie denkst du darüber? Ich wäre sogar bereit eine Gewinngarantie zu geben. Da kann nichts schief laufen. Wir arbeiten nach einer bewährten Firmenstrategie ohne Fremdfinanzierung."

Jo schüttelte lächelnd den Kopf. „Ich danke dir Marten, aber das werde ich nicht tun."

„Ich verstehe. Sicher hast du dein Geld fest angelegt. Ich kann dir aber riesige Gewinne garantieren. Wenn das unter uns bleibt, dann sage ich dir wir haben so gut wie keine Anlaufkosten. Das gesamte Gelände hat mich alles in allem gerade mal einen Appel und ein Ei gekostet. Ich konnte die Langendörfer unter Druck setzen, da ich gute Beweise habe, wie Langendörfer an die Grundstücke gekommen ist. Da spielt übrigens dieser Darius und seine PDS auch eine Rolle, unter anderen. Bei Langendörfer selbst hätte ich es wohl schwerer gehabt. Der war mit allen Wassern gewaschen. Erzähl das aber deinem Heller nicht. Sein Compagnon Markert würde mich sofort einsperren."

„Trotzdem danke, Marten. Ich habe mein Geld einfach so auf der Bank liegen."

Marten konnte nicht glauben, was er da hörte. „Du willst doch damit nicht sagen, dass du dein Geld nicht arbeiten lässt? Dass du mit den mickrigen Bankzinsen zufrieden bist?"

„Ich kann mit den *mickrigen* Bankzinsen noch sehr viele Jahre leben, ohne dass ich mein Kapital angreifen muss. Sieh dir doch die Börsensituation an. Weißt du wie viele im letzten Jahr alles verloren haben, was sie besaßen? Siehst du, das ist der Unterschied zwischen uns Ossis und euch Wessis. Wir hatten nicht so viel Geld, dass wir uns Gedanken darum machen mussten. Unsere Gehälter waren eher bescheiden, bis auf ein paar Ausnahmen vielleicht. Wir konnten keine Aktien kaufen oder Firmenbeteiligungen. Deshalb sind wir auch dem Geld nicht so hinterhergelaufen wir Ihr. Wenn es etwas Gutes gab an diesem so genannten Sozialismus, was ich generell bezweifle, dann war es das. Es gab neben dem Geld andere Werte. Heute ist das anders. Für die Arbeitslosen, für die, die sich gerne selbstständig machen würden ist das ein Handicap. Sie konnten keine Kapitalreserven anlegen, sie konnten keine Grundstücke kaufen, die sie heute als Bürgschaften der Bank anbieten könnten. Aber sie haben vierzig Jahre ruhig gelebt. Ohne eure Hektik. Das ist doch auch was. Sieh mal, ich bin durch die Wende zu viel Geld gekommen. Soll ich mich jetzt noch mit den Regeln des Kapitalmarktes befassen? Ich genieße jetzt mein Leben. Ich trinke in Ruhe meinen Rotwein und spiele ab und zu mal einen Skat. Ich reise nach Lust und Laune in der Welt herum. Es wäre mir schrecklich, wenn ich mich jetzt um den Dax kümmern müsste, wenn ich bei jedem Börsenrutsch das Zittern bekäme. Ich muss keinen Gewinn machen. Natürlich könntest du deine Geschäfte auch zu Geld machen und sicher von den Zinsen leben. Du wärest wahrscheinlich todunglücklich. Du brauchst den Erfolg zu deinem Glück. Das kommt von unseren unterschiedlichen Lebensläufen."

Renesse protestierte. „Du hast wohl recht, Jo, aber wenn man Geld hat, ist man verpflichtet, auch etwas für die Gesellschaft zu tun, etwas Soziales. Das kannst du nur, wenn dein Kapital genug Rendite bringt. So sehe ich das."

Marten erwiderte ruhig: „Ich will dich nicht beleidigen, und ich will mich auch nicht mit dir streiten, aber du beruhigst nur dein eigenes Gewissen. Jedes Geschäft wird nur um des Geschhäftes Willen gemacht. Der sogenannte Gewinn für die Gesellschaft ist bestenfalls ein Nebenprodukt. Meine Bank tut sicher mit meinem Geld etwas für die Gesellschaft, Sponsoring für Sport, Kultur und was weiß ich. Vor allem tut sie was für sich selbst: Maximierung des Gewinns für die Anteilhalter.

Ich besitze einen Kindergarten und ein Kinderheim für Jugendliche und Kinder, die kein Zuhause oder kein gutes Zuhause haben. Das zahle ich aus meinem Kapital. Ohne jeglichen Gewinn."

Marten wollte seinen Ohren nicht trauen. „Was hast du ? Einen Kindergarten?"

Jo erklärte es ihm. „Viele Mütter können nicht arbeiten, weil sie ihre Kinder nicht sicher versorgt wissen. Im Gegensatz zu anderen öffnet meiner am frühen Morgen und schließt erst, wenn die Mütter Feierabend haben. Das wird bei uns flexibel und nach Anhörung der Person gehandhabt. Diese Ganztagsbetreung hat sich in der ehemaligen DDR bewährt, trotz gegenteiliger Ansichten. Dazu ist mein Kindergarten fast kostenlos. Die Beiträge sind nach dem Einkommen der Eltern gestaffelt. Ich will den Leuten das Geld nicht aus den Taschen ziehen"

„Das finanziert du alles selbst? Das sind doch enorme Kosten."

„Nein. Ich habe die Grundstücke gekauft, die Häuser gebaut oder renoviert, sie eingerichtet, und ich kümmere mich um die laufende Instandhaltung. Die laufenden Kosten, Löhne für die Erzieherinnen und Köche, für das Reinigungspersonal, Handwerker, Essen für die Kinder, werden von Sponsoren gedeckt. Das erledigt aber meine Anna." Er lächelte ihr zu und drückte zärtlich ihre Hand.

„Ja, das ist meine Aufgabe", lächelte sie zurück, „und ich mache das sehr gerne. Ich bin gut im Betteln. Ich falle den Leuten so lange und so intensiv auf die Nerven bis sie froh sind, mich mit einer Spende für unsere Kinder wieder loszuwerden. Ich nehme auch keine kleinen Beträge. Die Leute, die ich anspreche haben Geld genug und meistens ein schlechtes Gewissen. Das nutze ich aus. Dabei habe ich keine Hemmungen."

Jo nahm den Faden wieder auf. „Ich könnte das auch alles selbst bezahlen, was ich am Anfang auch tat, aber man sollte den Einen oder Anderen mit ruhigem Gewissen zur Kasse bitten. Irgendwo hat jeder dieser Geldsäcke etwas gut zu machen. Außerdem hat Anna damit eine Aufgabe und vor allem Selbstbestätigung. Ich möchte nicht, dass Anna sich von mir abhängig fühlt."

„Also wenn das so ist, dann soll sie morgen mal bei mir vorsprechen. Durch den Tod von Langendörfer habe ich eine Menge Geld verdient und müsste eigentlich auch ein schlechtes Gewissen haben."

Sie redeten noch eine ganze Weile über Jo´s soziales Engagement und über vieles andere bis spät in die Nacht. Als alle müde wurden, bot Marten Anna an, sie nach Hause zu bringen. Er gehe gerne noch ein bisschen an die frische Luft, und zu seinem Hotel sei es nur fünf Minuten. Sie verabschiedeten sich von Jo und Anna hackte sich bei Marten ein.

„Wissen Sie Marten, Jo ist ein herzensguter Mensch. Er kümmert sich um die Not anderer, vor allem um seine Kinder. Wenn er sich nicht so rührend um mich bemüht hätte, wäre ich unter die Räder gekommen."

Mit lautem Heulen überholte sie ein Polizeiauto.

„Das waren Heller und Markert. Die machen sicher jetzt erst Feierabend. Weiß man denn schon, wer der Tote ist ?"

Marten schüttelte den Kopf. Nein, ich jedenfalls weiß es nicht." Sie sahen dem Auto nach, dessen Sirene noch lange zu hören war, gingen dann aber langsam weiter.

„Anna ich bewundere Sie. Ich muss Ihnen das mal sagen, Wie Sie Ihr Leben im Griff haben ist einfach großartig, nachdem Sie es ja beinahe weggeworfen hatten. Ich beneide Jo um diese Freundschaft mit Ihnen. Wie lange müssen Sie eigentlich noch studieren ?"

Anna tat entsetzt. „Sie stellen aber Fragen. Das kommt darauf an wie fleißig ich bin. Mit etwas Glück schaffe ich es in zwei Jahren. Vielleicht drei."

„Haben Sie nicht Lust auf Amerika ? Machen Sie den Rest in Kanada. Ich miete für Sie eine Wohnung in einer Unsiversitätsstadt Ihrer

Wahl. Das ist kein Problem."

„Und Ihre Frau wäre begeistert ?"

Marten protestierte. „Das war nicht privat gemeint. Für eine solche plumpe Anmache bin ich zu alt. Das haben Sie falsch verstanden." Außerdem sei seine Frau vor drei Jahren verstorben. Er lebe jetzt mit zwei erwachsenen Töchtern, ihren Männern und den Enkelkindern in einem riesigen Anwesen außerhalb von Vancouver.

Anna drückte seinen Arm. „Das tut mir leid mit Ihrer Frau. Ich wusste das nicht. Es ist furchtbar lieb von Ihnen. Gerne würde ich Ihr Angebot annehmen, aber ich kann Jo nicht alleine lassen. Er ist sehr einsam."

Eine ganze Weile gingen sie nebeneinander her, bis Marten wieder zu reden begann. „War Jo nie verheiratet? Hat er keine Kinder oder Enkelkinder. Er hat nie mit mir darüber gesprochen."

„Jo war verheiratet. Er hatte eine Tochter. Sie ist gestorben vor langer Zeit als sie etwa in meinem Alter war. Vielleicht ist das die Erklärung warum er sich so sehr um mich gekümmert hat. Aber bitte Marten, ich möchte darüber nicht sprechen. Fragen Sie ihn selbst. Er wird es Ihnen erzählen."

* * *

Schon sehr früh kam Heller ins Büro gestürzt. Ohne zu grüßen rief er: „Von wem hatte er den Schlüssel?"

Markert saß an seinem Schreibtisch und sah ihn ratlos an. „Ich denke, er hat ihn aus dem Couvert genommen, den ihm der Botendienst gebracht hatte."

„Aber ja doch", rief Heller. Aber irgendjemand muss ihn doch da reingetan haben. Wie viele Schlüssel existierten. Die entscheidende Frage ist doch: Wer hat die Kette angebracht? Der muss den Schlüssel haben oder gehabt haben. Ich war schon bei Weber. Darius hatte den passenden Schlüssel in seiner Jackentasche."

Heller nahm den Telefonhörer ab, suchte einen seiner Zettel, fand ihn aber natürlich nicht. Er wurde ganz nervös.

„Was suchst du eigentlich so chaotisch?"

„Eine Telefonnummer", brummte Heller mürrisch.

„Wen willst du denn anrufen?"

„Na, die Langendörfer. Mir ist heute Nacht erst klar geworden, dass nur der einen Schlüssel verschicken kann, der auch einen gehabt hat."

Markert gab ihm die Nummer, die er gewissenhaft in seinem Computer gespeichert hatte. Heller wählte.

„Guten Tag Gnädige Frau. Ich muss dringend noch einige Fragen an Sie stellen. Ach so ja. Hier ist Heller, Hauptkommissar Heller. Verzeihen Sie, wenn ich störe. Nein nicht wegen der Explosion. Woher wissen Sie davon überhaupt. Aus der Zeitung? Dieser lausige Scheißkerl. Nein Gnädige Frau, das war nicht für Sie bestimmt. Ich habe etwas zu meinem Kollegen gesagt."

Heller erfuhr, dass van Renesse gleich bei seinem ersten Besuch -noch bevor er ihr den Vorvertrag angeboten hatte- bat, das Gelände ansehen zu dürfen. Er habe sie beide von seinem Chauffeuer dort hinfahren lassen, und dann dort gleich die Kette gekauft und ein Schloss. Den einen der Schlüssel habe er ihr gegeben, den anderen habe er behalten.

„Haben Sie den Schlüssel noch? Gut, ich schicke jemanden vorbei. Bitte sind Sie so freundlich und geben ihn dem Beamten mit. Nein, das ist nur eine Routinesache."

„Wenn du *sie* nach dem Schlüssel fragst, dann musst du aber die gleiche Frage deinem Kanadier stellen."

„Natürlich. Das mache ich sofort. Hast du eine Ahnung wo der wohnt?"

Markert befragte den allwissenden Computer. „Im *Dorint*, in der Bahnhofstraße. Aber der hängt doch sicher in der Kneipe rum bei deinem Jo Anders."

„Das ist nicht mein Jo Anders." Heller war beleidigt. Nach einem Anruf stellte sich heraus, dass Renesse noch im Hotel war. Heller bestellte einen Fahrer. Niedermeyer war nicht im Haus und es kam ein anderer Chauffeur, ein junger Polizist, der noch nicht lange im Dienst war.

„Fahren Sie vorsichtig!" Heller war immer misstrauisch was das Auto fahren betraf.

Er traf Renesse schon vor seinem Hotel an, wo ihm sein Fahrer gerade die Tür zum Einsteigen aufhielt. Es war eines dieser langen Stretch-Autos mit dunklen Scheiben, wie man sie in den gängigen Mafia-Filmen sieht. Im hinteren Bereich war anscheinend ein komplettes Büro eingerichtet.

„Bitte entschuldigen Sie den Überfall Marten. Ich habe nur eine einzige Frage und werde Sie nicht aufhalten.. Haben Sie einen Schlüssel für das Tor auf dem Fabrikgelände?"

Renesse nickte. „Ich habe ihn sogar hier in der Tasche. Ich wollte gerade hinausfahren und mir den Schaden noch mal genau bei Licht ansehen."

„Den Schlüssel können Sie sowieso nicht gebrauchen. Wir haben die Kette und das Schloss zur Spurensicherung mitgenommen. Zur Zeit steht eine Wache dort. Ich gebe Ihnen meine Karte und rufe dort an, dass man Sie hineinlässt. Haben Sie nur den einen Schlüssel zu dem Schloss?"

„Nein, es gibt einen zweiten. Den hat Frau Langendörfer. Sie ist ja noch die Eigentümerin."

„Noch eine einzige Frage. Haben Sie nur die zwei Schlüssel gekauft, oder drei oder vier?"

Renesse wurde ärgerlich. „Was soll diese Fragerei? Am besten Sie wenden sich an meinen Fahrer, der hat die Kette und das Schloss gekauft. Vielleicht hat er noch die Quittung."

Heller quälte sein Schulenglich hervor. „Excuse me, Sir. Do you have the bill..."

Der Mann unterbrach ihn. „Geben Sie sich keine Mühe, ich spreche ausgezeichnet deutsch."

Heller bekam einen roten Kopf, was selten vorkam. „Haben Sie bitte noch die Rechnung über die Kette und das Schloss, welche an dem eisernen Fabriktor von Herrn van Renesse angebracht wurden." Er sprach aus Verlegenheit so gespreizt.

Der Fahrer klappte seine Brieftasche auf, nachdem er Renesse fragend angeblickt hatte.

„Bitte sehr." Er hielt Heller die Rechnung unter die Nasse. „1 Kette, 1,5 Meter lang, ein Vorhangschloss, 2 Schlüssel dazu passend.

„Danke Marten. Macht es Ihnen etwas aus, mir den Schlüssel zu geben. Wir brauchen ihn zu Vergleichszwecken."

Renesse zuckte mit den Schultern und stieg in den Wagen, nachdem ihm Heller eine Quittung gegeben hatte und seine Karte, damit man ihn hineinließ in das Grundstück.

Der junge Polizist konnte seine Augen nicht von dem eleganten, langen Wagen lassen.

„Den hättest du wohl gerne", meinte Heller augenzwinkernd.

„Nein, Herr Hauptkommmissar. Bei meinem Gehalt könnte ich mir nicht mal den Sprit leisten, den der wahrscheinlich säuft." Nach einer Weile des Nachdenkens redete er weiter. "Ich glaube, ich habe Mist gebaut." Heller sah ihn an und er erzählte stockend: „Ich war bei den Leuten, die nach dem Mordfall Langendörfer, die Anwohner der nahen Bundesstraße am Tatort befragt haben, ob ihnen was aufgefallen ist. Es kam nicht viel dabei heraus. Ein Schuljunge erzählte mir damals, dass er zur fraglichen Zeit mit einem Freund vor dem Haus gestanden habe. Ihm war aufgefallen, dass gegen halb acht genau so ein Auto in Richtung Stadt gefahren ist. Natürlich schaut ein Halbwüchsiger hin wenn so ein Prachtstück vorbei fährt. Ich dachte mir aber, dass man bestimmt nicht so einen hierzulande auffälligen Wagen fährt, wenn man unauffällig einen umlegen will."

„Natürlich hast du Mist gebaut, Junge. Aber ich hätte wahrscheinlich genau den gleichen Denkfehler gemacht. Es ist aber gut, dass du jetzt gebeichtet hast. Vielleicht hilft uns das weiter. Und für die Zukunft merke dir, du musst einfach Fakten sammeln in so einem Fall. Beurteilen kann man das erst, wenn alles beisammen ist. Dann sieht so ein Fakt immer ganz anders aus."

Heller rieb sich nachdenklich mit der Hand den Hinterkopf. „Hat der Kerl vielleicht doch seine Finger da drin. Wenn das stimmt, mein Freund, dann hast du keine Chance. Weder mit einem gerissenen Anwalt, noch mit deiner Botschaft."

Als er ins Präsidium zurückkehrte, ging er zuerst zu Weber von der KTU. „Schau mal, ob der Schlüssel zu dem Schloss passt. Den anderen hast du sicher schon bekommen. Wenn beide Schlüssel passen, dann müsste der dritte, den ihr bei Darius gefunden habt, nachgearbeitet sein. Chek das mal! Pass aber auf, dass du die beiden nicht verwechselst. Der erste ist von der Langendörfer und dieser von Renesse."

Weber zog ironisch die Stirn kraus. „Danke für den Tip. Da wäre ich alleine nicht drauf gekommen. Aber hier", er reichte Heller einen Zettel. „Ich hab dir hier etwas aufgeschrieben. In der Jacke von Darius haben wir einen total zerfetzten Brief gefunden. Das sind die Bruchstücke, die wir noch entziffern konnten."

Heller schaute auf das Papier. In der Reihenfolge wie auf dem Original hatte Weber einige Wortfetzen notiert.

...nterlagen...lände der Ma...f...ab...00.-...

„Das war alles", sagte Weber.

Im Büro erzählte er Markert von den Ergebnissen seiner Befragung.

„Wenn der Junge und sein Freund, die den Wagen gesehen haben wollen glaubwürdig sind, und warum sollen sie nicht, dann kann sich Renesse da nicht herausreden mit seinem Alibi. Er kann dann zwar um acht Uhr bei Anders gewesen sein, aber er hätte eine halbe Stunde vorher problemlos den Mord begangen haben können. Vielleicht hat ihm aber Anders nur ein Gefälligkeitsalibi gegeben. Schließlich sind das alte Schulfreunde, und wer weiß was der Kerl ihm vorgemacht hat."

„Oder aber dein Jo steckt selbst bis zum Hals mit in der Sache", gab Markert zu bedenken, aber Heller schüttelte den Kopf. „Nicht Jo. Wenn der Weber herausfindet, dass von Renesses Schlüssel ein Abdruck gemacht wurde, dann sieht es für Renesse wirklich nicht gut aus."

Heller schickte Niedermeyer zu den beiden Jungen, die den Wagen gesehen haben wollen. Dann machten sich die beiden Kommissare über das Brieffragment her. Es war gar nicht so schwer, sich einen Reim auf die Brieffetzen zu machen. Sie einigten sich beide auf die These, dass der Schreiber Darius irgendwelche Unterlagen angeboten hatte, die ihm wahrscheinlich unangenehm waren oder ihn sogar strafrechtlich belasteten. Er forderte dafür eine bestimmte Summe und hat Darius zur Übergaben in die Fabrik bestellt. Die Unterlagen schienen für Darius wichtig gewesen sein, sonst wäre er zu dieser Stunde nicht dort hingegangen.

* * *

Heller hatte Johannsen zu dem Botendienst geschickt, der den Brief bei Darius abgegeben hatte. Johannsen war ein junger Polizeimeister, der zur Kripo wollte. Er kam aus Kiel und arbeitete hier seit einiger Zeit als Assistent. Trotz seiner drögen, norddeutschen Art, die schnell zugeknöpft wirkte, hatte er sich inzwischen gut eingelebt. Er war beliebt bei den Kollegen, und die Arbeit die er bisher ablieferte, war gewissenhaft und ordentlich.

Er fand heraus, dass der Kurierdienst als Ein-Mann-Betrieb arbeitete. Nur wenn der Chef unterwegs war, vertrat ihn tagsüber seine Frau. Abends konnte man ihn telefonisch erreichen, wenn er auf Tour war. Heller hatte ihn vergeblich angerufen, weil er unterwegs sein Handy benutzte, dessen Nummer noch nicht auf seinem Firmenschild stand.

Der Brief an Darius lag ohne Kommentar in seinem Briefkasten, als er von einer späten Tour ins Büro zurückkam. Mit einer Klammer waren dreißig Mark angeheftet. Ein gutes Honorar. Also hat er sich gleich noch mal aufgemacht und ohne Bedenken den Auftrag erledigt. Auf dem Couvert stand in Schreibmaschinenschrift nur die Adresse und der Zusatz *EILT*. Handschuhe habe er keine getragen.

Weber hatte bereits nachgehakt. Die Fingerabdrücke auf dem Briefumschlag stammten von dem Boten. Schade!

„Auf dieser Strecke kommen wir also nicht weiter. Gehen wir von der Arbeitsthese aus, dass Darius tatsächlich belastende Unterlagen angeboten wurden...,sonst gehen sie an die Polizei..., an die Presse,...an seine Partei oder was sonst. Ich gehe davon aus, dass der Hinweis auf kompromittierende Unterlagen nur ein Vorwand war, ihn dahin zu locken, müssten also gar nicht existieren. Die Bombe war schon vorher dort deponiert und der Anschlag war geplant.“

„Heller wiegte den Kopf und dachte über Webers Version nach. „Klingt ganz plausibel. Das bedeutet aber auch, dass jeder der Täter sein könnte, auch der, der das beste Alibi für die Tatzeit hat. Andererseits, wenn Darius das Treffen einhielt, muss er doch befürchtet haben, dass solche Unterlagen existieren könnten. Also hatte er Dreck am Stecken.“

Ehe Markert antworten konnte, wurde die Tür aufgerissen und Fischer stand wütend vor den beiden.

„Euer Pole hat sich aufgehängt!“

Heller schlug mit der Faust auf den Tisch. „Unser Pole? Euer Pole! Wir sind in dem Fall second Hand“, aber Markert schüttelte den Kopf. „Jetzt ist es Selbstmord und wir haben ihn am Hals.“

„Und wenn es Mord ist?“, fragte Fischer.

„Wenn uns jetzt die Scheiße auch noch aufgehängt wird, melde ich mich krank. Wir sind im ersten Fall noch keinen Schritt weiter, auch wenn sich mit Renesse ein Hinweis ergeben könnte, müssten diese Erkenntnisse alle noch hinterfragt werden. Kein Staatsanwalt gibt uns einen Haftbefehl weil jemand mit einem Wagen in der Nähe des Tatortes gesehen wurde. Da hätten wir den Rosenberg schon lange hier sitzen. Vielleicht ist es nur ein Windei, und es gibt eine logische Erklärung dafür. Bei Darius haben wir gerade erst angefangen. Da sehe ich überhaupt noch kein Licht.“

Fischer hob die Schultern. „Ich bin soweit aus der Sache raus. Damit habe ich nichts mehr zu tun. Der Diebstahl ist aufgeklärt, auch wenn ich noch nicht weiß, wo die beiden anderen Ikonen herkommen. Das wird aber

Routinearbeit. Ich dachte, der Mann könnte euch weiterhelfen. Wenn ihr euren Mörder sucht, findet heraus, wer die Bilder geklaut hat. Möglicherweise habt ihr dann euren Täter schon."

Heller und Markert diskutierten noch eine ganze Weile erregt miteinander. Ganz von der Hand zu weisen war Fischers Theorie natürlich nicht. Man musste in alle Richtungen recherchieren. Aber sie konnten sich beide nicht so recht damit anfreunden. Sie kamen überein, vorläufig zweigleisig zu fahren. Sie würden die beiden Morde weiter bearbeiten. Den Mord oder den Selbstmord des Polen könnte Johansen übernehmen. Sie trauten ihm selbstständige Arbeit zu. Hoffmann gegenüber würde Markert die Anleitung Johannsens und die Verantwortung übernehmen, denn auf einen solchen Fall würde sich natürlich die Pressemeute stürzen, wenn das offiziell bekannt würde. Dann war die Staatsanwaltschaft immer besonders sensibel, und es durften keine Fehler unterlaufen.

Fischer hatte inzwischen herausbekommen, dass Krasski als kleiner Ganove in Berlin bekannt war. Mit Antiquitäten war er bisher noch nicht in Verbindung zu bringen, sondern nur mit Autodiebstahl und Autoaufbruch. Er hatte ein paar kleine Vorstrafen. Man vermutete eine lose Zusammenarbeit mit der polnischen Automafia, deren Geschäfte in letzter Zeit stark zurückgegangen waren. Vielleicht suchten sie ein neues Betätigungsfeld.

Johannsen machte sich also auf den Weg in die JVA.

Nachdem Krasski eingeliefert worden war, hatte er sich zunächst mit Händen und Füßen gesträubt, zu einem anderen Gefangenen in die Zelle gelegt zu werden. Da die Anstalt aber hoffnungslos überbelegt war, hatte ihm das nichts genutzt. Kaum eine Stunde später hatte ihn ein Anwalt besucht, der im Haus gut bekannt war. Ein teurer Mann, der hauptsächlich Schwerkriminelle vertrat. Nach Krasski hatte er noch zwei weitere Strafgefangene besucht, die bereits abgeurteilt waren.

Zum Hofgang wollte Krasski keinesfalls aus der Zelle. Das Mittagessen nahmen Untersuchungsgefangene nicht im Speisesaal ein. Sie mussten auf der Zelle essen. Es wurde ihnen dorthin von einem Kalfaktor gebracht.

Der Mithäftling sagte aus, dass Krasski kaum ein Wort mit ihm gesprochen habe. Der habe von ihm immer nur wissen wollen *Warum du hier drin?* Johannsen fand es durchaus glaubwürdig, dass der es ihm nicht gesagt hatte. Schließlich war er selbst Untersuchungsgefangener, und er würde sich hüten, etwas zu sagen, was man in seinem Prozess gegen ihn verwerten konnte.

Heute früh war Krasski wiederum nicht zum Hofgang zu bewegen. Als der andere zurückkam, hing Krasski an einem Bettlaken am Fenster.

In der dritten Etage, wo Krasski einsaß, arbeiteten drei Beamte. Einer hatte während der Freistunde gefrühstückt. Der andere hatte in einem Raum neben der Dusche zwei Gefangene beaufsichtigt, die Schmutzwäsche sortierten und das Frühstücksgeschirr der Etage reinigten. Der dritte, der in einer Art Glaskasten in der Mitte des langen Flurs saß, war beleidigt wegen Johannsens Fragen.

„Sehen Sie sich um! Dieser Scheißkasten hat vier Seiten. Vorne, hinten, links und rechts. Ich bin so konstruiert, dass ich zur gleichen Zeit immer nur in eine Richtung gucken kann. Außerdem laufen hier immer Leute rum. Kalfaktoren, Putzer, Handwerker. Da kann ich nicht auf jeden aufpassen. Mir ist nichts aufgefallen, und während des Hofganges stehen die Zellentüren immer offen."

Der Anstaltsarzt wollte sich noch nicht festlegen, hielt aber auf Grund von Hautabschürfungen und Hämatomen eine Fremdeinwirkung nicht für ausgeschlossen. Es konnte also durchaus sein, dass der Sujizid nur vorgetäuscht war.

Bei Krasski's Anwalt hatte Johannsen noch weniger Erfolg. Er berief sich auf seine absolute Schweigepflicht und könne deshalb nichts über die Besprechung mit seinem Mandanten sagen. Wer ihm den Auftrag zu Krasski's Verteidigung gegeben habe, dürfe er auch nicht verraten.

„Außerdem bin ich sehr in Eile. Ich habe einen wichtigen Termin. Wollen Sie mich bitte entschuldigen." Damit war er zur Tür hinaus.

Johnannsen hatte wenig Erfahrung mit Anwälten und ärgerte sich über seine Abfuhr. Er würde Heller bitten, da noch mal nachzuhaken. Vielleicht hatte der mehr Glück.

Die beiden Strafgefangenen, die der Anwalt nach Krasski besucht hatte, waren nach Auskunft des Direktors erfahrene Knackis, welche die Strafanstalt schon öfter beehrt hatten. Seit dem Abgang der DDR fühlten sie sich anscheinend sehr wohl hier. Einer der beiden saß wegen Raubüberfalls diesmal für zehn Jahre hier, der andere wegen Geiselnahme mit Todesfolge lebenslänglich und konnte, gute Führung vorausgesetzt, frühestens nach fünfzehn Jahren mit einer vorzeitigen Entlassung rechnen.

Ja, ihr Anwalt sei gestern bei ihnen gewesen. Nein, ein besonderer Grund dafür habe nicht vorgelegen. Er sei halt ein guter Anwalt und kümmere sich sehr um sie. Regelmäßig. Ja, von der schlimmen Sache im dritten Stock haben sie gehört, aber nicht mit dem Anwalt darüber gesprochen. Der sei ja schon weg gewesen, als es passiert sei. Natürlich, sie könnten sich frei bewegen, wie alle hier, oder wie die meisten. Ihre Zelle läge aber ein Stockwerk höher, und sie hätten mit der Sache nicht das Geringste zu tun. Zur Tatzeit haben sie Schach gespielt. Dabei blieben sie.

Ohne den kleinsten Erfolg kehrte Johannsen ins Dezernat zurück.

Die Presse schlachtete den Fall gewaltig aus. Der Staatsanwalt tobte noch gewaltiger, aber die Angelegenheit wurde niemals aufgeklärt, und es ergab sich auch kein Hinweis auf einen Zusammenhang mit dem Tod von Langendörfer und Darius.

Seit dem Vorfall genossen die beiden Mandanten des Anwalts einen gewissen Respekt bei den Strafgefangenen und eine ganze Weile später verfügten sie über eine erstaunliche Menge Geld.

* * *

Wieder mal saß Heller am Stammtisch im Gambrinus. Marten van Renesse war nicht zu bewegen, ohne Anwalt und ohne Botschaft mit ins Präsidium zu kommen . Er war zwar bereit für das Gespräch um das ihn Heller gebeten hatte, sah aber keinen Anlass dafür, dass Jo nicht daran teilnehmen solle.

„Worum geht es eigentlich, Herr Heller? Ich habe Ihnen bereits alles gesagt was ich weiß.."

Heller schickte sich ins Unvermeidliche. „Es gibt neue Aspekte. Ich muss zum Beispiel nochmals über das Schloss und die beiden Schlüssel reden, welche Sie durch Ihren Fahrer besorgen ließen, um das Tor der Fabrik zu sichern. Sie haben glaubwürdig erklärt, dass Sie zwei Schlüssel kaufen ließen. Auch der Verkäufer aus dem Eisenwarengeschäft konnte sich erinnern und hat das bestätigt. Außerdem habe ich die Rechnung gesehen. Der Tote hat aber zweifelsfrei das Schloss mit einem passenden Schlüssel geöffnet, der ihm wahrscheinlich in einem Brief durch einen Botendienst überbracht wurde. Die beiden Originalschlüssel waren jedoch in Ihrem, beziehungsweise in Frau Langendörfers Besitz. Bei der KTU, das heißt der kriminaltechnischen Untersuchung, wurden Wachsreste an Ihrem Schlüssel gefunden. Das bedeutet, dass von Ihrem Schlüssel ein Abdruck genommen wurde. Können Sie sich das erklären?"

„Dazu kann ich Ihnen leider gar nichts sagen. Der Schlüssel ist kein Goldschatz, den ich weder im Tresor des Hotel aufbewahren ließ, noch habe ich ihn in Fort Knox hinterlegt. Ich wollte lediglich sicherstellen, dass auf meinem zukünftigen Gelände sich niemand herumtreibt und Schaden anrichtet, oder selbst zu Schaden kommt. Den Schlüssel hatte ich entweder in meiner Manteltasche oder ich habe ihn offen im Hotelzimmer liegen gelassen. Wenn also jemand Interesse daran hatte, dann war es ein Leichtes da heranzukommen. Ich weiß sowieso nicht, warum dieser Jemand nicht einfach die Kette aufgebrochen hat. Möglicherweise mit einem Bolzenschneider."

Heller sah Renesse scharf an. „Da erhebt sich aber nun die Frage, wer davon gewusst hat, dass Sie veranlasst haben, das Tor zu sichern."

„Du lieber Gott. Ich habe zum Beispiel hier am Tisch erzählt, dass ich das Gelände mit Frau Langendörfer besichtigt habe. Vielleicht habe ich gesagt, dass ich das Tor verschließen ließ. Ich weiß es nicht. Rosenberg, Graf, der Wirt können das gehört haben, Gäste an den Nebentischen. Vielleicht hat das Zimmermädchen im Hotel sich aus irgendeinem Grund dafür interessiert. Ach ja, William, mein Fahrer, hat es natürlich gewusst, Frau Langendörfer. Suchen Sie sich jemanden aus."

Heller ließ sich durch nichts aus der Ruhe bringen. Und bohrte weiter.

„Die Rolle Rosenbergs bei beiden Morden ist keineswegs geklärt, wobei ich allerdings fast ausschließen möchte, dass er irgendwie damit zu tun hat. Er hat uns eine halbwegs plausible Erklärung geliefert warum er an beiden Tatorten war. Frau Langendörfer hatte einen Vorteil von der ersten Tat, jedoch kein erkennbares Motiv für den zweiten Mord. So leid es mir tut, Herr van Renesse (Heller sprach ihn nicht mit Marten an), aber auch Sie hatten einen Gewinn vom ersten Mord, und ganz sicher keinen geringen. Allerdings sehe ich auch bei Ihnen kein Motiv für den zweiten, den Mord an Darius.

Dass beide Morde zusammenhängen ist bis jetzt nur eine unserer Arbeitsthesen. Sie lässt sich begründen mit der schrecklichen Grausamkeit der beiden Taten, und durch die Tatsache, dass beide Opfer in Zusammenhang miteinander standen. Sie stehen deshalb mindestens für die erste Tat auf unserer Liste der möglichen Verdächtigen..."

Und jetzt spielte Heller einen vermeintlich Trumpf aus. „...besonders seit Ihr Alibi nicht mehr ganz perfekt ist."

Marten war aber nun doch erstaunt. „Wie das? Jo hat Ihnen doch bestätigt, dass ich fünf Minuten vor acht Uhr bei ihm an der Tür stand. Oder ist Jo auch verdächtig?"

„Es gibt einen Zeugen, sogar zwei Zeugen, die Sie mit Ihrem Wagen kurz nach der Tatzeit in der Nähe des Tatortes in Richtung Innenstadt fahren sahen."

Man hörte den Triumph aus Hellers Stimme. Wenn er jedoch geglaubt hatte Marten zu verunsichern, hatte er sich getäuscht."

Der lachte nur auf. „Ich habe an diesem Tag den Wagen überhaupt nicht benutzt. Ihr Zeuge irrt sich oder er lügt. Wir sind spät am Abend des Vortages nach einer anstrengenden Reise hier angekommen. Ich war müde und habe mich den ganzen Tag ausgeruht. Mir macht der Jetlag immer sehr zu schaffen. Der Wagen stand den ganzen Tag in der Hotelgarage. Das kann Ihnen mein Fahrer William bestätigen. Max, rufen Sie doch bitte mal im Hotel an. William soll hier vorbeikommen. Er möchte sich beeilen."

„Da bin ich aber gespannt", lächelte Heller, der sich seiner Sache sicher war, denn er hatte den Garagenmeister befragt. Der hatte ausgesagt, dass das Auto nachmittags nicht in der Garage war. An die Zeit konnte er sich allerdings nicht erinnern. „Die Zeugen sind absolut glaubwürdig, zumal es einen solchen Wagen wie den Ihren in der Stadt und im weiten Umkreis nicht gibt. Das habe ich recherchieren lassen"

Marten zog die Stirn ironisch hoch. „Ther are a lot of things between heaven and..."

Er wurde von der Ankunft Williams in seinem Zitat unterbrochen, der gerade das Lokal betrat. Er kam an den Tisch und Jo bat ihn, Platz zu nehmen, was Heller jedoch nicht passte. „Ich habe das Wort heute!" ·

„Danke William. Bitte bestätigen Sie Herrn Heller..."

„Moment Herr van Renesse. Bitte William sagen Sie mir, wo Sie am Montag, das war der Tag nach der Ankunft Herrn van Renesses, mit dem Wagen unterwegs waren."

Renesse schien erzürnt. „Bestätigen Sie, dass der Wagen in der Garage stand.!"

„Es tut mir leid, Herr van Renesse. Das kann ich leider nicht", sagte William und Heller fletschte befriedigt die Zähne. „Ich habe am Nachmittag dieses Tages im Hotelcafé eine reizende Dame kennen gelernt, und habe ihr angeboten, sie nach Hause zu fahren. Sie arbeitet im Café und hatte Feierabend. Das war gegen 18.30 Uhr. Ich habe mich nicht lange bei ihr aufgehalten., nur kurz mit ihrer hübschen, kleinen Tochter gesprochen und bin dann wieder nach Hause gefahren. Sie ist sehr nett. Für heute bin ich wieder mit ihr verabredet. Sie hat heute ihren freien Tag."

Das war Heller dann doch zu viel. „Ach, der Herr Kraftfahrer benutzt ohne zu fragen, mal eben die Nobelkarosse des Chefs für amouröse Abenteuer."

Hellers Stimme klang ironisch, aber Renesse schüttelte nur ungläubig den Kopf. „Ach Ihr armen Deutschen. Amerika ist nicht Deutschland. Dort sind die vorgeblichen Unterschiede zwischen dem Boss und seinen Mitarbeitern nicht so gravierend wie bei Euch hier. Natürlich gibt es eine gewisse Distanz, aber wir haben einen anderen Ton und eine andere Art, mit den Leuten umzugehen, die für uns das Geld verdienen. Der Erfolg meiner Firma ruht nicht zuletzt auf dieser Strategie, auf dem Verhältnis zu meinen Leuten. Das Arbeitsklima und das gegenseitige Vertrauen ist die Grundlage für geschäftlichen Erfolg.

Warum sollte William, mit dem ich mehr Zeit verbringe als mit meiner Familie, wir singen manchmal Western Songs zusammen wenn wir unterwegs sind, warum also sollte mein Freund William nicht meinen Wagen benutzen dürfen, wenn ich ihn nicht brauche. Und glauben Sie ,Herr Heller, das Monstrum macht Eindruck auf Frauen. Andererseits ist William für mich da, wenn ich ihn brauche, auch nachts um zwei. Er würde alles für mich tun."

„Ach so. Er würde alles für Sie tun."

Marten und William nickten beide gleichzeitig. Da sah Heller William an.

„Würden Sie auch lügen für ihn?"

Alle schauten nun auf William, und Heller lächelte als der wieder nickte. „Sehen Sie Herr Heller. Für William wäre es eine Kleinigkeit gewesen, Sie zu belügen, nachdem ich ihm die Antwort fast in den Mund gelegt hatte. Aber warum sollte er das?"

„Ich bin jetzt über fünfzehn Jahre bei Herrn van Renesse. Wir sind Tag und Nacht und viele tausend Meilen unterwegs gewesen. Es gab nie ein böses Wort, und ich habe versucht, meine Arbeit ordentlich und zuverlässig zu machen. Ich löge für ihn, wenn es notwendig wäre. In diesem Fall war es nicht notwendig." Das sagte er in Ruhe und voller Überzeugung ohne zu zögern.

Scheinbar bedauernd zuckte Heller mit den Schultern. „Unter diesen Umständen ist die Aussage Ihres Fahrers völlig wertlos."

„Unlogisch! Herr Heller, William ist bestimmt bereit die betreffende Dame hierherzuholen, damit Sie sie fragen können. Ich bin sicher, sie wird seine Aussage bestätigen."

„Gewiss Sir", sagte William. „Ich fahre sofort los."

Aber Heller sprang schnell auf. „Das könnte Ihnen so passen. Wenn Sie gestatten fahre ich mit. Ich möchte gerne mit der Dame sprechen bevor Herr William sie über den Grund ihrer Aussage informiert. Wenn er das nicht schon längst mit ihr abgesprochen hat." Er fuhr also mit, und zu seinem Ärger bestätigte die Frau Williams Version ohne lange nachzudenken.

* * *

Heller fluchte, als er Markert von seinem vergeblichen Versuch berichtete Renesse aufs Glatteis zu führen. Die Frau aus Neudorf hatte auch die genaue Uhrzeit bestätigt, zu der William sie gefahren hatte. Richtig oder falsch. An der Aussage war im Moment nicht zu rütteln.

Dann berichtete Markert.

„Weber hat mit seinen Leuten die Wohnung des Darius auf den Kopf gestellt. Er hat nichts gefunden, was uns weiterhelfen könnte. Sein Konto ist allerdings beachtlich. Es hat sieben Stellen vor dem Komma. Selbst wenn man bedenkt, dass er früher eine exponierte Stellung hatte in der Wirtschaft der DDR, ist das ein bisschen viel. So gut hat der Staat nicht bezahlt. Vielleicht können wir da ansetzen. Wir sollten uns außerdem mal um die finanziellen Verhältnisse Langendörfers kümmern."

Heller kratzte sich nachdenklich am Kopf. „Ich gehe noch mal in die Wohnung von Darius. Webers Leute sind ja immer sehr korrekt, aber vielleicht haben sie ja doch was übersehen. Ich schau besser noch mal nach."

Er hielt sich lange in der Wohnung auf, drehte akribisch den kleinsten Fetzen Papier um, schaute intensiv in jede Schublade. In einem Aktenordner fand er Kontoauszüge der Bank, von denen Weber Kopien angefertigt hatte. Er fand aber keine Bankunterlagen von der Zeit vor der Wende. Auf seinem DM-Eröffnungskonto stand die Summe von 1 256 312.- DM. Demnach musste er ungefähr die doppelte Summe in Ostmark besessen haben. Oder es wäre möglich, dass kurz vor der Umstellung eine größere Summe eingezahlt wurde. Das ließ sich feststellen. Er würde einen Richter finden, der ihm eine Verfügung zur Bankeinsicht ausstellte.

Nachdem er den Ordner zur Seite gelegt hatte, fuhr er mit der Suche fort. In einer kleinen Ledertasche fand er neben Ausweisen und dem Krankenkassenchip ein kleines, grünes Kärtchen, das er mit Interesse studierte. Er steckte es in seine Brieftasche und verließ die Wohnung. Wieder im Büro übergab er Markert den Ordner mit den originalen Bankauszügen.

„Sieh dir das mal an. Versuch mal herauszufinden, wie hoch sein Gehalt als Kombinatsdirektor war. Irgendwo müssen doch die Buchhaltungsunterlagen archiviert sein, selbst wenn das Kombinat aufgelöst wurde. Ist es möglich, dass das ansehnliche Konto sauber ist, und kümmere dich mal um die finanzielle Situation Langendörfers. Ich sehe mir noch mal die Asservaten von Langendörfer an."

„Was willst du damit?", fragte Markert erstaunt. „Das haben wir doch alles schon x-mal durchgekaut."

Heller war eigensinnig. „Lass mich mal. Vielleicht habe ich bei Darius etwas gefunden, das wir bei Langendörfer übersehen haben."

Er ging zur Asservatenkammer und kam mit einem verschnürten Pappkarton zurück. Er knotete die Schnur auf und kippte alles auf seinen Schreibtisch. Zuerst verglich er die Bankauszüge die Weber kopiert hatte. Die Originale hatte sie der Witwe zurückgeben müssen. Die meisten lagen längere Zeit zurück. Neuere hatte Weber nicht gefunden. Heller fischte ein paar der Kopien heraus.

„Hier. Langendörfer hatte im April 1990 fünf Millionen West in bar eingezahlt." Er reichte Markert die Auszüge. „Im August hat er vier Millionen wieder abgehoben. Ebenfalls bar! Das war noch vor dem Währungsumtausch. Eine Million davon ging sicher an Darius. Darauf möchte ich wetten. Eine zweite zahlte er auf ein Konto seiner Frau ein und buchte es später wieder auf sein eigenes zurück. Was ist mit den drei anderen Millionen geschehen. Nehmen wir mal an, dass eine davon an die Treuhand ging. Für den Erwerb von Immobilien, zum Beispiel die Grundstücke des Großvaters von Renesse, ein Teil für Schmiergelder und sonstige Unkosten. Dann blieben immer noch zwei Millionen, die verschwunden sind. Wenn wir das beweisen können, haben wir ein großes Ding aufgedeckt. Egal erst mal, ob es mit den Morden zusammenhängt oder nicht."

„Aber vielleicht ist es das erste Anzeichen für ein Motiv."

Heller suchte weiter in den Papieren herum und fand die gleiche grüne Karte, die er schon in der Ledertasche bei Darius gefunden hatte. „Hast du bei Langendörfer irgendwo Angelzeug gefunden? Oder bei Darius?"

„Jetzt bist du wohl total übergeschnappt?, fragte Markert und tippte sich an die Stirn. „Warum sollten die ausgerechnet Angelzeug haben?"

„Nun, Ruten, Kästen mit Angelhaken, Käscher oder so was. Heller legte die beiden grünen Kärtchen nebeneinander auf den Schreibtisch. „Weil sie beide in einem Angelverein waren. Beide im gleichen. Siehst du?"

„Was soll das? Warum sollten die beiden nicht in einem Angelverein Mitglieder sein, und wenn, dann hat man das Zeug doch nicht in der Wohnung herumstehen. Vielleicht noch die Würmer im Kühlschrank?" Sicher gibt es dafür ein Vereinshaus oder irgendeinen Schuppen am Wasser."

„Genau das werde ich jetzt erkunden. Kommst du mit?", aber Markert schüttelte den Kopf. „Was soll das. Davon halte ich gar nichts. Und wo willst du da anfangen?" Er blieb skeptisch.

„Hier steht es doch deutlich: *Angel-und Fischerverein Ostelbe, Deutersbach.*"

Markert schüttelte wieder den Kopf und versuchte, Heller von der, wie es ihm schien, aussichtslosen Zeitverschwendung abzuhalten.

„Was willst du dort? Darius hat doch zugegeben, dass er Langendörfer kannte. Vielleicht waren sie sogar befreundet. Warum sollten sie dann nicht Mitglied in einem Angelverein sein?"

„Heller blieb bei seiner Meinung. „Warum tat die Langendörfer so, als kenne sie Darius überhaupt nicht, geht aber mit seiner Frau ins Theater? Wenn du nicht mitkommst, rufe ich mir Niedermeyer. Der fährt sowieso besser als du. Ich kann mir die beiden nicht vorstellen, dass sie an einem Bach saßen, mit Gummistiefeln an den Füßen und Würmer auf Haken fädelten. Ein Theaterverein, ein Kunstverein, Vernissagen. Ja, etwas mit gesellschaftlichem Prestige, aber angeln? Nein, da muss was anderes dahinterstecken. Und überhaupt, wir haben keine andere Spur, also schau ich mir das mal an."

Er ging zur Fahrbereitschaft hinunter und hatte Glück. Ein Wagen war frei, und er freute sich, dass Niedermeyer Dienst hatte. Der redete nicht viel und fuhr sicher und überlegt.

„Wo soll es hingehen?"

Heller hielt ihm die beiden Mitgliedsausweise hin. „Deutersbach.

Kennst du das Nest?

„Nein", sagte Niedermeyer und faltete eine Karte auseinander. „Mal sehen." Es dauerte eine ganze Zeit ehe er den Ort gefunden hatte. „Eine Stunde werden wir wohl brauchen. Die Straßen in dieser Ecke sind ziemlich schlecht. Was wollen wir da überhaupt?"

„Wir suchen einen Angelverein", antwortete Heller, und als er das dumme Gesicht seines Fahrers sah, fügte er lachend hinzu: „Nein, angeln wollen wir nicht. Ich will nur wissen, ob die dort auch Angelzeug haben."

Das Gesicht Niedermeyer's wurde jedoch nicht klüger.

„Laß gut sein, Roland. Ich kann dir das nicht besser erklären. Ich weiß selbst noch nicht genau was ich dort will."

Wenn Heller jemanden mit dem Vornamen ansprach, war das immer ein Zeichen für seine gute Laune. Doch von jetzt an schwiegen beide fast den ganzen Rest des Weges.

Heller ließ irgendwo in der Mitte des Ortes halten. Mit Niedermeyer ging er in eine Fleischerei, wo er für beide eine Bratwurst bestellte. Dann sprach er die Verkäuferin an.

„Wissen Sie, wo das Vereinshaus des Angel-und Fischervereins Ostelbe ist?"

Die Frau sah ihn verständnislos an. „Wollen Sie mich auf den Arm nehmen?"

„Wieso", fragte Heller. „Ich habe Sie doch nur um eine Auskunft gebeten."

„Ostelbe! Warum sollte sich ein Verein hier bei uns Ostelbe nennen. Die Elbe ist doch mindestens vierzig Kilometer von hier entfernt. Einen Angelverein haben wir überhaupt nicht. Wir haben hier kein Wasser, also gibt es auch nichts zu angeln. Da wäre höchstens der Baggersee, aber da gibt es keine Fische."

Sie drehte sich weg, und man merkte ihr an, dass sie Heller für ein bisschen verrückt hielt.

„Dann sagen Sie mir wenigstens, wo ich hier den Bürgermeister finde", versuchte er es noch mal.

„In der Stadt", maulte sie. „Wir sind keine eigene Gemeinde mehr. Wir sind eingemeindet, weil wir hier ein ordentliches Gewerbegebiet geschaffen haben, und die in der Kreisstadt auf unsere Steuereinnahmen scharf sind. Wir haben hier nur noch eine Art Sekretärin, welche die Befehle entgegennimmt."

Man merkte der Frau an, dass sie ärgerlich war, zeigte den beiden aber doch den Weg. „Aber wenn Sie etwas wollen, glauben Sie bloß nicht, dass die hier das Sagen hat."

Heller bedankte sich höflich und ging mit Niedermeyer zum Wagen, nachdem sie ihre Wurst verzehrt hatten. Sie mussten aber noch zweimal fragen, ehe sie fanden, was sie suchten. An einem kleinen Häuschen mit bröckelnder Fassade stand der Name, den ihnen die Verkäuferin genannt hatte. Eine ältere Frau in Kittelschürze öffnete auf ihr Klingeln.

„Ja? Was ist?"

Heller war wiederum äußerst höflich. „Verzeihen Sie bitte Frau...", er sah nochmals auf das Namensschild neben der Tür. „...Frau Ebner. Sind Sie die Sekretärin, die hier die Stadtverwaltung vertritt?"

Da kam er aber schlecht an. „Ich bin die gewählte Vertreterin der Interessen des Stadtteils Deutersbach im Stadtrat der Kreisstadt"; sagte sie sichtlich beleidigt. „Was wollen Sie?"

Markert nannte sein Anliegen und erntete einen misstrauischen Blick. „Ob es hier das Vereinshaus eines Angelvereins gibt? Ostelbe? Das weiß ich doch nicht aus dem Kopf. Da müsste ich erst mal im Vereinsregister nachsehen. Wer will das eigentlich wissen?"

Heller war jetzt etwas weniger höflich. „Heller, Kriminalpolizei, Mordkommission. Das ist mein Kollege Niedermeyer" Dabei zeigte er seinen Ausweis vor.

Die Frau schien jedoch überhaupt nicht beeindruckt. „Warum haben Sie das nicht gleich gesagt. Kommen Sie rein, aber treten Sie sich vorher die Füße ordentlich ab."

Niedermeyer grinste in sich hinein. Er hätte gerne auch mal in diesem Ton mit seinen Vorgesetzten gesprochen. Nicht gerade mit Heller, der war ganz in Ordnung, aber manche der Bosse taten ganz schön arrogant.

Sie folgten der Frau in ein muffiges, überladenes Wohnzimmer, in dem es keinen Flecken gab, wo nicht ein Klöppeldeckchen lag. In der Ecke stand ein Klöppelsack.

Setzen Sie sich. Nein! Nicht in diesen Sessel", rief sie ohne Begründung. „Dort in den. Ich hole das Vereinsregister."

Sie stolzierte davon, und es dauerte ziemlich lange, ehe sie zurückkam.

„Das brauche ich so selten. Ich hab′s nicht gleich gefunden." Sie gab Heller einen schmalen Hefter. Für jeden Verein war, anscheinend mit einer uralten Schreibmaschine, ein Formblatt ausgefüllt. Es waren genau vier Blätter, und Heller konnte es nicht lassen, darauf anzuspielen.

„Aber Frau Ebner, warum haben Sie so ein Theater aufgeführt. Vier Vereine im Ort kann man sich doch im Kopf merken. Mehr sind hier nicht eingetragen. „Der Kegelverein", er blätterte jedes mal um, „ein Jugend-Fußballverein, der Schützenverein, und hier ist der, den wir suchen, unser Angelverein. Für Ihre verantwortungsvolle Funktion sollten sie aber ein besseres Gedächtnis haben."

„Ich wusste ja nicht, dass Sie Bullen sind, und es kann ja schließlich nicht jeder kommen und nach gemeindeinternen Unterlagen fragen."

Markerts Ton wurde schärfer. „Erstens vergesse ich den Ausdruck Bullen. Damit erspare ich Ihnen jede Menge Ärger. Zweitens hat jeder Bürger das Recht, das Vereinsregister einzusehen. Das ist nicht intern, und das sollten Sie wissen. Drittens wollten wir das anfangs gar nicht einsehen, sondern haben lediglich nach dem Vereinshaus gefragt. Das hätten Sie uns ohne Register und ohne nachzusehen sagen können. Oder nicht?"

Die Frau schwieg beleidigt und Heller versuchte, sie zu versöhnen. „Sagen Sie uns die Adresse, und wir sind wieder weg und vergessen alle den Ärger."

Jetzt druckste die Gemeindegewaltige herum. „Direkt ein Vereinshaus gibt es nicht, eigentlich nur ein Vereinszimmer. Das hier", und sie machte eine ausladende Bewegung zu ihrem eigenen Wohnzimmer.

„Die vier Herren kommen in unregelmäßigen Abständen, und da ich kein Unmensch bin, habe ich ihnen mein Wohnzimmer zur Verfügung gestellt. Ich sollte aber nicht darüber reden."

„Ich nehme an, sie haben gut bezahlt."

Heller hatte längst die Eintragungen auf dem Formblatt studiert. Als Vorsitzender war Darius eingetragen. Kassenwart war Langendörfer. Andere Eintragungen über Vorstand oder Mitglieder gab es nicht. Es konnte aber kaum möglich sein, dass ein Verein aus zwei Mitgliedern besteht. Etwas war faul an dieser Geschichte und die Tatsache, dass die Treffen des Angelvereins in der Wohnstube einer ziemlich einfältigen Frau stattfanden war schon eigenartig. Sie hätten doch auch in jede Kneipe gehen können.

„Ah, die Angelsachen haben sie wohl immer mitgebracht. Haben sie die im Auto gelassen? In Ihr Wohnzimmer durften sie die wohl kaum mitnehmen."

„Das wäre ja noch schöner", war die Frau entrüstet. „Die hatten überhaupt keine Angelgeräte dabei. Ich habe immer mitgeholfen, die Aktentaschen aus dem Kofferraum hereinzutragen. Da habe ich nie solches Zeug gesehen, und bei ihren Versammlungen, meist waren es vier Herren, niemals mehr, musste ich jedes Mal das Haus verlassen. Da haben sie mir immer ein Mittagessen im *Adler* spendiert."

Über soviel Naivität konnte Heller nur den Kopf schütteln. „Sie haben also Ihr Wohnzimmer abgetreten, wahrscheinlich gegen gutes Geld, an Angler, die gar nicht angelten. Ist Ihnen denn überhaupt nicht aufgefallen, dass es hier nichts zu angeln gibt? Es kam Ihnen auch nicht seltsam vor, dass die als Ortsfremde, ausgerechnet in Ihrem Kaff einen Angelverein eintragen ließen. Angler ohne Angelzeug."

Die Ebner muckte immer noch auf. „Was wollen Sie von mir? Ich kann doch nicht jedem hinterherlaufen. Wissen Sie überhaupt, was so ein Posten für Arbeit macht?"

„Kennen Sie überhaupt die Namen der vier Herren?"

„Nur die beiden, die eingetragen sind. Langendörfer und Darius. Den einen sprachen sie mit Doktor an und den anderen, den schmächtigen mit Kapitän. Darüber habe ich mich allerdings gewundert. Aber es kamen ja nicht nur die vier. Manchmal kamen noch zwei oder drei andere mit. Den Kennzeichen an den Autos nach aus der ganzen Bundesrepublik."

„Wissen Sie was, Frau Ebner. Ich packe Sie jetzt in mein Auto und nehme sie mit. Das alles kommt mir schon ein bisschen komisch vor."

Die Ebner wurde kreideweiß. „Bin ich jetzt verhaftet? Legen Sie mir hier vor allen Leuten Handschellen an? Ich habe doch nichts Unrechtes getan."

„Sie sind weder verhaftet, noch bekommen Sie Handschellen um. Sie sollten weniger Krimis gucken. Ich werde lediglich ein Protokoll aufnehmen lassen, dann fährt Sie Herr Niedermeyer wieder hierher zurück. Mir sind Ihre Angelfreunde ein bisschen suspekt."

„Mir waren sie Anfangs auch eigenartig. Aber sie haben nie Ärger gemacht, waren immer nett. Einmal hat mir Herr Langendörfer verraten, sie machten nur ein paar Tage Urlaub von ihren Ehefrauen. Hier würden sie die Pläne machen und gingen dann auf Tour."

„Und dazu luden sie sich dann ab und zu Freunde aus der ganzen Bundesrepublik ein. Und dass der Darius schon ein alter Knochen war und fast am Stock ging, fiel Ihnen nicht auf."

* * *

Anna war wieder mal zu der Stammtischrunde im Gambrinus gestoßen. Sie kam aus der Uni und stellte ihren kleinen Rucksack, in dem sie ihre Bücher transportierte, neben sich auf den Stuhl.

„Ihr habt's gut Jungs. Sitzt hier rum und tratscht, während fleißige, kleine Mädchen die Schulbank drücken."

Sie war guter Laune. „Max, bring mir ein großes Bier. Ich bin durstig wie ein Pferd. Die trockene Luft in der Uni, weißt du."

Max mochte Anna gut leiden. Es war ihm nur rätselhaft, in welcher Beziehung sie zu Jo stand. Daran rätselten alle hier. Jo sah ja noch gut aus, aber er war halt doch schon ein alter Knabe, und Anna so aufreizend jung.

„Wohl bekomm's", sagte er, und stellte ein gut gezapftes Bier vor sie hin, welches Anna in einem Zug um die Hälfte leerte. Dann griff sie nach der Zeitung, die vor Benni lag. Sie begann immer hinten, auf der letzten Seite zu lesen. Da stand das Wetter, und wenn man zurück blätterte, immer ein bisschen Klatsch und Tratsch. Eine ganze Weile beschäftigte sie sich mit der Zeitung, bis sie auf die Vorderseite schaute. Keiner beachtete sie, als sie die Zeitung weit von sich hielt und auf die Überschrift starrte. Sie wurde kreidebleich im Gesicht und stieß, fast ungewollt, einen kleinen Schrei aus. Erst jetzt schauten sie alle an. Sie starrte immer noch auf die Zeitung und schluckte ein paar mal schwer. Sie schien den Tränen nahe zu sein.

„Max schnell! Einen Wodka. Nein, bring die ganze Flasche mit."

HERBERT DARIUS; EHRENVORSITZENDER DER PDS MIT MINEN IN DIE LUFT GESPRENGT.

Darunter ein Bild des Mannes und ein weiteres von der halb zerstörten Fabrik.

Max kam verstört angerannt. „Wirklich Wodka?"

Anna schrie ihn an, was er noch nie erlebt hatte. „Bist du taub? Ich will die Flasche."

Max sah Jo fragend an, der ratlos die Schultern zuckte. Dann rannte er eilig zum Tresen, brachte Anne ein Glas und eine volle Flasche Wodka.

„Bist du sicher, Anna? Wirklich Wodka? Was ist denn los?"

Anna sagte kein Wort. Sie blickte stumm vor sich hin, schraubte langsam die Flasche auf und schob wortlos das Gläschen weg, das ihr Max hingestellt hatte, drehte eines der Wassergläser um, die in der Tischmitte standen und goss es halb voll. Mit einem Zug trank sie es aus und goss sofort nach. Die vier Gäste am Tisch sahen sich ratlos an, und Jo wollte ihr das Glas aus der Hand nehmen.

Zornig schaute sie ihn an und zischte: „Lass los! Fass mich nicht an!"

Am Tisch herrschte ungläubiges Schweigen und Anna leerte in unglaublich kurzer Zeit die halbe Flasche, bis Jo kurz entschlossen die Flasche aus ihrer Hand nahm sie zuschraubte, und Max gab. „Das ist genug, Anna." Er sagte es unglaublich liebevoll. „Los, erzähle!"

Plötzlich rannen Anna die Tränen über die Wangen, ohne dass sie weinte. „Darius ist mein Großvater." Ihre Stimme war sehr leise. „Darius *war* mein Großvater."

Alle sahen sich betroffen an. Jo kannte als einziger ihre Geschichte, aber obwohl sie ihm alles erzählt hatte, weigerte sie sich immer Namen zu nennnen. Er fasste sie um die Schulter. „Weine dich aus. Willst du nicht nach oben gehen? Solle ich mitkommen? Oder Marten?"

Anna schüttelte den Kopf und trocknete ihre Tränen. „Ich danke dir Jo, danke Marten", und zu Graf und Rosenberg: „Danke auch euch."

Nach einer ganzen Weile begann sie zu reden.

Mein Großvater war ein Schwein, ich habe ihn seit drei Jahren nicht mehr gesehen. Jo kann euch die ganze Geschichte erzählen, wenn er will, aber in der Zeitung will ich nichts darüber lesen. Ist das klar?", sie schaute Rosenberg an. „Aber er war eben doch mein Großvater. Totz allem."

Sie ging hoch in ihre Wohnung, lehnte aber jede Begleitung ab. „Ich muss jetzt alleine sein. Ich werd's überleben", lächelte sie tapfer.

Eine ganze Zeit herrschte erschüttertes Schweigen am Tisch, bis Rosenberg fragte: „Aber sie heißt doch Osterberg, nicht Darius. Hat sie den Namen abgelegt?"

„Soviel ich weiß, ist ihr Vater ein uneheliches Kind. Von Darius" setzte er nachdenklich hinzu. „Ich warne dich, Rosenberg. Du hast gehört was sie sagte. Kein Wort in der Zeitung. Kein Wort zu anderen Journalisten. Das bleibt unter uns."

Rosenberg schüttelte den Kopf. „Was denkst du von mir?

* * *

Graf und Rosenberg saßen etwas später in Grafs Wohnung zusammen. Sich bei Rosenberg zu treffen hatte wenig Sinn, weil da ständig das Telefon läutete. Manchmal war es die Redaktion, die etwas nachfragte oder einen Auftrag hatte. Meist aber rief eine der tausend Freundinnen an, die Rosenberg an der Angel hatte.

„Wie machst du das nur?", fragte Graf dann.

„Das ist meine Schönheit", grinste Rosenberg zurück. Er war alles andere als eine Schönheit. Nicht der muskelbepackte Draufgänger, eher ziemlich schmächtig und schüchtern. Ohne seine Brille war er fast blind. Nur sein krauses Haar, das ihm nach allen Seiten vom Kopf stand, fiel an ihm auf. Das hatte er von seinem Großvater, der ein schwarzer Besatzungssoldat war. Die Hautfarbe hatte sich bei Rosenberg allerdings nicht durchgesetzt. Er war sogar auffallend blass.

Graf war ebenfalls nicht verheiratet, aber er lebte mit einer wesentlich jüngeren, attraktiven Frau zusammen. Ihren Einfluss konnte man an der geschmackvollen Einrichtung mit den guten Bildern an den Wänden und vielen Blumen im ganzen Haus erkennen. Er war etwa fünfzig, also rund zwanzig Jahre älter als Rosenberg aber im Aussehen ganz das Gegenteil. Er war der Beau. Ständig sehr gut angezogen. Ohne einen knalligen Seidenschal unter dem offenen Hemdkragen war er nicht vorstellbar. Tadellos geschnittene Sakkos aus gutem Zwirn verrieten den perfekten Schneider. Die silbergrau (gefärbten) Haare hingen ihm sorgfältig gepflegt über seinen Kragen. Helena, seine Lebensgefährtin, passte gut zu ihm. Vor allem hatte sie viel Verständnis für ihn, wenn er sich zurückzog, um zu arbeiten. Sie hielt ihm dann alle lästigen Leute und alle Störungen vom Hals.

„Weißt du", pflegte er gelegentlich zu Rosenberg zu sagen, „ich bin nicht mehr der jüngste, ich brauche meine Ruhe. Meine schlimme Zeit ist vorbei, und ich finde es einfach schön, dass jemand für mich da ist, der mich braucht und den ich brauche."

Die beiden hatten sich heute verabredet, um über die zwei jüngsten Mordfälle zu reden. Rosenberg brauchte Material für seine Arbeit, und Graf Anregungen für seine Bücher. Außerdem war Graf innerlich noch immer der engagierte Journalist, auch wenn er den zufriedenen Freiberufler spielte.

„Heller ist heute in so ein Nest, nach Deutersbach, gefahren. In einer Fleischerei am Ort fragte er nach einem Angelverein. Der ist doch an den beiden Fällen dran. Was will er da mit einem Angelverein?"

Graf wurde nachdenklich. „Ich bin damals auch auf diesen Verein gestoßen, habe die Spur aber wieder vernachlässigt. Ich habe mir nichts dabei gedacht. Warum sollte ein Mann wie Langendörfer nicht in seiner Freizeit ein bisschen angeln. Oder irgendwelchen anderen Hobbys nachgehen. Wenn aber der Heller da auch Nachforschungen anstellt, muss das doch irgendetwas zu bedeuten haben. Heller ist ein gerissener Bulle."

„Wenn Langendörfer und Darius etwas zu verbergen hatten, ist doch so ein Verein mit einem unauffälligen Logo der beste Weg, wenn man zusammenkommen muss, um Dinge zu besprechen. Wer sollte da drauf kommen, dass es dabei um Konspiratives geht."

Beide dachten nach und schwiegen eine lange Zeit.

„Ich habe ein Attentat auf dich vor", brach Rosenberg endlich das Schweigen. „Ich darf im Augenblick die Stadt nicht verlassen. Heller hat mich an die Kandare genommen. Ich glaube, eigentlich nur, um Markert zu beruhigen. Ich will aber nicht versuchen auszureißen. Ich werde mich also um den Angelverein kümmern. Wie viele Mitglieder, Namen, Na du weißt schon. Aber du, hättest du keine Lust zu einer kleinen Reise?"

Graf sah ihn fragend an.

„Ich habe in Frankfurt am Main einen Informanten angenagelt. Ich glaube, dort könnte der Schlüssel liegen für unsere beiden Fälle. Der Mann scheint allerhand zu wissen. Du hast doch dort alte Verbindungen."

Graf spielte den unentschlossenen, hatte aber längst Blut geleckt. „Große Lust habe ich nicht. Ich führe gerne ein ruhiges Leben. Dir zuliebe könnte ich mich aber dazu entschließen. Drei Bedingungen: Ein sehr gutes Hotel, Erste-Klasse-Billet für den ICE und reichlich Spesen."

Rosenberg überlegte nicht lange. „Ich denke das kann ich durchboxen. Aber du bist schon ein Halsabschneider, Wilhelm. Die Ergebnisse deiner Recherchen kann ich doch bestimmt in irgendeiner Form in deinem nächsten Roman nachlesen. Es grämt mich, dass ich das bezahlen soll."

„Mir kommen die Tränen, Benni. Bezahlen muss das doch deine Redaktion, und die haben etwas gut zu machen bei mir. Ich habe eine weitere

Bedingung: Sag nie wieder Wilhelm zu mir."

Bereits zwei Stunden später saß Graf im ICE nach Frankfurt. Er liebte es nicht, größere Strecken mit dem Auto zu fahren. Er war einer der wenigen Gäste im Mitropa-Speisewagen, bestellte beim Kellner eine gute Zigarre und ein halbe Flasche Champagner und gab bei der Bezahlung ein großzügiges Trinkgeld. „Schreiben sie es aber bitte mit auf die Rechnung", bat er.

* * *

Marten und Jo saßen wieder im Wohnzimmer bei Jo. Sie hatten ihren Rotwein auf dem Tisch, von dem Jo tatsächlich große Mengen im Keller haben musste. Trotzdem griff Marten immer wieder zu seinem Whisky.

„Sag mal, Marten, du hast neulich gesagt, bei der Mauschelei mit der Treuhand, du weißt schon, wegen deiner Grundstücke, sei neben Langendörfer auch der Darius im Spiel gewesen. Jetzt sind beide tot. Bitte versteh mich nicht falsch. Ich hoffe nur, dass du das nicht gegenüber der Polizei erwähnt hast. Mindestens der Markert würde dich sofort verdächtigen.

„Das tun sie bereits. William war zur Zeit des Mordes an Langendörfer mit meinem Wagen unterwegs, und ausgerechnet in der Nähe des Tatortes. Er brachte eine junge Frau nach Hause. Er hat ihnen einen Bären aufgebunden und gesagt, er habe die Frau im Hotel kennen gelernt. Tatsächlich arbeitet sie auch dort. Wir kannten aber ihren Namen bereits. Ihr Bruder arbeitet als Abteilungsleiter bei der Stadtverwaltung und konnte mir über meine Anwälte Informationen geben, wie die Sache gelaufen war. Natürlich hat er es nicht umsonst getan. William hat der Frau die vereinbarte Summe überbracht, damit wir nicht mit dem Bruder in Kontakt treten mussten."

„Ich will dich nicht ausfragen, Marten."

„Ich kann dir das ruhig erzählen. Ich vertraue dir. In Wirklichkeit waren es vier Personen, die irgendwie daran beteiligt waren. Die beiden Toten, ein Arzt, den Namen kenne ich nicht, und den vierten nannten sie *Kapitän*, warum weiß ich nicht. Mit diesen Kenntnissen konnte ich den Preis für den Rückkauf sehr niedrig halten. Dass zwei davon ermordet wurden macht mir sehr zu schaffen, denn damit bin ich der Hauptverdächtige, wenn der Zusammenhang herauskommt. Mit den Morden habe ich aber nichts zu tun. Das musst du mir glauben."

„Aber Marten, was denkst du von mir."

Damit war für beide die Angelegenheit erledigt, und dann sprachen sie wieder, wie so oft, über ihre Schulzeit.

„Was wohl aus der kleinen Irene geworden ist. Wir hatte ja beide ein Auge auf sie geworfen. Dich hat sie allerdings erhört", schmunzelte Jo. „Du warst ja der Exot mit deinen wunderschönen, schwarzen Haaren, deinen dunklen Augen und dem samtigen Teint."

„He Jo, du machst mich direkt verlegen. Das ist ja fast eine Liebeserklärung. Leider hat mir das alles nichts genützt. Sie hat mir gleich wieder den Laufpass gegeben. Vielleicht ist sie heute eine Matrone mit hundert Kilo Lebendgewicht und übt die Macht aus über einen pingeligen Ehemann."

Beide lachten.

Marten sah Jo nachdenklich an. „Wen hast du geheiratet? Kenne ich sie? Und was ist aus deiner Ehe geworden?"

Jo blieb lange still und begann dann mit leiser Stimme. „Anna hat mir gesagt, dass du sie danach gefragt hast. Ich hätte dir längst alles erzählt, aber es fällt mir nicht leicht. Die Frau, die ich geheiratet hatte, kennst du nicht. Sie kam erst nach dem Krieg hierher. Aus Hinterpommern. Sie musste mit ihrer Familie von dort weg. Ich war schon über dreißig bei meiner Hochzeit. Ein Jahr später bekamen wir eine wunderschöne Tochter, und wir waren sehr stolz auf sie, wie du dir denken kannst.

Sie war ein kluges Mädchen und immer eine der Besten in der Schule. Nach dem Abitur begann sie ein Studium. Sie hatte ein starkes Selbstbewusstsein und wollte Ärztin werden. Bereits bei Studienbeginn hatte sie sich politisch engagiert. Sie stand allerdings zum Leidwesen einiger ihrer Professoren kritisch zu dem Staat, in dem sie leben musste. Das konnte nicht gut gehen. Sie wurde gemaßregelt, und als ihr Protest immer lauter wurde und schärfer, wurde sie exmatrikuliert. Die Stasi nahm sie ins Visier. Stundenlang wurde sie verhört. Eines Tages wurde sie verhaftet, und weil man sie nicht kleinkriegen konnte, erklärte man sie für psychisch krank und wies sie in eine geschlossene Heilanstalt ein.

Alle meine Proteste führten zu nichts. Insgesamt zweimal durfte ich sie besuchen. Sie war nicht wieder zu erkennen. Ich war erschüttert. Aus einem gesunden, lebensfrohen Menschen war ein körperliches Wrack geworden. Ihre Gesichtsfarbe war grau, die Haare strähnig. Man hatte sie wahrscheinlich mit Medikamenten vollgepumpt. Sie stierte apathisch vor sich hin und war kaum ansprechbar. Nach einem halben Jahr verweigerte man uns den Besuch ganz. Sie sei nicht in der Lage, jemanden zu erkennen. Ihr geistiger Zustand habe sich dramatisch verschlechtert.

Kurze Zeit später bekam ich einen lapidaren Brief, in dem mir mitgeteilt wurde, dass meine Tochter Juliane am 18.März 1985 ihrer Krankheit erlegen sei. Wir haben sie hier auf unserem Friedhof begraben. Sie war so alt, wie Anna heute ist."

Marten war erschüttert und legte seine Hand auf Jo's Arm. „Bitte entschuldige, dass ich dich an diese traurige Angelegenheit erinnert habe. Das muss schlimm gewesen sein. Konntest du nichts dagegen tun? Kannst du nicht heute wenigstens die Verantwortlichen zur Rechenschaft ziehen?"

Jo zuckte hilflos mit den Schultern. „Ich habe natürlich meine Akte eingesehen und ich durfte auch in Julianes Akte hineinschauen. Der Gefängnisarzt, der sie in die Nervenheilanstalt eingewiesen hatte, ist tot. Er hat sich nach dem Mauerfall erhängt.

Am schlimmsten für mich war jedoch das Gutachten, das auf Antrag der Heilanstalt von der Medizinischen Akademie erstellt wurde. Darin heißt es: *Die A. ist mehrmals bei staatsfeindlichen Ausschreitungen ermittelt worden. Ihre Inhaftierung erfolgte während einer illegalem Demonstration vor einer Leipziger Kirche. Sie betätigte sich dabei durch lautstarke Skandierung staatsverleumdender Aussagen und ist als Rädelsführerin anzusehen. Ihr wurde von den ermittelnden Staatsorganen nahe gelegt, ihre unangemessene Haltung zu Staat und Partei zu revidieren und Namen der Mitdemonstranten zu nennen. Die A. blieb uneinsichtig. Bei ihrer Intelligenz, die nicht bezweifelt wurde, ist ihr Verhalten nicht zu erklären. Es muss daher angenommen werden, dass eine psychische Störung, evtl. gar ein geistiger Defekt vorliegt. Eine Verbringung in die psychiatrische Abteilung eines Krankenhauses wird deshalb für angebracht erachtet.*

Die Unterschrift des Arztes wurde geschwärzt und war durch die Gauck-Behörde auch nicht zu ermitteln. Fest steht einzig, dass dieser Arzt die Funktion des Parteisekretärs der MA innehatte.

Marten war fassungslos und empört. „Das ist unfassbar. Es muss doch möglich sein, diese Leute ausfindig zu machen."

„Glaube mir, ich habe alles versucht, aber an den wichtigen Stellen sitzen noch alle die alten Genossen, die uns das angetan haben. Angeblich sind die Unterlagen aus dieser Zeit nicht auffindbar. Erinnern kann sich auch niemand mehr. Aber was willst du. Das gab es alles doch schon einmal. 1945, Du hast die Anfänge doch noch erlebt, und wie du mir sagtest, war das ja auch ein Grund, warum du Deutschland den Rücken gekehrt hast."

„Ich kann ja deine Verzweiflung verstehen, aber schießt du jetzt nicht ein bisschen über das Ziel hinaus? Du kannst doch die Nazis nicht mit den Kommunisten vergleichen. Die Nazis haben doch Millionen Menschen umgebracht und die Welt mit einem schrecklichen Krieg überzogen."

„Ach ja?" In Jo´s Augen blitze ein schrecklicher Hass. „Kann man nicht? Wie viel Tote braucht es für einen Massenmord? Hundert Mauertote? Hunderttausende bei Säuberungsaktionen in Kambodscha und in der Sowjetunion? Oder genügt meine Tochter?

Die Leute, die man aus Moskau nach dem Krieg hierhergeschickt hatte, um einen kommunistischen Staat aufzubauen, waren über all das informiert, sie haben zum Teil ihre eigenen Leute sterben gesehen. Mit diesem Wissen haben sie hier einen Staat etabliert und hätten hier das Gleiche in gleichem Umfang getan, wäre der Westen nicht so nahe gewesen.

Sie hätten auch einen Krieg riskiert. Sie hatten keine Hemmungen im Baltikum, in Polen in Afghanistan."

Jo hatte sich in Wut geredet und Marten war nachdenklich geworden. „Glaubst du das wirklich? So habe ich das noch nie gesehen. Ich interessierte mich nicht so sehr für Politik. Was sollte man auch dagegen tun, wenn es so ist:"

„Du solltest dich aber für die Politik interessieren, Auch eure. Eure Leute sind auch keine Engel. Und dagegen muss man laut schreien. Von Anfang an. Immer wieder muss man es den Unverbesserlichen sagen, und vor allem den Uninteressierten. Dass es möglich ist dagegen anzugehen, haben die Menschen in Leipzig, in Dresden und in Berlin gezeigt. Aber dazu gehört eine gewaltige Kraft, und die kommt erst, wenn es unerträglich geworden ist."

Mit den letzten Worten war Jo wieder ruhiger geworden.

„Wie hat deine Frau das alles verkraftet. War das ein Grund für eure Trennung? Ist euere Ehe daran gescheitert?"

„Meine Frau hat das natürlich auch alles sehr mitgenommen. Nur meine Wut fehlte ihr. Letztlich hielt sie es sogar für möglich, dass unsere Tochter tatsächlich geistig nicht in Ordnung war. Sie meinte, dass sich Julia ein bisschen hätte anpassen müssen. Sie hatte kein Gefühl dafür, dass ein junger Mensch rebellisch wird, zumal wenn es einen guten Grund dafür gibt."

Jo war sehr lange still und man sah, dass die Erinnerung ihm zu schaffen machte.

„Weißt du, Marten, ich schäme mich heute dafür, dass ich nie wieder aufmuckte, nachdem ich aus dem Knast zurückkam. Ich habe niemals mehr für diese Verbrecher Reklame gemacht. Ich habe niemals einen ihrer Aufrufe unterschrieben, keine Beifallserklärung an die Zeitung geschickt, obwohl ich oft dazu aufgefordert wurde, aber um eine direkte, offene Meinungsäußerung habe ich mich immer herum gemogelt. Zu Hause aber war das ja nicht notwendig. Da hatte ich Mut. Immer wenn ich diese Fistelstimme hörte, oder den Nachfolger mit dem überschnappenden Gekreische, stieg mir die Galle hoch.

Meine Frau dagegen fand immer eine Entschuldigung. Das seien nun mal keine studierten Politiker wie im Westen. Das seien einfache Arbeiter, die Verantwortung übernommen haben. Nach der Wende erst wurde bekannt, wie sie ihre Verantwortung benutzt hatten, ihre Macht.

Jedenfalls spitzten sich die Konflikte in unserer Ehe immer mehr zu. Jede Kleinigkeit führte zu Streitereien, auch wenn es nicht um Politik ging. Dass dann, während einer Kur, ein anderer Mann auftauchte, war unter diesen Umständen das Normalste von der Welt."

Wieder war Jo eine Weile still. „Ich konnte es ihr nicht übel nehmen. Was mir weh tat, war, dass sie mich anlog. Sie wusste nicht, dass mir ihre Kolleginnen brühwarm erzählten, dass sie sich wieder mit ihm getroffen hatte. Er war, wie mir bekannt war auch noch verheiratet und konnte wohl nicht so weg wie er wollte, zumal er in einer anderen Stadt lebte. Aber jeden Mittwoch holte er sie, mit einem lächerlichen Opel Tigra, von der Arbeit ab. Meine Frau hatte dann immer eine Dienstreise oder eine andere Ausrede."

Marten sagte kein Wort sondern hörte nur zu. Jo zuckte mit den Schultern.

„Nun, es kam zur Scheidung, nachdem die Frau des anderen gestorben war. Und ich glaube, es war das Beste was wir unter diesen Umständen tun konnten. Aber sie kam wohl vom Regen in die Traufe. Er soll, trotz seines Alters wieder fremd gehen, und auch früher soll er es nicht anders gemacht haben.

Was mir jedoch am meisten weh tut: Sie hat einen der alten Bonzen geheiratet. Einen von denen, die mitgeholfen haben dass wir die vielen Jahre hier eingesperrt waren, einen der mitgeholfen hat, unser Hirn zu verbiegen. Ich bin mir sicher, Julias Schicksal hielte er für gerechtfertigt. "

„Warum musste sie so rebellisch sein? Es wäre ihr gut gegangen. "

* * *

Als Heller mit der Frau aus Deutersbach im Präsidium ankam, wartete Markert schon mit Ungeduld auf ihn und lief nervös hin und her.

„Wo bleibst du denn, wir sollen zum Chef kommen."

Heller seufzte auf. „Ich kann's mir schon denken. „Meine Herren", parodierte er den Polizeipräsidenten. „Ich bin unzufrieden mit Ihrer Arbeit. Zwei schreckliche Morde und kein Anhaltspunkt für die Aufklärung."

Markert packte ihn am Arm und zog ihn zur Tür hinaus. Er hatte kaum noch Zeit, Johannsen anzuweisen, mit der Ebner ein Protokoll aufzunehmen. Hinter Markert stiefelte er missmutig die Treppe hinauf. Sie klopften an Hoffmans Tür, und schon der Ton des: *Herein!*, ließ sie nichts Gutes ahnen.

„Meine Herren!, überfiel er sie auch sogleich. „Wo bleiben Ihre Ermittlungsergebnisse im Fall der beiden Morde. Noch keine Anhaltspunkte? Ich bin mit Ihrer Arbeit unzufrieden. Bitte nehmen sie Platz, und informieren Sie mich umfassend."

Markert setzte sich gehorsam auf den Stuhl gegenüber des hochlehnigen Sessels von Hoffmann. Heller lehnte sich mit den Ellenbogen auf einen niedrigen Rollschrank und blieb stehen.

„Ich möchte mich nicht setzen", meinte er, aber Hoffmann winkte nur ungeduldig ab. Markert versuchte, alle Fakten genau zu berichten, während Heller scheinbar gelangweilt die Aktendeckel studierte.

„Damit geben Sie sich also zufrieden? Unbewiesene Verschwörungstheorie eines Dienstboten, ein scheinbar ominöser Angelverein. Ich bin auch begeisterter Angler, vielleicht verdächtigen Sie mich jetzt auch. Was ist mit dem Amerikaner? Haben Sie die die Geschichte mit der Schwarzfahrt des Chauffeurs recherchiert? Und wieso ist dieser Windhund, der Rosenberg noch auf freiem Fuß?"

Das waren keine Fragen, das waren Anklagen, und Markert wusste genau, dass es zwecklos war, darauf zu antworten, aber Heller konnte nicht an sich halten.

Ziemlich respektlos fuhr er Hoffmann an: „Was sollen wir mit Rosenberg? Gut, er war zweimal in der Nähe des Tatortes, aber er ist Journalist, und sein Job ist es, an Brennpunkten zu sein. Ohne ihn wüssten wir vielleicht noch nicht mal, wer da in die Luft gesprengt wurde."

Man sah ihm seinen Ärger an, aber er wurde sofort wieder gleichgültig, als sein Chef weiter polterte.

„Der Innenminister spielt verrückt. Was denken Sie sich eigentlich?"

„Ja, was denke ich mir eigentlich. Ich denke, dass Sie uns mit diesem James Bond verwechseln, oder was noch schlimmer wäre, mit Oberinspektor Derrick.

Sie wissen genau so gut wie wir, dass wir angewiesen sind auf Tatzeugen, auf Tatortspuren und auf Fehler, die der Täter gemacht hat. Leider scheint der Mann -oder die Frau- klüger zu sein, als die Polizei erlaubt. Wirkliche Fehler konnten wir bisher nicht feststellen. Einen Journalisten festzunehmen, den jeder Winkeladvokat in zehn Minuten wieder rausholt, wäre das Schlimmste, was wir jetzt tun können. Können Sie sich die Reaktion der Presse vorstellen?"

„Papperlapapp", zischte der Polizeipräsident. „Statt mir Ergebnisse zu bringen, schnüffeln Sie in den Konten unbescholtener Bürger herum und stellen verrückte Theorien auf, die keinerlei Berechtigung haben."

Heller wurde jetzt wieder wach. „Ach, da hat wohl wieder jemand seine Beziehungen spielen lassen."

Hoffmann sah böse aus. „Ich möchte Sie am liebsten von dem Fall abziehen. Beide. Sie sollten aufpassen, dass ich kein Disziplinarverfahren gegen Sie einleite."

„Dann müssen Sie aber den Täter selbst fangen, Herr Hoffmann."

Hoffmann sprang von seinem Sessel auf, dass dieser beinahe umgekippt wäre. Er deutete mit dem Finger zur Tür und schrie: Raus!"

Draußen ging Heller zähneknirschend die Treppe hinunter. Markert sprach auf ihn ein. „Du redest dich noch mal um Kopf und Kragen. So kannst du mit dem Mann nicht umspringen."

„Ich kann. Hast du nicht gehört? Ich kann. Der weiß genau, dass ich recht habe. Der scheißt sich nur wegen des Innenministers in die Hosen."

Es dauerte lange, ehe man mit Heller wieder sachlich reden konnte.

„Es müsste jemand mit der Witwe von Darius reden. Die ist krank und wohnt auf dem Land. Die können wir schlecht einbestellen."

„Ich hab verstanden", grunzte Heller. „Ich fahre hin. Ich bin froh, wenn ich hier rauskomme. Das kotzt mich alles an."

„Nimm das Aufnahmegerät mit", bat ihn Markert.

„Mal sehen." Heller verschwand in Richtung Fahrbereitschaft.

* * *

Anna fuhr mit ihrem kleinen, roten Ford Ka zügig die Hauptstraße hinunter. Sie hatte sich von dem Schock heute morgen wieder erholt. Gott sei Dank hatte sie nie Katerprobleme, wenn sie mal zu viel getrunken hatte, was selten vorkam. Aber sicher hatte sie noch einen Restalkohlspiegel im Blut, und sie fuhr aufmerksam, damit sie keine Fahrfehler machte, damit sie nicht unversehens in eine Polizeikontrolle komme. Vorsichtshalber lutschte sie ein Pfefferminzbonbon. Vor einem großen Gebäude mit riesiger Glasfassade parkte sie ihren Wagen und ging durch die hohe Tür ins Haus. An der Rezeption empfing sie eine freundliche Dame mit freundlichem Gesicht und der freundlichen Frage: „Was kann ich für Sie tun?"

Anna sagte ihren Namen und zeigte ihren Ausweis vor. „Ich möchte zu Doktor Vogeler. Ich habe einen Termin bei Ihrem Direktor."

Die Dame bot ihr einen Platz in einer Sitzecke an. „Einen Moment bitte, ich sage Bescheid."

Anna sah sich um. Das Haus machte einen protzigen, kalten Eindruck. Über der Rezeption hing ein Schild. *Deutsche Medien GmbH Bitte unaufgefordert an der Rezeption melden.*

Kurze Zeit später verbeugte sich ein ein junger, gutgekleideter Mann vor ihr. „Frau Osterberg? Frau Anna Osterberg?" Anna nickte. „Darf ich Sie bitten, mich zu begleiten. Ich bringe Sie zu Doktor Vogeler. Der Herr Direktor erwartet Sie."

Er ging voran zu einem Aufzug und fuhr sie in den vierten Stock, klopfte an einem Zimmer und öffnete die Tür. „Frau Osterberg ist da."

Eine Sekretärin nahm sie in Empfang und führte sie weiter durch eine ledergepolsterte Tür, ohne anzuklopfen.

Anna kam in ein riesiges Büro mit großen Glasfenstern und einem Blick auf die belebte Stadt. Hinter einem beeindruckenden, aufgeräumten Schreibtisch stand ein älterer Herr mit blanker Glatze auf, knöpfte sein Sakko zu und küsste ihr galant die Hand.

„Doktor Vogeler", stellte er sich mit einer Verbeugung vor. „Bitte nehmen Sie Platz." Er bot ihr verschiedene Getränke an, und Anna entschied sich, in Anbetracht des vergangenen Morgens, für einen Espresso.

Als er ihr dann gegenüber saß, begann er: „Sie haben mir angedeutet, dass Sie um Sponsoring für einen Kindergarten bitten wollten. Im Prinzip ist unsere Firma natürlich bereit, etwas für die Gesellschaft zu tun. Soziales Engagement ist für uns selbstverständlich. Doch ich möchte schon etwas Näheres darüber wissen. Das verstehen Sie sicher. Ja?"

Anna lächelte gewinnend. „Aber ja doch. Bei unserem Projekt handelt es sich um eine gemeinnützige Anlage. Da wäre ein Kindergarten, der Kinder tagsüber aufnimmt, vor allem von allein erziehenden Müttern und natürlich Vätern, um ihnen die Arbeit zu ermöglichen. Des weiteren haben wir ein Kinderheim für elternlose Kinder, beziehungsweise von Eltern, die aus irgendeinem Grund nicht für die Erziehung von Kindern geeignet sind."

Vogeler nickte anerkennend mit dem Kopf. „Eine sehr lobenswerte Sache. Aber wer ist der Kostenträger für diese Anlage?"

„Da muss ich leider bedauern. Die Finanzierung ist eine ganz private Initiative, die ungenannt bleiben möchte. Tu Gutes ohne darüber zu reden", zitierte Anna lächelnd, aber Vogeler wiegte zweifelnd den Kopf. „Das ist aber nicht im Sinne des Erfinders", witzelte er. „Soll diese Initiative anonym bleiben. Wir *wollen* ja Gutes tun, aber wir *müssen* darüber reden. Schließlich ist Sponsoring nichts anderes als gezielte Werbung. Wollen wir doch ehrlich sein - unter uns."

„Wenn es nur Werbung wäre und nichts anderes, wäre das ein Armutszeugnis für unsere *soziale* Marktwirtschaft. Meinen Sie nicht?"

„Bitte legen Sie meine Worte doch nicht auf die Goldwaage. Natürlich wollen wir in erster Linie helfen, in diesem Falle den Kindern, aber wir müssen leben. Kosten müssen Umsatz bringen. So prosaisch das auch klingen mag. Ich kann meinen Gesellschaftern nicht mit Wohltaten kommen, die nichts bringen. Die würden glauben, dass ich nicht der richtige Direktor bin und Konsequenzen ziehen."

„Aber Herr Doktor Vogeler. Das ist ausschließlich Ihre Sache", Annas Lächeln war zuckersüß..

„Frau Osterberg, ich bitte Sie." Vogeler war sich sicher, dass Anna nicht ganz bei Trost war. „Ich denke, Sie wissen nicht, wie hart der

Konkurrenzkampf ist, vor allem in unserer Branche. Wir müssen jede Mark zusammenkratzen um ihn durchzustehen."

Anna blieb die Freundlichkeit selbst. „Herr Doktor Vogeler. Ich habe doch nicht verlangt, dass Sie die Spende für unsere soziale Sache aus dem Firmenvermögen nehmen. Ich denke da mehr an eine ganz persönliche Spende."

Vogeler glaubte, nicht richtig zu hören und wollte die unsinnige Angelegenheit schnell zu Ende bringen. „Ich denke, Frau Osterberg, unser Gespräch führt zu nichts, und ich habe wirklich viel zu tun. Es hat mich sehr gefreut, Sie kennenzulernen." Damit erhob er sich hinter seinem Riesenschreibtisch, aber Anna machte keine Anstalten zu gehen.

„Ich denke, Sie werden sich das noch mal überlegen", und sie reichte ihm einen kleinen Aktenhefter über den Tisch.

Vogeler besah ihn von allen Seiten, ohne ihn aufzuklappen.

„Schauen Sie einfach rein."

Schon nach dem ersten Blick blätterte er entsetzt ein Blatt nach dem anderen um. Dann sah er Anna kreidebleich an. „Woher haben Sie das? Hat Darius Sie geschickt?"

Nun war Anna erstaunt, versuchte aber sich das nicht anmerken zu lassen. „Darius?"

Böse zischte sie Vogeler an. „Tun Sie nicht so erstaunt. Darius hat mir die Blätter schon vor Jahren gezeigt. Die Originale. Das hier sind Kopien. Er hat ganz schön abkassiert und mir zugesagt, sie nicht an die Öffentlichkeit zu bringen, solange ich in meinen Veröffentlichungen moderat über die PDS berichte und sie wohlwollend behandle. Jetzt wollen Sie mich unter einem sozialen Mäntelchen damit noch mal erpressen. Dabei dachte ich, das sei mit dem Tod von Darius vorbei."

Anna blieb kühl. „Was Sie mit Herrn Darius verabredet haben, ist für mich nicht von Interesse. Im Gegenteil, ich würde mich freuen, wenn Sie die Verlogenheit dieser Partei aufdeckten. Mir geht es, wie ich Ihnen bereits am Anfang unsres Gespräches sagte, um Hilfe für unser Kinderprojekt. Und das ist die Wahrheit. Für eine gewisse Summe könnte ich diese Blätter vergessen."

Mit hochrotem Kopf stammelte Vogeler: „Wollen Sie mich ruinieren?"

Anna lächelte. „Herr Doktor. In Ihrer Position verdienen Sie gut. Ich kenne mich aus. Also sagen wir mindestens vierhunderttausend, wahrscheinlich wesentlich mehr. Diesen protzigen Bürobau, der auf Ihren Namen im Grundbuch steht, und den Sie teuer an Ihre GmbH vermietet haben, bekamen Sie für ein Butterbrot, weil Sie ihn als Ostimmobilie mit ein paar Tricks fast vollständig subventioniert bekamen, beziehungsweise günstig abschreiben konnten und mit Verlustvortrag den Rest von der Steuer absetzten."

„Ich bitte Sie, so ist nun mal das Gesetz. Sie können mir das nicht vorwerfen."

„Ich werfe Ihnen das nicht vor. Ich beweise damit nur, dass Sie ein gut gefülltes Konto besitzen." Annas Stimme wurde hart. „Wenn Sie diese Akten genau durchlesen, werden Sie nicht nur die Berichte finden, die Sie als IM der Staatssicherheit geschrieben haben. Auf dem letzten Blatt werden Sie die Summe finden, eine lächerlich geringe Summe, die Sie einem Mitarbeiter der Treuhand, dem ehemaligen Direktor einer volkseigenen Druckerei, für den gesamten technologischen Apparat in Ihrem Haus, gezahlt haben. Das würde manchem zu denken geben. Sie kennen doch den Ausdruck *Vereinigungskriminalität*. Erst damit konnten Sie Ihre Privatkarriere starten. Die Mütter unserer Kinder konnten das nicht."

Vogeler schien geschlagen zu sein. „An welche Summe haben Sie gedacht.?"

Anna widerte der Mann nur an, und sie ließ ihn das merken. „Hunderttausend. Bis zum Monatsende! Auf dieses Konto." Sie reichte ihm eine Karte. Dann verließ sie mit erhobenem Kopf und ohne zu grüßen den Raum.

Vogeler starrte nur noch auf den Ordner mit den Kopien, den sie ihm dagelassen hatte.

* * *

Heller war mit Niedermeyer zum jetzigen Wohnort der Witwe Darius gefahren. Es war ein kleines Nest, etwa eine halbe Stunde von der Stadt entfernt. Sie standen jetzt vor einem geräumigen Haus im Garten eines abgelegenen Grundstücks. Auf ihr Klingeln öffnete eine ältere Frau mit einem knochigen Gesicht und dünnen Haaren, die zu einem noch dünnerem Knoten im Nacken zusammengebunden waren, die Tür.

„Was wünschen Sie?" Ihre stimme klang hart und streng.

Heller zeigte seinen Ausweis und stellte Niedermeyer vor. „Sind Sie Frau Darius?"

„Nein!", bellte es zurück. „Ich bin die Haushälterin. Ich werde Frau Darius fragen, ob sie Sie sehen will." Sie knallte die Haustür zu und ließ sich lange Zeit nicht sehen, sodass Heller noch mal klingelte. Im gleichen Moment wurde die Haustür wieder aufgerissen.

„Können Sie nicht abwarten? Kommen Sie rein!"

Im Haus roch es muffig. Sie führte die beiden Polizisten in ein dunkel eingerichtetes Zimmer mit schweren Vorhängen an den Fenstern und deutete auf ein Gruppe hochlehniger Stühle, die um einen eichenen Tisch standen.

„Da!"

Sie setzten sich vorsichtig auf die Stuhlkanten, und obwohl Heller nicht so leicht einzuschüchtern war, hatte er ein mulmiges Gefühl. Immerhin würde er gleich vor der Frau stehen, die gerade ihren Mann verloren hatte. Durch einen grausigen Anschlag.

Nach einer kurzen Zeit betrat eine Frau das Zimmer, die überhaupt nicht seinen Vorstellungen entsprach. Sie war altmodisch gekleidet, ihre grauen Haare waren sorgfältig frisiert, und ihr immer noch schönes Gesicht hatte einen so gütigen Ausdruck, als könne sie Rotkäppchens Großmutter sein.

„Guten Tag, meine Herren." Auch ihre Stimme war sanft. „Sie kommen sicher wegen dem Tod meines Mannes."

Die beiden Polizisten hatten sich von ihren Stühlen erhoben und gaben der alten Dame mit einer artigen Verbeugung die Hand.

„Ja", Heller verbeugte sich nochmals und sah aus den Augenwinkeln, dass Niedermeyer heimlich grinste." Ich nehme an, Sie sind Frau Darius, gnädige Frau", und als sie nickte, setzte er hinzu: „Ich möchte Ihnen als Erstes mein tief empfundenes Beileid aussprechen."

Die alte Dame lächelte ihn freundlich an. „Was ich Ihnen aber nicht glaube."

Heller machte ein erstauntes Gesicht, aber antwortete ihr vorsichtshalber nicht.

„Sie wollen herumschnüffeln und mir Fallen stellen." Der klang ihrer Stimme blieb außerordentlich freundlich und passte nicht zu den Worten.

Heller wurde ärgerlich, versuchte jedoch, es sich nicht anmerken zu lassen. „Wie kommen Sie darauf? Es ist ein Mord passiert und wir versuchen, den Täter zu ermitteln. Das ist unsere Aufgabe. Vielleicht können Sie uns dabei helfen. Das ist alles."

Die alte Dame blieb bei ihrem freundlich Ton. „Sie hätten den Mord verhindern sollen. *Das* ist Ihre Aufgabe. Aber Ihr seid doch froh, dass der Mann, der unbeirrt Euer System entlarvte, tot ist, Euch nicht mehr schaden kann."

Niedermeyers Unterlippe hing immer tiefer und verschärfte dabei den immer beleidigten Ausdruck seines Gesichts.

Frau Darius lächelte ihn an. „Glotzen Sie nicht so dämlich, Mann."

Heller wurde es jetzt zu bunt, blieb aber sachlich. „Wir lassen uns von Ihnen nicht beleidigen. Ich nehme zu Ihren Gunsten an, dass Sie durch die schreckliche Tat ein bisschen verwirrt sind", aber die Frau protestierte mit ihrer sanften Stimme. „Darauf würde ich mich nicht verlassen."

„Wir wollen es kurz machen. Sie beantworten mir jetzt kurz und bündig meine Fragen und schon sind wir wieder weg."

Da kam er aber an die Falsche. „Ich werde alle Ihre Fragen beantworten, aber nur so kurz und bündig, wie ich es für richtig halte."

„Gut. Ich darf mir also die Frage erlauben, ob Ihre Ehe in Ordnung war, oder ob Sie von Ihrem Mann getrennt lebten, denn er wohnte ja wohl in der Stadt."

Die Frau schien sich jetzt zu ereifern, obwohl ihre Stimme immer noch sanft klang. „Ihre Frage ist unverschämt, junger Mann. Wir sind nicht den Sitten Ihrer Gesellschaftsordnung verfallen, wo die Ehe nichts mehr bedeutet. Vor drei Jahren haben wir unsere Goldene Hochzeit gefeiert. Wir sind nicht bei der kleinsten Unstimmigkeit auseinander gelaufen. Mein Mann war ein großartiger Mensch mit einer strengen Disziplin. Fünfundzwanzig Jahre hat er als hoher Offizier der Volksarmee seinem Staat treu gedient, bis er pensioniert wurde. Und als der Pöbel putschte, fiel er nicht um wie dieser...wie heißt er noch..., wie dieser Schabowski, der Krenz und wie sie alle heißen. Er hielt die sozialistischen Ideale hoch und bekämpfte diesen Staat mit den Mitteln, die ihm zur Verfügung standen."

Heller hatte die Nase voll. „Ich will keine Lobreden über den Sozialismus hören. Ich will einen Mord aufklären, und deshalb frage ich Sie, ob Ihr Mann Feinde hatte, und ob Sie sich jemanden vorstellen können, der ihn getötet hat."

Ihre Stimme klang gar nicht mehr sanft. „Ja das kann ich. Diese

Geldsäcke und ihre Knüppelgarden, die Glatzköpfe waren das. Sie fürchteten den Einfluss meines Mannes bei den Arbeitern, die sie ausbeuten." Damit drehte sie sich um und verließ den Raum, indem sie dabei heftig mit dem Stock auf den Boden stampfte.

Niedermeyer sah Heller entgeistert an, und der zog ihn am Arm aus den Haus.

„Mein lieber Mann", flüsterte Niedermeyer, „die hat's uns aber gegeben. So was habe ich lange nicht mehr erlebt. Neben der war Honecker ja nur ein Mitläufer."

Sie setzten sich in ihren Wagen und fuhren zurück.

* * *

Markert stand vor seiner Tafel und zog bunte Linien. Als Heller zurückkam und von seinem Auftritt bei der Witwe erzählte, ließ er die Schultern resignierend hängen.

„Wir stehen wieder ganz am Anfang. Ganz sicher ist überhaupt nichts. Wir haben einige begründete Vermutungen, die uns aber nicht weiterführen." Er schaute seine Tafel an und kratzte sich hilflos am Hinterkopf.

„Fassen wir doch noch einmal zusammen, was wir als ziemlich sicher voraussetzen können.

A) Der Mord an Langendörfer kann eine Hinrichtung gewesen sein. Das Motiv dazu ist nicht erkenntlich. Das Gleiche gilt für Darius. Zwischen diesen beiden muss es irgendwelche Verbindungen gegeben haben, die in der Vergangenheit liegen könnten. Dazu später.

B) Die beiden Morde wurden nicht von einem Profi ausgeführt. Dafür sprechen die Tatsachen, dass zum Beispiel bei Langendörfer die Tatwaffe zurückgelassen wurde und die auffällige Vermummung des Täters. Bei Darius ist der Minensprengsatz so primitiv gefertigt worden, dass jeder das ohne die geringsten Kenntnisse tun konnte. Die KTU hat zweifelsfrei festgestellt, dass acht Tellerminen, gefüllt mit Eisensplittern, einfach mit einem Draht zusammengebunden waren. Am Ende einer dreistufigen Treppe abwärts wurden sie mit einem Stück Pappe abgedeckt und so platziert, dass jeder der die Treppe hinabstieg, drauf treten musste.

C) Der Täter, wahrscheinlich der Gleiche bei beiden Morden, wusste, dass bei Langendörfer eine Party stattfand. Ob er wusste, dass es wahrscheinlich eher ein Geschäftstreffen war, ist unbekannt. Bestimmt wussten es Anders, Graf, Rosenberg, van Renesse und der Wirt, sowie seine Frau. Das Alibi von Renesse ist kaum nachprüfbar, soweit der Fahrer bei seiner Aussage bleibt, und die Frau aus Neudorf dies bestätigt. Motiv wäre vorhanden. Anders hat um diese Zeit beim Italiener angerufen und Pizza bestellt. Wir sollten auf alle Fälle dort noch mal nachfragen. Kein Motiv. Rosenberg war in beiden Fällen in der Nähe des Tatortes, hat aber nach deiner Meinung einen glaubhaften Grund dafür, was ich anzweifle. Ein wirkliches Motiv hat er aber anscheinend nicht. Graf hätte ein Motiv: Späte Rache. Rosenberg will ihn aber kurz vor sieben noch an seiner Schreibmaschine gesehen haben. Da Rosenberg direkt von ihm zum Tatort gefahren sein will, kann er schwerlich vor ihm da gewesen sein. Der Wirt hat ein gutes Alibi.

D) Der Täter bei Darius hatte einen Nachschlüssel zum Tor der Fabrik. Zweifelsfrei ein Abdruck von Renesses Schlüssel. Der Schlüssel war leicht zugänglich. Andererseits, warum sollte Renesse einen Abdruck machen, wenn er den Originalschlüssel besaß."

Jetzt mischte sich Heller ein. „Denkfehler! Ohne Abdruck hätte er jetzt den Originalschlüssel nicht mehr. Das würde ihn gerade verdächtig machen."

E) „Du hast Recht. Aber weiter. Noch einmal zurück zu Punkt A. Zwischen Langendörfer und Darius gibt es mehrere Verbindungen. Eigenartige Geldbewegungen währen der Wendezeit. Grund unklar, aber wahrscheinlich Umrubelungen vielleicht von Partei- oder Staatsvermögen. Die Steuerfahndung geht dem nach. Beide treffen sich regelmäßig im Landhaus mit zwei anderen Herren, deren Initialen uns bekannt sind, aber nicht die Identität, außerdem Treffen in einem mysteriösen Angelverein, wahrscheinlich mit den beiden gleichen Herren und mehreren weiteren Männern aus der gesamten Bundesrepublik. Das Au-pair-Mädchen, seine Geliebte (?), spricht von ominösen Verschwörungen. Leider können wir sie nicht mehr befragen. Sie flog zurück nach England, kurz nach dem Mord.

F) Rosenberg will geheimnisvollem Vorleben Langendörfers auf der Spur sein. Keine näheren Angaben. Beknie ihn mal.

Das war alles was wir haben. Oder fällt dir noch was ein?"

Heller dachte nach. „Ja, da ist noch der Tod, wahrscheinlich Mord an diesem Polen, dem....dem...Krasski. Da kann durchaus ein Zusammenhang bestehen, aber ich glaube es eigentlich nicht, und wenn, fehlt uns jeder Anhaltspunkt. Dass er in Langendörfers Laden eingebrochen ist, kann durchaus den Grund haben, den er uns angab. Es belegt aber meiner Meinung nach, dass Langendörfer gewerbsmäßig mit gestohlenen Antiquitäten gehandelt hat. Vielleicht auch schon in seiner Frankfurter Zeit. Da sollten wir noch mal nachhaken. Vielleicht weiß Rosenberg mehr. Auch die Langendörfer hatte einen Vorteil vom Tod ihres Mannes. Dass sie ein Alibi hat, sagt gar nichts. Das Vermögen wäre ein Motiv. Sie könnte einen Profi beauftragt haben. Aber Profi haben wir eigentlich schon ausgeschlossen."

Die beiden diskutierten noch lange und beschlossen dann, dass Heller sich noch mal beim Italiener die Uhrzeit des Anrufes bestätigen ließ, und Markert sich mit den Kollegen aus Frankfurt kurz schloss, um etwas über Langendörfers Vorleben zu erfahren.

Dann fiel Markert etwas ein. „Vorhin hat mich ein Kollege von der Steuerfahndung angerufen. Die haben einen anonymen Hinweis bekommen, dass eine gewisse Anna Osterberg versucht, mit irgendwelchen Stasi-Papieren, mittelständige Geschäftsleute zu erpressen. Als ich ihm sagte, dass wir für Mord zuständig sind, erzählte er mir, dass die Anna Osterberg an dem Stammtisch im Gambrinus öfter Gast ist. Sie soll die Geliebte von Anders sein. Als ich damals dort war", sein Gesicht verfinsterte sich, „saß doch eine Anna am Tisch. Könnte die das sein? Kennst du sie?"

„Natürlich kenne ich sie." Heller lachte amüsiert. „Anders Geliebte, ha, er protegiert sie, aber er schläft ganz bestimmt nicht mit ihr. Die anderen glauben das, und die beiden lassen sie glauben und lachen heimlich darüber. Anna ist eine reizende junge Frau, aber mit Erpressung hat sie garantiert nichts zu tun. Das passt überhaupt nicht zu ihr. Außerdem versorgt Jo sie mit genügend finanziellen Mitteln."

Aber Markert blieb misstrauisch. „Von nichts kommt nichts. Nun ja, die Steuerleute wollen der Sache auf den Grund gehen. Müssen sie ja. Sicher laden sie diese Osterberg mal vor. Uns geht es im Grund ja nichts an."

Heller wechselte das Thema. „Was denkst du? Mir scheint es immer wahrscheinlicher, dass die Beziehungen zwischen Langendörfer und Darius, sowie den anderen, uns Unbekannten, tatsächlich etwas mit dem Verschieben von Stasi- oder Parteigeldern zu tun hat. In der Wendezeit war das doch kaum ein Problem. Jeder hat eingesackt, was er gerade in die Finger bekam. Wie ist das eigentlich? Bekommen wir bei Gauck Akteneinsicht über andere Personen, wenn da ein Verdacht besteht, oder darfst du nur deine eigene Akte ansehen?"

„Das ist nicht mehr Gauck, das heißt jetzt Birthler."

„Namen, Namen. Ist das nicht wurst? Ich will nur wissen, ob wir in fremde Akten einsehen dürfen."

Markert wusste das auch nicht. „Darum habe ich mich nie gekümmert. Ich werde mich mal mit dem Staatsanwalt in Verbindung setzen. Wer glaubst du, käme da wohl in Frage? Auch der Langendörfer? Bestimmt müssen wir aber einen begründeten Anfangsverdacht belegen können."

Heller hatte erfolgreich das Thema gewechselt. Er wollte zuerst mal in Ruhe die Anschuldigung gegen Anna überdenken. Aber im Moment wollte er Markert davon abbringen, selbst in der Sache etwas zu unternehmen.

„Ja ich denke vor allem an Langendörfer, aber auch an Darius, und diesen Doktor Lauritz, vielleicht der RL im Notizbuch. Wir sollten uns aber auch mit unseren amerikanischen Kollegen in Verbindung setzen wegen Informationen über Renesse und diesen William. Der Nachname steht im Protokoll."

„Guter Gedanke, aber das müsste man telefonisch machen."

„Dann tu es doch", meinte Markert.

„Kannst du englisch?"

„Nein, und du?"

„Ich auch nicht, wenigstens nicht gut genug."

„Aber ich."

Markert und Heller blickten erstaunt auf Johannsen, der gerade das Zimmer betrat und wegen der Aufmerksamkeit, die ihm galt, rote Ohren bekam.

„Ich habe in der Schule gut aufgepasst und bin nach dem Abitur drei Monate durch die Staaten getrampt. Da habe ich viel gelernt. Aber ob die da drüben sehr auskunftsfreudig sind, wenn ein kleiner Kriminalanwärter dort anruft?"

Heller machte keine großen Umstände. „Mensch Johannsen, Sie sind Klasse. Endlich mal ein Polizist mit Bildung", meinte er ironisch, „und was das andere betrifft, ich befördere Sie zum Hauptkommissar für die Zeit des Telefonierens."

Markert war schon wieder ängstlich. „Das kannst du nicht machen,

Heller. Das kann ins Auge gehen und dem Kollegen Johannsen einen Haufen Ärger einbringen. Führung eines falschen Dienstgrades, und auch noch gegenüber ausländischen Kollegen. Das geht nicht."

Heller winkte ab und deutete auf das Telefon. „Mach´s einfach.

Ich habe noch was vor", sagte er und machte sich auf den Weg zu Anders. Er wollte ihm ein wenig auf den Zahn fühlen wegen Anna.

* * *

Anna saß in ihrer Küche und blätterte in mehreren kleinen Aktenordnern. Sie war an diesem Nachmittag noch bei zwei weiteren Firmen gewesen und hatte ein schöne Summe zusammengebracht. Sie hatte keine Skrupel dabei ein bisschen nachzuhelfen, denn keiner von denen hatte sein Geld auf ehrliche Weise erworben. Es klingelte an der Tür. Sie packte die Papiere zusammen und schob sie in die Schublade einer kleinen Kommode, bevor sie öffnete. Es war Jo, der an ihrer Tür stand und sie nachdenklich anschaute.

„Hallo Joschi", sagte sie. „Ich freue mich, dass du mich mal hier oben besuchst. Gibt´s was? Willst du was trinken?"

„Ja, ich brauche einen Cognac, einen großen. Es gibt wirklich was. Nichts Erfreuliches."

Anna sah ihn an. Jo klang besorgt. „Was ist los?"

„Heller ist los", gab ihr Jo Antwort. Weil Anna ihn ratlos ansah, fuhr er ohne große Umschweife fort. „Anna ich fage dich jetzt etwas, das dich vielleicht wundern wird, vielleicht auch nicht. Aber du musst mir unbedingt die Wahrheit sagen."

Anna war beleidigt. „Habe ich dich schon jemals belogen, Joschi?"

„Lass das jetzt." Jo war wirklich besorgt. „Bei der Polizei ging eine anonyme Mitteilung ein, du übtest leichten Druck aus bei der Werbung für unser Projekt. Mit irgendwelchen Papieren, Der Anrufer nannte es Erpressung."

„Ich werde es dir erklären, Joschi." Anna war sehr verlegen. "Ich wollte dich damit nicht belasten. Als du mir damals den Vorschlag machtest, für die Kinderhäuser Geld zu besorgen, Sponsoren zu finden, war ich sehr begeistert. Es war eine Sache, hinter der ich uneingeschränkt stand. Ich hab dir auch erzählt, dass es fast unmöglich war, an das Geld der Leute

114

heranzukommen. Hätte ich einen Schuhmacher im Hintergrund gehabt, oder die Steffi Graf, wäre es kein Problem gewesen. Aber *nur* für Kinder, und auch noch ohne Werbung, das war deine Bedingung, saßen die Leute auf ihrem Geld.

Jo war entsetzt. „Aber Erpressung, Anna?"

Sie verteidigte sich. „Es war für mich keine Erpressung. Ich nannte es bei mir Lastenausgleich. Ich hatte, schon vor ein paar Jahren, bei meinem Großvater Papiere gefunden, die gewisse Leute schwer belasteten. Meist aus Gründen die in der Wende lagen, die mit Devisenbetrug, mit unrechter Geldbeschaffung zu tun hatten und die strafbar waren und sind. Ich weiß nicht aus welchem Grund ich damals Kopien machte. An diese dachte ich, als ich kein Geld zusammenbekam. Diese Papiere waren besser als die Namen Becker oder Graf oder anderer Prominenten. Sie bewiesen irgendwelche belastende Tatsachen, die den Wirtschaftsbossen großen Ärger machen konnten, sodass sie lieber zahlten. Alle hatten sie irgendwie Dreck am Stecken und alle hatte ihr Geld unredlich erworben.. Ich hatte keine moralischen Bedenken", schloss sie trotzig.

„Ich will dir doch keine Moralpredigt halten, Mädel. Ich kann dir diese Haltung nachfühlen, aber es ist nun mal strafbar, was du da so unbedacht angestellt hast. Ich weiß es nicht, aber ich denke, Heller wollte mich warnen, und er wollte, dass du das weißt. Du musst heute noch von hier verschwinden. Sofort!"

Anna wollte widersprechen. „Ich habe das nicht unbedacht getan. Ich wusste, dass es Unrecht ist. Aber die Leute mit denen ich es zu tun hatte, werden den Teufel tun, mich anzuzeigen. Es könnte auf sie zurück fallen."

„Anscheinend hat es doch jemand getan. Das hörst du ja. Und wenn es hart auf hart geht, ziehst du bei diesen Leuten den Kürzeren. Vielleicht kannst du an deren Image kratzen, aber in den Bau gehst du. Also widersprich mir nicht. Alles, was auf deinen *Lastenausgleich* hinweist, packst du in einen Koffer. Ich werde ihn entsorgen. Und jetzt rufe ich Marten an. Er kann dir helfen.

Renesse meldete sich eine halbe Stunde später in Annas Wohnung.

„Marten du musst mit helfen. Mir und Anna. Ich kann dir das jetzt nicht im Einzelnen erklären, aber Anna muss sofort hier weg. Ins Ausland."

Renesse spürte, dass Jo das ernst meinte und er fragte nicht lange. „Wie hast du dir das gedacht?"

Anna protestierte. „Ihr könnt mich doch nicht einfach so abschieben. Was soll mir passieren?"

Jo reagierte überhaupt nicht auf ihren Protest,

„Pass auf Marten. Nur soviel: Anna hat etwas getan, wofür sie ins Gefängnis kommen könnte. Im schlimmsten Fall. Sie wollte mir und meinen Kindereinrichtungen helfen. Sie hat es gut gemeint. Ich verspreche dir, du hast keine moralischen Bedenken, wenn du die Zusammenhänge kennst. Kannst du Anna, jetzt sofort, ins Ausland helfen. Sie muss hier weg!"

Marten zögerte keine Minute. „Natürlich, wenn du mir sagst, dass es kein Kapitalverbrechen war, und wenn du mir sagst, dass es notwendig ist," er schaute Anna an und lächelte ihr zu, „dann ist das doch selbstverständlich. Wie hast du dir das praktisch gedacht?"

Jos Plan schien schon perfekt zu sein.

„Die tschechische Grenze ist etwas mehr als eine Stunde von hier entfernt. Anna hat einen gültigen Reisepass, aber es genügt eigentlich ihr Ausweis. Ihr setzt euch ins Auto, natürlich nicht in deinen Nobelschlitten, der ist zu auffällig. Ihr nehmt den Kleinen von Anna. Du bringst sie nach Prag und Anna bucht den erstbesten Flug nach irgendwohin. Amsterdam, Budapest, oder was weiß ich wohin. Unterwegs wechselt sie ein paar mal die Flugrichtung, sodass man ihren Weg nicht leicht verfolgen kann. Du wirst sie bei dir unterbringen. Wenigstens vorläufig. Möglichst die ersten Monate ohne Anmeldung, als Besuch oder so. Wenn sich hier die Aufregung gelegt hat, kannst du ihr vielleicht Papiere besorgen."

Anna war in heller Aufregung, aber Marten tat so, als mache er so etwas jeden Tag. „Geht in Ordnung Jo. Ich gehe nur schnell mal zu meinem Wagen. Da habe ich ein Satellitentelefon. Das kann man nicht abhören. Ich will schnell noch was organisieren. Auf William kann ich mich verlassen, aber zu deiner Beruhigung schicke ich ihn weg, wenn ich telefoniere."

Marten verließ die Wohnung mit dem Hinweis, er sei in Kürze wieder hier. Jo half Anna, welche die ganze Aufregung nicht verstand und meinte, Jo sei zu ängstlich. Sie wollte ein paar Koffer packen.

„Lass den ganzen Kram hier. Nimm nicht so viel mit. Ein paar Klamotten. Alles andere kannst du dir wieder kaufen. Leg alles, was dir schaden könnte, Papier und...na du weißt schon auf den Tisch. Ich werde es vernichten, wenn ihr weg seid. Ich gebe dir genügend Geld mit. Keine Schecks, keine Kreditkarten unterwegs. Zur Not hilft dir Marten. Lass das alles hier. Dein Pass ist wichtig. Sonst nichts."

Eine halbe Stunde später, Anna fiel der Abschied von Jo sehr schwer, und sie weinte, saßen sie und Martin in dem kleine Wagen Annas, und Marten musste den Sitz weit zurückschieben um Platz für seinen muskulösen Körper zu finden.

* * *

Johannsen kam freudestrahlend ins Büro und schwenkte triumphierend mehrere beschriebene Blätter. Obwohl es erst acht Uhr in der Früh war, saß Heller schon an seinem Schreibtisch. Markert war schon unterwegs zum Staatsanwalt.

„Die Amerikaner waren so was von nett. Ich hatte gestern, noch spät am Abend angerufen, da war es bei denen früher Nahmittag. Heute, noch bevor ich im Büro war, kam das Fax, das sie mir versprochen hatten. Alles, was über Renesse und seinen Fahrer William Mulligan bekannt ist.

Also: Renesse hat einen untadeligen Leumund. 1947 in Kanada eingewandert, anfangs als Holzfäller und in einem Goldbergwerk gearbeitet. Trotz des rauen Milieus keinerlei Vorstrafen. 1950 mit einer kleinen Tischlerei selbstständig. Steile Karriere, größter Häuser- und Möbelfabrikant des Landes, ebenso in den USA. Zwei Kinder, drei Enkelkinder, seine Frau 1998 verstorben." Heller lobte Johannsen und nickte ihm anerkennend zu.

„Jetzt zu Willam Mulligan: In seiner Jugend mehrere Vorstrafen wegen Gewalttätigkeiten. Unverheiratet, seit etwa fünfzehn Jahren bei Renesse als Cheffahrer. Seitdem unauffällig."

„Hm", meinte Heller nachdenklich. „Also gewaltbereit. Gewesen", setzte er hinzu. „Das kann alles bedeuten oder nichts. Die Frage ist, wie weit er für seinen Chef gehen würde, und wenn ich das richtig sehe, würde er alles für ihn tun. Aber Mord? Ich werde mich mit den beiden noch mal unterhalten müssen."

Inzwischen war Markert vom Staatsanwalt zurück. Auch er schwenkte Blätter in der Luft.

„Hier, der Staatsanwalt hatte die gleiche Idee, nur schneller als wir. Gleich nachdem er die Namen aus meinem Protokoll erfuhr, und von den mysteriösen Geldbewegungen hörte, richtete er eine Anfrage an die Gauck-Behörde. Telefonisch hat er Druck dahinter gemacht. Resultat: Über

Langendörfer ist nichts bekannt. Das bedeutet aber nichts. Noch unter Modrow kamen wichtige Akten in den Reißwolf. Darius ist bekannt. Seine Frau hat dir aber nicht die ganze Wahrheit über ihn gesagt, Heller. Tatsächlich war er dreißig Jahre bei der Volksarmee, anfangs im Rahmen der *Kasernierten Volkspolizei*, aber er wurde bereits mit fünfzig pensioniert. Danach wurde er im Auftrag der Staatssicherheit als OBE in der Wirtschaft eingesetzt. Als Offizier in besonderem Auftrag, war er Generaldirektor eines Kombinats. Ob und welche Berichte er schrieb konnte nicht ermittelt werden."

Heller fühlte sich bestätigt. „Jetzt ist es also fast sicher, dass die Herren-Riege im Haus Langendörfer eine Stasi Conection war, beziehungsweise noch ist. Folgst du mir soweit?"

„Gut", sagte Markert und nickte Heller nachdenklich zu.

„Jetzt ist zu klären, welche Motive die Morde hatten. Wollte der eine die anderen übers Ohr hauen? Oder wollten sie ihr Wissen anderen verkaufen und wurden von Gleichgesinnten gestoppt? Bekamen sie Krach untereinander?"

Markert hatte noch eine andere Idee. „Möglich, dass sich eines der Opfer rächen wollte. Zum Beispiel Renesse hatte ja allen Grund. Sein Erbe wurde verramscht. Hatten die vier dabei die Hände im Spiel? Immerhin war der neue Eigentümer Langendörfer. Da kann es aber auch noch viele andere geben mit den gleichen Beweggründen."

Heller stimmte dem zu, schränkte aber ein. „Renesse würde ich ausnehmen. Er hat genug Geld, dass es ihm nicht darauf angekommen wäre, zu zahlen. Im Übrigen hat er ja gezahlt. An die Witwe. Vielleicht weniger, aber dann hätte er sich von Anfang an einen Mord sparen können."

„Klingt logisch, aber die Vergangenheit seines Fahrers gibt mir da doch zu denken."

Heller nickte. „Okay. Ich hake da noch mal nach."

Markert fiel noch etwas ein. „Hört mal zu, auch du Johannsen. Haben sich die Kollegen aus Frankfurt gemeldet? Ich habe gestern noch mit ihnen telefoniert, aber der Kommissar, der da Bescheid weiß, war auf einer Observation. Der Mann, mit dem ich gesprochen habe, sagte mir, dass sie schon mal über Langendörfer recherchiert haben. Weil er außer den Antiquitäten aus DDR-Lieferungen auch andere Sachen obskurer Herkunft verkauft habe. Es konnten aber keine konkreten Tatbestände ermittelt werden. Jetzt, nachdem sie über uns von dem Mord gehört hatten, observieren Sie eine

118

Person, die damals im Auftrag Langendörfers gearbeitet hatte. Sagt mir unbedingt Bescheid, wenn die sich melden. Ich will nicht gerne noch mal anrufen, weil ich sie nicht drängeln will. Die werden schon von sich hören lassen. „

* * *

Im Gegensatz zu vielen anderen Leuten genoss Graf Bahnreisen. Im ICE nach Frankfurt machte er es sich im Speisewagen gemütlich. Er freute sich darauf, Rosenberg die Spesenrechnung vorzulegen und sparte an nichts. Später ließ er sich eine Piccolo in den Schlafwagen bringen und schlief selig bis Frankfurt. Der Schlafwagen wurde dort abgehängt und auf einem Nebengleis abgestellt, damit die Fahrgäste auf Wunsch ausschlafen konnten. Während seiner Zeit im Westen hatte er in Offenbach gewohnt, gleich am Rand Sachsenhausens. Er kannte sich in Frankfurt gut aus, war aber doch überrascht, was sich dort alles verändert hatte.

Es war lange Zeit her, und inzwischen war viel Neues gebaut worden. Im Zentrum hatte sich nicht sehr viel getan. Auf der Zeil war die Passage dazugekommen, mit der der Pleite-Schneider berühmt wurde, und der dann, trotz aller berechtigten Kritik, Leipzig schön gemacht hatte. Das eine oder andere Kaufhaus hatte den Namen gewechselt und die Fassade aufgebügelt. In einem Café an der Hauptwache in dem er früher gerne verkehrte, setzte er sich und trank einen Campari mit Orangensaft. Das Lokal war ziemlich heruntergekommen. Nicht äußerlich, sondern von der Art der Gäste. Er hatte noch Zeit, da sein Treff mit diesem Informanten erst für dreizehn Uhr verabredet war. Bei dem angenehmen Wetter entschloss er sich, noch ein bisschen zu Bummeln. Er genoss den Trubel der großen Stadt, die im Osten nichts Vergleichbares hatte.

Als die Zeit heran war, nahm er sich ein Taxi und gab dem Fahrer die Adresse in Fechenheim, die er von Rosenberg hatte. Der Mann wohnte in einem alten Haus, bei dem der Putz abbröckelt und nicht sehr Vertrauen erweckend aussah. Im zweiten Stock, an einer zerkratzten Tür, deren Schloss anscheinend schon mal aufgebrochen und stümperhaft ausgebessert war, fand er den Namen des Mannes. Gerald Sondershausen, Diplom Volkswirt stand auf einer fleckigen, vergilbten Visitenkarte, die mit einer Reißzwecke angepinnt war. Er klingelte, und nach einer langen Wartezeit wurde die Tür

119

einen Spalt geöffnet, weil sie innen mit einer schweren Kette versperrt war.

„Was ist?"

„Wilhelm Graf-von Rabenhorst." Graf wusste, dass er mit seinem Namen Eindruck erwecken konnte, und gerade bei dem schäbigen, ungepflegten Aussehen des Mannes wollte er unbedingt auf die Art in die bessere Position kommen.

„Ich bin im Auftrag von Herrn Rosenberg mit Ihnen verabredet."

„Ich spreche nur mit Rosenberg. Ich kenne Sie nicht,"

„Herr Rosenberg hat keine Zeit zu kommen, Aber wie Sie wollen." Damit drehte er sich um als wolle er gehen.

„Moment. Haben Sie das Geld mit?" Die Frage des Mannes wies darauf hin, dass er in Bedrängnis war, und die alte Jagdlust des Reporters stieg in Graf auf.

Er nickte wortlos und die Tür wurde umständlich geöffnet. Der Mann lud ihn mit einer Kopfbewegung ein, hereinzukommen. Mit niedergetretenen Hausschuhen schlurfte er vor Graf her. Er deutete auf ein durchgesessenes Sofa, und Graf setzte sich vorsichtig darauf.

„Wolln'sen Schluck?", fragte der Mann und deutete auf eine halbleere Flasche. Da Graf jedoch die Fettränder an dessen Glas sah, und der Fusel nicht sein Geschmack war, lehnte er ab.

„Was können Sie mir anbieten?" Er sah den Mann fragend an, aber der schüttelte mit dem Kopf.

„Erst das Geld." Er goss sich ein Glas ein, aber da jetzt Graf mit dem Kopf schüttelte, setzte er hinzu: „Zeigen!"

Graf zückte die Brieftasche und ließ ein dickes Bündel Geldscheine sehen, steckte es aber so schnell wieder weg, dass der andere den Wert nicht abschätzen konnte. „Also?"

„Meinetwegen", sagte der Mann nach einigem Zögern. „Aber wenn Sie mich bescheißen wollen, geht's Ihnen schlecht." Bei dessen heruntergekommenen, schwächlichen Aussehen, machte die Drohung Graf aber keine Angst, und er antwortete nicht.

„Der Langendörfer hat gestohlene Sachen von Ausländern verkauft. Das kann ich aber nicht beweisen."

„Was soll das?", meinte Graf spöttisch. „Wenn das so ist, war es schade um meine Zeit", und er machte Anstalten aufzustehen.

„Bleiben Sie", rief der Mann erschrocken und hielt Graf am Arm fest.

„Ich habe was viel Besseres. Langendörfer hat für die Stasi gespitzelt. Er hat zu Beispiel die Sore, ich meine die gestohlenen Bilder, von Ausländern gekauft. Bevor er ihnen aber das Geld gab, sagte er, er müsse die Echtheit erst prüfen lassen. Dann hat er die Stasi informiert, und die Männer wurden verhaftet, oder für Informationen in Dienst genommen.

In seinem Haus verkehrte die gesamte Spitze der Frankfurter Prominenz., und alles was er erfuhr aus Politik, Wirtschaft, Finanzen, hat er sofort weitergemeldet. Nicht aber dass Sie denken er sei Kommunist gewesen, nein, der hat das nur für Geld gemacht. Ich konnte damals zwei Berichte kopieren. Die können Sie kaufen."

Graf blieb vorsichtig. „Warum verkaufen Sie jetzt? Warum haben Sie die nicht einfach Langendörfer verkauft?"

„Das habe ich ja versucht", rief der Mann bitter, „aber das Schwein hat mich hingehalten. Er müsse das erst überlegen", sagte er, „aber zwei Tage später hat er mir drei Schläger in die Wohnung geschickt. Damals habe ich besser gewohnt", dabei deutete er auf die armselige Einrichtung. „Die haben mir alles Kurz und Klein geschlagen und ich lag zwei Wochen im Krankenhaus."

„Warum haben Sie ihn nicht angezeigt? Warum haben Sie die Beweise nicht der Polizei übergeben?", bohrte Graf weiter.

„Sie machen wohl Spaß? Stasi-Informant ist doch heute ein Kavaliersdelikt, wenn man nicht gerade groß in der Politik ist. Die hätten ihm gerade mal mit dem Finger gedroht. Ich hab mich lieber aus dem Staub gemacht. Seitdem wohne ich hier und hoffe, dass mich keiner findet. Mit der Polizei will ich nichts zu tun haben. Außerdem würde ich da keine Mark sehen. Eine Zeitung muss das groß herausbringen, aber dafür müssen sie zahlen."

„Jetzt haben Sie aber Pech. Wo der Langendörfer tot ist, bringt das keinen Pfifferling mehr."

Sondershausen guckte erschreckt. „Tot?" Das hatte er anscheinend nicht gewusst. „Aber ich brauche das Geld", heulte er fast. „Herr Rosenberg hat mir das fest zugesagt." Er goss sein Glas noch einmal randvoll und kippte es in einem Zug herunter.

Graf heuchelte Mitleid. „Den vereinbarten Preis kann ich Ihnen auf keinen Fall zahlen. Herr Rosenberg bekäme Ärger mit seiner Redaktion." Nach langem Feilschen bekam Graf die beiden Dokumente zum halben Preis.

Bevor er sich aber auf den Weg zum Bahnhof machte, speiste er fürstlich in einem guten Restaurant. Dem Kellner gab er ein großzügiges Trinkgeld, das er auf die Rechnung setzen ließ.

* * *

Heller war auf dem Weg zum Italiener. Er glaubte zwar nicht, etwas Neues zu erfahren, wollte aber auch keine Spur außer acht lassen. Wie gewöhnlich fuhr er mit dem Bus. Das Lokal lag am Rande der Stadt und war nicht allzu weit von Jos Haus entfernt, sodass er sich vornahm, auf dem Rückweg einmal bei Jo vorbeizuschauen. Sicher gab es was ordenliches zu trinken. Von der Haltestelle des Busses war es nicht weit zur *Pizzeria Emilio*.

Er kannte den Chef ganz gut, weil er auch bei ihm ab und zu essen ging. Das Lokal war gut besucht, was Emilio aber nicht davon abhielt, jeden Gast mit der überschwänglichen Art der Italiener persönlich zu begrüßen.

„Bon giorno Commissario. Verzeihung Hauptecommissario", verbesserte er sich. „Was kann ich füre Sie tun? Wollene Sie gut speisene?", aber Heller winkte ab. „Nein, Emilio. Leider bin ich dienstlich hier."

Mit großen Gesten wehrte Emilio ab. „Commissario. Ich habe keine schlechte Gewissene. Warum kommen Sie zu mir in Dienst. Kommen Sie zu essen bei Emilio." Der Italiener sprach ein ausgezeichnetes Deutsch, aber er wusste genau, dass gerade sein italienischer Akzent seinen Charme ausmachte.

Markert zog ihn in die Küche, und Emilio schickte sofort seinen Sohn, um die Gäste als sein Stellvertreter zu begrüßen.

„Emilio, kennst du Jo Anders?"

Gleich lobte ihn Emilio über den grünen Klee. „Natürlich. Ich kenne Herrn Jo sehre gut. Er ist guter Gast in meine Lokal. Immer freundlich. Immer zufriedene", und er zog Heller vertraulich am Ärmel zu sich hin. „Er nie Reklamatione, wenn mal Malheur, wenn mal wartene mussen. Was ist mit Herrn Jo?"

„Ach nur eine Formsache. Die Überprüfung einer Aussage."

Sofort protestierte Emilio in seiner mediterranen Weise und fuchtelte mit seinen Händen. „Oh Ihr Deutsche. Immer Formsache, immer misstrauen andere Leute. Wenn Herr Jo sagt etwas, dann Herr Jo sagt Wahrheit. Basta!"

„Heller amüsierte sich über die Art des Italieners. „Das genügt mir leider nicht. Ich freue mich, wenn du eine gute Meinung über deine Gäste hast, aber ich bin Polizist und muss genau wissen, nicht glauben. Wann hat Herr Anders das letzte Mal bei dir etwas bestellt?"

Emilio musste nicht lange überlegen. „Vorgestern Abende. Wenn Sie wollen, ich kann Ihnen vorspielen."

Heller sah ihn erstaunt an. „Vorspielen?"

„Ja. Wir nehmen alle Bestellungene mit Toneband auf. Zuerst kommt Zeitansage und Tag, dann Bestellunge von Gast. Sie verstehen, wegen mögliche Reklamatione. Bei kleine Bestellunge wir sind...äh...kulant. Sagt man so? Große man muss beweis. So oder schwarze auf weise."

Emilio zog Heller zu einem kleinen Gerät neben dem Telefon und spielte ihm, nach einigem Suchen eine Bestellung von Jo vor. Tatsächlich kam nach dem Datum und der Zeitansage, vor etwa zwei Wochen, zuerst die Stimme eines Angestellten, der den Anrufer begrüßte und danach nach seinen Wünschen fragte, dann deutlich Jos Stimme, der seine Bestellung durchgab. Heller war erfreut."

„Wie lange bewahrt Ihr die Bänder auf?"

„Nicht Band, Kassette. Das ist unterschiedlich, Commissario. Wenn Kassette voll und wenn genug Zeit vorbei und keine Reklamatione, dann wir vernichten, heißt überspielen."

„Kannst du mir die Kassette vom Montag, den 9. Februar vorspielen? Da, sagt Herr Anders, habe er etwas bei dir bestellt."

„Keine Problem. Was für Zeit?"

„Halb acht. Neunzehnuhr dreißig."

„Eine Moment bitte." Er drückte eine Taste und beobachtete eine Skala. Nach einem Fehlversuch hörte Heller die Aufnahme von Jos Bestellung am Montag. „Pizzeria Emilio. Wir sind gerne für Sie da. Was können wir für Sie tun. „ Vorher sagte eine Computerstimme Tag und Uhrzeit an. „09.02.01, 19.33. Uhr."

Dann Jos Stimme. „Hier ist Jo Anders. Meine Adresse..., einen Moment, ich muss den Fernseher leiser stellen." Im Hintergrund hörte man eine Frauenstimme, die Nachrichten verlas, dann wieder Jos Stimme. „Entschuldigung, ich hatte gerade die MDR-Nachrichten eingestellt."

Er wollte seine Adresse durchgeben, wurde aber unterbrochen. Die sei bekannt. Dann bestellte er viermal Pizza mit verschiedenem Belag und zwei Salate. Danach hörte man ein leises Knacken.

„Das war Ende von Bestellung." Emilio schaute Heller fragend an, und der nickte zufrieden. „Das ist sehr gut. Emilio. Danke." Er verabschiedete sich und Emilio begleitete ihn mit einer Verbeugung bis zur Tür. Das Band durfte er mitnehmen.

Damit hatte sich Jos Alibi zu Hellers Zufriedenheit erledigt. Trotzdem schaute er noch mal bei Jo vorbei.

„Was willst du denn hier?", empfing ihn Jo an der Tür.

Er bekam seinen Cognac und ein kühles Bier, wie er es erwartet hatte. „Ich wollte dir nur sagen, dass du aus der Liste der Verdächtigen gestrichen bist. Dein Emilio hat eine schöne Anlage, auf der ich dich gerade abgehört habe."

„Hast du wirklich geglaubt, dass ich die beiden umgelegt habe? Traust du mir das wirklich zu?"

Heller verzog die Mundwinkel. „Ich bin lange genug Polizist, dass ich jedem alles zutraue. Außerdem bin ich verpflichtet, jeder Möglichkeit nachzugehen. Es hat sich herausgestellt, dass die beiden in Stasi-Angelegenheiten verwickelt waren, und du hast ja aus deinem Hass auf die Bande nie einen Hehl gemacht. Also könntest du durchaus ein Motiv haben. Oder?"

Tatsächlich wurde das Gesicht Jos hasserfüllt, wie immer, wenn die Rede auf die Stasi, oder überhaupt auf den Kommunismus, kam. „Ich wünsche all diesen Verbrechern, die uns so viele Jahre betrogen haben, und nur auf die Erhaltung ihrer Macht versessen waren, die Krätze an den Hals, nein die Schwindsucht. Aber was soll's. Die sind doch alle wieder gut im Geschäft. Ich würde sie langsam auf dem Grill rösten."

Er schob sein Rotweinglas beiseite und schenkte sich einen großen Cognac ein.

„Na,na,na", wiegte Heller den Kopf. „Die Neuen sind auch nicht viel besser.."

„Vielleicht hast du recht, Heller. Sicher hast du recht, aber ich kann nicht die ganze Welt hassen. Ich habe schon genug Hass am Hals. Zumindest aber haben die Neuen das Unrecht gutgemacht, das meinem Vater widerfuhr, und ich kann jetzt gut und sorglos leben. Ich kriege sogar eine Rente von einem Staat, in den ich nicht einen Pfennig investiert habe."

Heller saß noch eine ganz Zeit bei Jo. Eigentlich hätte er zurückgemusst ins Büro. Markert wartete sicher bereits ungeduldig auf ihn.

Er hatte einfach mal die Nase voll und war nur müde. Da rackert man sich ab, stellt immer wieder neue Theorien auf und kommt nicht einen Schritt weiter. Nicht einen Schritt.

„Du hast es gut", meinte er. „Du hast keine Probleme.. Du trinkst deinen Rotwein. Du gehst zu Max essen, triffst dich mit deinen Freunden, und die wunderschöne, sanfte Anna versüßt dir deine einsamen Stunden."

Er klopfte auf den Busch, weil er wirklich mal wissen wollte, ob Jo mit Anna ins Bett ging. Jo tat ihm den Gefallen nicht. Jo schwieg einfach.

„Wo ist sie eigentlich? Kommst sie nach der Uni immer zu dir, oder trefft ihr euch bei Max?" Dümmer konnte er kaum fragen.

„Du bist reichlich neugierig, Heller. Aber das liegt wahrscheinlich an deinem Beruf. Du bist eben doch ein Bulle," lächelte er. „Anna ist gar nicht in der Stadt. Sie besucht eine kranke Tante. In Prag."

Heller wurde misstrauisch. „Heißt das, dass sie ins Ausland gefahren ist, nachdem ich dir gestern von der anonymen Beschuldigung erzählt habe, die gegen Anna eingegangen ist?"

Jo blieb gelassen. „Das heißt, dass sie nach Prag gefahren ist, um eine Tante zu besuchen."

Heller wurde ärgerlich. „Das ist unfair. Hast du ihr etwa davon erzählt?"

„Natürlich. Was denkst du? Anna ist eine Freundin. Warum sollte ich sie wegen einer dummen Beschuldigung davon abhalten, ihre kranke Tante zu besuchen? Wenn sie etwas damit zu tun hätte, dann musste ich sie warnen. Das ist man einer Freundin schuldig. Ist das logisch? Sag selber."

„Und hat sie?"

Jo legte sich aber nicht fest. „Weißt du, das musst du sie selber fragen. Wenn sie etwas getan hat, hatte sie bestimmt einen Grund dafür, und der könnte nicht unlauter gewesen sein. Ich kenne Anna sehr gut."

Damit war für ihn das Thema abgeschlossen, aber nicht für Heller. „Damit hast du mich ganz schön in die Tinte geritten. Ich erzähle dir von einem Verdacht auf eine ungesetzlich Handlung gegen sie, und du schickst sie weg."

„Anna tut was sie für richtig hält. Ich rede ihr da nicht hinein", log er. „Ich bin nicht ihr Vormund. Was dich betrifft, du kannst beruhigt sein. Von mir erfährt niemand, dass du mir davon erzählt hast."

Darauf konnte sich Heller verlassen, aber er fühlte sich nicht wohl in seiner Haut.

Den Cognac trank er nicht aus. Ohne ein Wort zu sagen, zog er den Mantel an und ging hinaus.

* * *

Markert rieb sich die Hände. Vor einer halben Stunde hatten die Kollegen aus Frankfurt angerufen.

„Sind Sie der Kollege, der sich nach Langendörfer erkundigt hat?"

„Ja, Hauptkommissar Markert, Mordkommission. Haben Sie was Neues?"

Am anderen Ende wurde der Hörer weitergereicht an einen Oberkommissar Steuer. „Man hat Ihnen wohl schon gesagt, dass wir nach dem Mord an Langendörfer und Ihrer schriftlichen Anfrage wieder tätig geworden sind in dieser Angelegenheit.

Als Sie gestern hier anriefen, observierte ich gerade einen alten Mitarbeiter Langendörfers. Der hat den Absprung in die neue Zeit wohl nicht geschafft, und es geht ihm ziemlich dreckig. Heute Vormittag bekam er plötzlich Besuch. Ein gut gekleideter Herr, er kam mit einem Taxi, und er blieb eine ganze Zeit bei diesem Sondershausen, so heißt der Mann. Nach etwa einer Stunde kam er wieder aus dem Haus, einer ziemlich üblen Gegend in einem Vorort. Er machte ein zufriedenes Gesicht, und ich bin auf Verdacht hinter ihm hergefahren. Er ging in ein Hotel, in dem er ein Zimmer gemietet hatte, das habe ich aber erst später herausgefunden. Dort hat er gegessen und ich habe seinen Weggang verpasst, weil ich nicht dachte, dass er so schnell wieder herauskäme, und gleich mit dem Taxi abfährt. Es tut mir Leid."

„Das kann jedem passieren", antwortete Markert höflich, obwohl er den Oberkommissar innerlich verfluchte. „Haben Sie wenigstens den Namen und vielleicht die Adresse des Herrn?"

„Ja, ein Adeliger, wenn die Eintragung im Meldebuch stimmet. Wilhelm Graf von Rabenhorts. Er wohnt..."

„...bei uns in der Stadt. Wir kennen das Früchtchen. Sie haben uns sehr geholfen. Wir werden uns den Mann gleich vornehmen, wenn er hier ankommt. Ich bedanke mich bei Ihnen, und wenn Sie mal Hilfe brauchen..." Damit legte er den Hörer auf.

Mit dieser Nachricht empfing er Heller, der schlechter Laune zu sein schien.

„Das kommt mir gerade recht. Ich werde gleich zu ihm rausfahren. Er soll mir bloß nicht mit Ausreden kommen", aber Markert ließ ihn nicht alleine gehen.

„Ich komme mit".

Sie fuhren mit Markerts Wagen zur Wohnung von Graf, obwohl Heller nicht gerne mit Markert fuhr. Markert hatte einen nervösen Fahrstil, und Heller war im Auto immer ein bisschen ängstlich.

Graf war gerade aus Frankfurt zurückgekommen. Seine Freundin öffnete ihnen die Tür. „Hallo, Herr Hauptkommissar", begrüßte sie Heller freundlich. Der stellte sie Markert vor.

„Wir möchten Graf sprechen. Dringend!"

Ilona, Grafs Lebensgefährtin, die Heller vom Stammtisch kannte, wohin sie manchmal mitkam, war erstaunt.

„Aber natürlich, meine Herren. Da muss ja ein wichtiger Grund vorliegen, wenn die Polizei mit so hochkarätiger Besetzung kommt, und wenn sie so barsch ist", setzte sie mit einem Blick auf Markert hinzu. Sie lächelte als habe sie gescherzt, aber den beiden Polizisten war nicht zum Scherzen zumute. Jetzt wollten sie Fakten erfahren.

Ilona führte die beiden ins Wohnzimmer, wo Graf gerade mit Rosenberg telefonierte. „Ach! Ihr zwei." Er schien überrascht zu sein. „Was gibt's?"

„Ich weiß noch nicht", sagte Heller. „Vielleicht Ärger mit der Polizei. Wo kommst du her? Du warst verreist." Er deutete auf einen aufgeklappten kleinen Koffer, der auf einem kleinen Tisch in der Ecke stand. Noch nicht ausgepackt.

„Was geht das euch Bullen an. Muss ich mich bei euch abmelden, wenn ich mal verreisen will," versuchte er, sich herauszuwinden.

Markert antwortete in bösem Ton. „Die Bullen", er betonte den Ausdruck, „werden Sie sofort festnehmen, wenn Sie nicht auspacken. Ohne Umschweife und Ausreden.. Sie waren in Frankfurt am Main und haben sich dort mit einem gewissen Sondershausen getroffen. Dieser Mann war ein ehemaliger Kurier und der Verbindungsmann zwischen Langendörfer und der Staatssicherheit der DDR."

Das Gesicht Grafs wurde verschlossen. „Sie können sich blamieren und mich festnehmen. Nur, dass mich mein Anwalt da unverzüglich wieder rausholt. Bitte sehr." Er kreuzte theatralisch sein Unterarme und hielt sie ihnen hin. „Woher wisst ihr das überhaupt?"

Heller klang sehr ungeduldig. „Hör zu Graf. Wir machen keinen Spaß."

Markert wollte sich einmischen, aber Heller fuhr ihn an: „"Halt die Klappe Markert! Und du Graf sagst jetzt was du weißt. Ich habe keine Lust, Spielchen zu machen. Wir haben zwei Morde aufzuklären, und ein dritter oder vierter kann jederzeit passieren. Dann kriege ich dich wegen Begünstigung, und wegen Zurückhaltung von Erkenntnissen in einem Mordfall. Ist das klar?"

Heller ließ keinen Zweifel am Ernst seiner Worte, und Graf sah aus als bekäme er kalte Füße. Er druckste eine Weile herum. „Ich kann dir das nicht sagen. Ich bin im Auftrag Rosenbergs unterwegs gewesen. Schließlich war ich auch mal Journalist und kann ihm eine große Story nicht kaputtmachen. Das müsst ihr doch einsehen."

„Ich sehe nichts ein, wenn es um Kapitalverbrechen geht, in denen Sie anscheinend mit drinstecken", entgegnete Markert böse, aber Heller sagte: „Gut, du kommst mit. Zu Rosenberg: Und dann kommt ihr beide mit ins Präsidium.. Und bei Gott, ihr bleibt so lange bis ich alles weiß, was ihr wisst. Alles!"

Sie gingen zum Auto. Heller setzte Graf neben Markert und sich selbst auf den Rücksitz.

Rosenberg sträubte sich lange, aber beide, Heller und Markert, ließen nicht locker. Ohne Zweifel meinten sie es ernst, wenn sie sagten, sie blieben notfalls vierundzwanzig Stunden mit ihnen hier an diesem Tisch. Rosenberg gab auf. Er sah wohl ein, dass er jetzt sagen musste, was er weiß.

„Durch Vermittlung eines bekannten Journalisten in Frankfurt, habe ich vor einiger Zeit den Namen eines möglichen Informanten bekommen. Dessen Adresse stimmte aber nicht mehr. Als ich herausbekam, dass er den Besuch einiger Schläger bekommen hatte, war mir klar, dass er etwas wissen musste. Ich haben lange gebraucht, bis ich ihn aufstöberte, denn er war, sicher aus gutem Grund, nicht polizeilich gemeldet. Er hatte anscheinend Angst.

Nur gegen Bares wollte er mir einige Beweise gegen Langendörferr liefern, aber die Summe war meiner Redaktion zu hoch, die er verlangte. Ich wollte mich also nochmals mit ihm treffen, aber du Heller hast mir ja, ohne gesetzlich Handhabe übrigens, verboten, die Stadt zu verlassen. Also habe ich

128

Graf geschickt. Das ist alles"

„Und hat´s was gebracht?"

Rosenberg kramte in seiner Aktentasche, die er die ganze Zeit auf dem Schoß gehalten hatte und zog ein paar Papiere heraus.

„Das sind die Beweise, dass Langendörfer Spitzel der Stasi war. In Frankfurt am Main. Dieser Sondershausen hat Graf erzählt, dass das über Jahre ging und Langendörfer dafür gut bezahlt wurde. Hier in diesem Bericht ist erwiesen, dass er zwei Antiquitätendiebe namentlich der Stasi bekannt machte. Dass er ihnen vorher die gestohlenen Sachen abgenommen hatte, ist wahrscheinlich nicht beweisbar. Sondershausen hat uns aber bestätigt, dass dies die übliche Praxis war. Das zu beweisen ist wohl auch nicht mehr wichtig, nachdem er tot ist. Der andere Bericht ist eine Zusammenfassung der parteipolitischen und der wirtschaftlichen Situation in Frankfurt zu dieser Zeit. Darin werden Namen der örtlichen Prominenz genannt, unter Umständen, die sie wahrscheinlich erpressbar machten."

Während Heller die beiden Berichte prüfte, dachte Markert nach und machte ein nachdenkliches Gesicht.

"Dass er Stasi-Mann gewesen sein muss, ist uns seit einiger Zeit klar. Das sind die Beweise. Was aber hatte er mit den beiden anderen, uns unbekannten Leuten zu tun und mit Darius. Die Initialen der beiden sind uns bekannt. Möglicherweise ein Doktor Rudolf Lauritz."

Heller schob ihm die beiden Berichte zu und deutete auf die oberen Zeilen.

„Bericht des *IM Bilder* an Kapitän R.Lauritz." Hinter die Bezeichnung *IM Bilder* war mit Kugelschreiber in fremder Handschrift geschrieben: *Lt. Akte Nr. 92573 (Gauck) Klarname Ludwig Langendörfer.*

Rosenberg erklärte: Dieser Kapitän (?) R:Lauritz wäre mein nächster Anhaltspunkt gewesen. Ich hatte mit Graf darüber schon gesprochen. Wir waren uns nur nicht im Klaren darüber, was diese Bezeichnung Kapitän zu bedeuten hat. Ist das ein Marinetitel, oder eine Rangbezeichnung, wie sie in der russischen Armee vorkommt. Das müsste man herausfinden können."

Zum Erstaunen von Rosenberg und Graf meinte Heller gutgelaunt: „Wir werden ihn einfach fragen. Wir kennen seinen Namen und wir kennen seine Adresse. Er nennt sich allerdings jetzt nicht mehr Kapitän, sondern Doktor R.Lauritz. Das soll er uns erklären. Am besten, Ihr kommt beide mit", aber da legte Markert entschiedenen Protest ein.

„Kommt nicht in Frage. Dann werden wir es in der Morgenausgabe der *Wahrheit* ausführlich lesen können. Wir gehen alleine."

Heller brummte ein bisschen, aber musste Markert recht geben. Zum Ärger von Rosenberg zogen beide ihre Mäntel an und riefen, bevor sie gingen einen Beamten.

„Die nächsten zwei Stunden sind die beiden Herren unsere Gäste. Besorgen Sie ihnen was zu trinken und vielleicht haben sie Hunger."

* * *

Das Haus, in dem Doktor Lauritz wohnte war nicht besonders auffällig oder sogar prächtig. Ein normales Einfamilienhaus in einer gutsituierten, bürgerlichen Umgebung. Eine Dame um die Fünfzig öffnete ein Fenster, nachdem Heller an der Gartentür geklingelt hatte. Sie war unauffällig aber geschmackvoll gekleidet.

„Ja bitte?"

„Wir möchten gerne Herrn Doktor Lauritz sprechen. Es wären da einige Fragen zu klären." Sie zeigten ihre Ausweise und wurden zur Tür gebeten.

Mein Mann ist leider nicht zu Hause. Kann ich Ihnen vielleicht helfen? Oder soll ich ihm sagen, dass er Sie anrufen soll?"

„Nein danke", sagte Markert." Wir müssen ihn jetzt gleich sprechen. Erzählen Sie uns einfach, wo wir ihn finden können."

* * *

Zur gleichen Zeit fuhr Marten in dem kleinen Auto Annas den Weg von Prag zurück nach Deutschland. Der Rücken tat ihm weh, denn er war seit vielen Stunden in dem ungewohnt engen Auto unterwegs. Er hatte Anna am Flughafen in Prag abgesetzt. Die nächste Maschine flog nach Bukarest, und er hatte ihr ein Ticket besorgt. Obwohl sie sich dagegen sträubte, hatte er ihr eine VISA-Karte aufgedrängt, aber mit dem besorgten Hinweis, sie nur im Notfall zu benutzen. Die Karte laute zwar auf seinen Namen, aber ein cleverer Mann wie Heller, könne sich einen Reim darauf machen, wenn er durch Recherche oder Zufall, vielleicht durch eine Indiskretion an die Daten käme.

Anna hatte ihm unterwegs, ohne dass er sie dazu gedrängt hatte, alles wahrheitsgetreu berichtet, was man ihr vorwerfen konnte. Ihm war schon klar, dass es sich dabei um eine Straftat handelte, Aber in der kurzen Zeit seines Aufenthaltes in Deutschland, war ihm auch bewusst geworden, in welch vielfältiger Weise die Zeit des so genannten Sozialismus, auf die Menschen, die dort leben mussten, oder auch wollten, eingewirkt hatte. Er hatte eingesehen, dass es unmöglich war für einen außen stehenden, schon gar nicht ihn als Kanadier, sich in die Befindlichkeiten der hier lebenden Menschen hineinzudenken.

Er hatte die Geschichte Jos, eines der Opfer gehört. Er kannte Annas Leben in einer Täterfamilie, und doch konnte man die beiden nicht gegenüber stellen. Konnte es nicht sein, dass diese Ideologie vom Sozialismus, von Marx als Idee konzipiert, von vielen als gut und notwendig erachtet wurde? Und dass einige von Anfang an, diese Idee auch gegen den Willen einer Mehrheit, und mit ungewöhnlichen Mitteln als gut für die Menschen durchsetzen wollten. Die Befürworter dieser Philosophie hatten es natürlich schwer, sich gegen ihre Gegner durchzusetzen und deshalb zu solchen Mitteln greifen müssen. Dass diese Macht dann missbraucht wurde war die Schuld derer die sie ausübten.

Könnte Jos Tochter noch leben, wenn man seinen Vater nicht enteignet hätte, Wenn man ihn selbst nicht eingesperrt hätte. Das war doch sicher der Hauptgrund für ihre instinktive Abneigungen gegen diese staatsbestimmende Ideologie. Für viele andere wurde der Bankrott und die Verlogenheit des real existierenden Sozialismus erst nach dem Sturz der korrupten Funktionäre sichtbar.

Er hatte die Bilder vor Augen, die damals um die Welt gingen, und die er nicht verstehen konnte. Auf der einen Seite Fähnchen schwingende, jubelnde Massen beim Vorbeimarsch an der greisen Machtriege, auf der anderen Erstürmung der ausländischen Botschaften, und mächtige Protestmärsche der Unzufriedenen. Er würde das wohl nie verstehen.

Kluge Besserwisser, allerdings maßten sich das an. Das bedrückendste für ihn war jedoch, das neue Demagogen, mit der Beredsamkeit eines Gysi, die Verunsicherung der Menschen durch ihre neuen Lebensbedingungen ausnutzten, und so Viele schon wieder darauf hereinfielen.

Während Marten all dies durch den Kopf ging, flog Anna um die halbe Welt. Sie wollte allerdings immer noch nicht einsehen, dass all dies notwendig war, und sie hätte eine Strafe mit gutem Gewissen auf sich genommen, aber sie wollte Marten und vor allem Jo nicht gefährden und deren Ansehen nicht schaden.

Von Bukarest hatte sie eine Maschine nach Rotterdam gebucht und studierte jetzt die Flugpläne. Sie wollte erst für eine Nacht ein Hotel nehmen. Vielleicht bekam sie einen Flug nach einem entfernteren Ziel. Sie erinnerte sich an die großartigen Bilder der letzten Olympiade. Ja, Sidney würde sie ganz gerne einmal sehen. Und dort würden sich ihre Spur sicher ganz schnell verlieren, wenn man überhaupt nach ihr suchen würde. Ihr Endziel, Marten hatte es ihr vorgeschlagen, war Chikago. Er hatte dort eine Niederlassung seiner Firma, und dort sollte sie die ersten Wochen in seinem Gästehaus wohnen. Sie ahnte noch nichts davon, dass Marten bereits über sein Management alle Vorkehrungen getroffen hatte, sie zu adoptieren. Mit seinen Kindern hatte er deswegen schon telefoniert. Sie waren einverstanden.

Sie würde dann Antje van Renesse van Duivenboden heißen und wäre Miterbin eines Riesenvermögens.

Er hoffte, das sie das akzeptieren würde.

* * *

Am Rand einer großen, mit Maschendraht eingezäunten, Wiese, stand eine, handelsüblich vorgefertigte, Gartenlaube aus Holz. Etwa drei Meter vor der Eingangstür, war eine niedrige Balustrade im Boden verankert, an die sich ein älterer Mann mit den Oberschenkeln anlehnte. Er hatte eine spezielle Schrotflinte für Tontaubenschießen in der Hand. Auf seinen Zuruf flog in kurzen Abständen eine Tonscheibe im Bogen durch die Luft, und er schoss danach. Er war ein guter Schütze, denn nicht einmal schoss er daneben. Jedes mal zersplitterte die Tonscheibe in der Luft, und die Scherben flogen mit leisem Zischen nach allen Seiten.

Am Impulsgeber für die fliegenden Ziele stand ein Mann um die fünfzig.. Er hatte eine hagere Gestalt, die Farbe seiner Haut war grau, und er hatte sich seit Tagen nicht rasiert. Es war jedoch kein modischer, gepflegter Drei-Tage-Bart, sondern einfach schmuddelige Stoppeln. Er trug einen Trainingsanzug. Die Jacke war nicht zugeknöpft und ließ ein zerknittertes, fleckiges T-Shirt sehen. Die Knie an der Hose waren ausgebeult. Wie er so auf einem niedrigen Hocker saß, war er an der Tätigkeit des Schützen anscheinend nicht interessiert, und bei jedem Zuruf zog er gleichgültig an dem Hebel, der das Geschoss auslöste.

Auf dem ausgefahrenen Feldweg, der zu dem Grundstück führte, näherte sich jetzt ein dunkelblauer Eskort. Er hielt an der verschlossenen Lattentür, die zu dem eingezäunten Gelände führte. Zwei Männer stiegen aus und versuchten, die Tür zu öffnen.

„Was wollen Sie? Hier ist Privatgelände. Zutritt verboten", rief der Mann mit dem Gewehr.

Einer der beiden Männer hielt einen Ausweis hoch. „Kriminalhauptkommissar Heller. Mein Kollege Markert." Er deutete auf den zweiten Mann.

„Sie sind Doktor Lauritz?", fragte Markert.

„Was würden Sie sagen, wenn ich das verneine?"

Heller verlor die Geduld. „Das ist eine rein rethorische Frage. Wir wissen, dass Sie es sind. Wer ist der Mann da an der Wurfmaschine?"

„Das geht Sie überhaupt nichts an."

„Das ist der Irrtum vieler Leute. Die Polizei geht alles etwas an. Und jetzt machen Sie die Tür auf, wir haben ein paar Fragen."

Lauritz gab dem anderen einen Wink mit dem Kopf und der schlurfte gemächlich zur Tür, die er mit einem Schlüssel aus seiner Hosentasche öffnete. Ohne ein Wort zu sagen drehte er sich um und ging zu seinem Platz zurück. Die beiden Polizisten folgten ihm.

Lauritz verlangte noch mal die Ausweise zu sehen und dann begannen sie, ihre Fragen zu stellen.

„Warum nennen Sie sich Doktor Lauritz?"

„Lauritz lachte höhnisch. „Weil ich Doktor Lauritz bin."

„Nicht Kapitän Lauritz?"

„Nein."

„Waren Sie auch niemals Kapitän Lauritz?"

„Nein."

„Das ist gelogen. Wir wissen es besser, aber das klären wir später. Sind Sie Doktor med? Mediziner?"

„Nein."

„Was dann?"

„Warum wollen Sie das wissen?", fragte Lauritz unwirsch, antwortete dann aber doch. „Ich bin Doktor hc., honoris causa. Ehrenhalber, wenn Sie das besser verstehen. Ich kann Ihnen zu Hause die Urkunde darüber zeigen."

Heller war erstaunt. „Wieso hat dann Herr Darius, der verstorbene Herr Darius, behauptet, Sie könnten ihm ein Attest ausstellen, wenn Sie kein Arzt sind?"

„Das könnten Sie ihn am besten selber fragen, wenn Sie es noch könnten", höhnte er. „Vielleicht war er verwirrt, oder er hat eine Ausrede gebraucht, und eine bessere ist ihm nicht eingefallen."

„Gut. Wer ist der andere Mann?"

„Das ist Leonhard Färber. Er hilft mir bei allem, was es so zu helfen gibt. Heute schickt er meine Tauben in die Luft."

Markert hielt es jetzt für angebracht, seinen Trumpf auszuspielen. „Sollte ich Sie nicht besser *Kapitän* R.Lauritz nennen? Führungsoffizier bei der HVA 20 der Staatssicherheit der ehemaligen DDR?"

Lauritz begann sich vor Lachen zu biegen und wollte gar nicht aufhören. „Erstens ist eine solche Anschuldigung heute nicht mehr angsterregend, eine Bagatelle. Zweitens bin ich nicht Kapitän Lauritz. Sie haben zwar anscheinend Ihre Hausaufgaben gemacht, sind aber zu einem falschen Resultat gekommen. Robert Lauritz war tatsächlich Kapitän, ein guter Kapitän und hatte das große Patent. Er fuhr jedoch selten über die Meere, und wenn doch, dann in Erfüllung seiner Pflicht als Oberstleutnant der Staatssicherheit und als Führungsoffizier für Auslandskader. Er ist mein Bruder, und wenn Sie ihn brauchen, müssen Sie ihn sich suchen."

Der Mann an der Wurfmaschine schien aufmerksam zuzuhören, aber weder Heller noch Markert beachteten ihn. Er sah Lauritz an.

„Wir könnten Sie zwingen, uns seinen Aufenthaltsort zu nennen. Er könnte unter Mordverdacht stehen. Mord an Darius."

„Aber wie denn? Das wäre gegen das Gesetz. Ich bin nicht zur Aussage gegen meinen Bruder verpflichtet. Das wissen Sie. Außerdem ist Ihre Anschuldigung lächerlich."

Natürlich wusste Heller das, und er ärgerte sich, dass sein Versuchsballon geplatzt war.

Der Mann im schlapprigen Trainingsanzug war inzwischen näher gekommen, baute sich vor den beiden auf und sagte: „Ich bin Kapitän Robert Lauritz. Was wollen Sie von mir?" Ich habe niemanden umgebracht. Wie kommen Sie darauf? Ich kannte Darius. Viele kannten Darius."

Markert und Heller starrten den Mann an. „Ich denke Sie heißen Färber, wie uns Ihr Bruder sagte?"

„Das ist auch richtig und ich kann Ihnen das erklären, wenn Sie wollen."

* * *

Sie hatten die zwei Brüder in ihr Auto gepackt. Doktor Lauritz protestierte energisch, aber sein Bruder stieg teilnahmslos ein.

Heller ging ins Nebenzimmer und nahm den angeblichen Färber mit. Markert versuchte, den anderen hier im Büro zu verhören.

„Ohne meinen Anwalt sage ich kein Wort. Und ich verlange, dass mein Bruder auch nicht ohne Anwalt verhört wird."

„Das entscheidet alleine Ihr Bruder. Sie sind nicht sein Vormund. Was Sie betrifft, so steht Ihnen natürlich das Recht auf einen Anwalt zu. Hier steht das Telefon. Bis dieser Anwalt hierher kommt, müssen Sie allerdings bei uns im Präsidium bleiben. Sie sind vorläufig festgenommen unter dem Verdacht des Mordes, oder der Beihilfe zum Mord."

Er rief einen Polizisten und ließ Lauritz unter Protest abführen. Markert war natürlich klar, dass er ihm weder das eine noch das andere würde nachweisen können. So wie es aber aussah, war sein Bruder nicht so abgebrüht wie er. Wenn man Zeit hätte ihn zu bearbeiten, könne man vielleicht eine Aussage von ihm bekommen. Deshalb wollte er den Doktor hier behalten, um ihm keine Gelegenheit zu geben, Absprachen mit irgendjemanden zu treffen und keine Beweismittel verschwinden lassen zu können. Er ging ins Nebenzimmer und hörte der Befragung Färbers zu oder stellte selbst seine Fragen.

„Aus welchem Grund tragen Sie einen falschen Namen? Können Sie sich ausweisen?" Heller hatte beschlossen, die Befragung sehr sachlich zu führen, ohne Emotionen, weil er sich davon mehr erhoffte. Mehr Druck zu machen war immer noch Zeit, wenn der Mann nicht redete. Es zeigte sich jedoch, dass er jede Frage anscheinend wahrheitsgemäß beantwortete, und dass er sich sogar erleichtert fühlte.

„Ich trage keinen falschen Namen", und er holte aus seiner Tasche, die er aus der Gartenlaube mitgenommen hatte, einen Reisepass und einen Personalausweis hervor, die er Heller über den Tisch schob. Nach oberflächlicher Betrachtung schienen die Dokumente echt zu sein, was jedoch bei Färbers ehemaliger Stellung nichts besagte.

„Ich war Kapitän Lauritz bis zum Januar 1990. Über meine Tätigkeit und Stellung habe ich Sie bereits informiert. Da ich nach der Wende eine Bestrafung fürchtete, habe ich, um meine Identität zu verschleiern, meine langjährige Lebensgefährtin geheiratet und ihren Namen angenommen. Ganz legal. Ich hoffte, damit Schwierigkeiten wegen meiner Tätigkeit als Staatssicherheitsoffizier zu entgehen. Es ist mit ja auch bis jetzt gelungen. Leonhard ist mein zweiter Vorname, den ich seitdem als Rufname trage."

Er sprach langsam, und man hatte den Eindruck, dass ihm alles gleichgültig war, was jetzt mit ihm passierte.

Heller wollte ihn nicht reizen und sprach in ruhigem Ton mit ihm. „Wie kam es zu ihrem maritimen Dienstgrad?"

„Schon seit meiner Schulzeit wollte ich zur See fahren. Ich meldete mich freiwillig zur Marine . Auf Grund meiner guten Abschlüsse hatte ich die Gelegenheit in Dresden die Offiziersschule zu besuchen. Nach Abschluss des Studiums und ein paar Jahren Praxis auf verschiedenen Positionen, bekam ich mein Patent als Steuermann für große Fahrt und dann das Kapitänspatent. Meine erste Fahrt machte ich als dritter Offizier. Gleichzeitig war ich Politoffizier und verantwortlich für die ideologische Ausbildung der Mannschaft. Man bestellte mich danach ins Ministerium für Inneres.

Ich wusste damals nicht, dass der freundliche Herr, mit dem ich sprach, vom MfS war. Es hätte mir auch nichts ausgemacht, wenn ich es gewusst hätte. Ich war von der Notwendigkeit des Sozialismus und des Aufbaus des Kommunismus überzeugt, und ich hätte alles getan was man von mir verlangte.

Man bot mir einer Weiterbildung an, und da ich sehr strebsam war, habe ich mit Freuden zugestimmt. Erst später hatte ich erfahren, dass man mich auf eine konspirative Arbeit vorbereitete. Auch damit war ich vollkommen einverstanden." Er sprach, als rede er von einem fremden Mann, der nichts mit ihm zu tun habe.

Markert hakte nach. „Bedeutet das, dass Sie, ohne auch nur im geringsten Gewissensbisse zu haben, Spionageaufträge ausgeführt haben?", aber Heller versuchte, die Frage etwas moderater zu stellen. „Mein Kollege meint natürlich, ob Ihnen das nicht zu gefährlich gewesen wäre."

Das erste mal lächelte Färber. „Ich weiß schon, was Ihr Kollege meinte. „Da sitzt er nun, dieser böse Kommunist, der die Sicherheit der, ach so demokratischen Bundesrepublik, gefährdet hat. Ja, ich war ein überzeugter Kommunist. Auf Grund meiner Erziehung, und weil in der Bundesrepublik, die alten Nazis schon wieder das sagen hatten.

Ich wollte aber niemandes Sicherheit gefährden. Ich wollte die Sicherheit meiner Heimat schützen helfen. Natürlich war ich von den Gefahren einer kapitalistischen Wirtschaftsordnung überzeugt, deren einziges Streben die Maximierung des Gewinns war. Man hat mir in einem Crashkurs theoretisches Wissen beigebracht und gleichzeitig die Strategien und Taktiken der konspirativen Arbeit.

Mit meinem Kapitänspatent und diesen neuen Kenntnissen, von denen ich überzeugt war, dass sie dem Frieden dienten, konnte ich auf allen maritimen Positionen eingesetzt werden, ohne Verdacht zu erregen. Leider wurde ich selten zu solchen Aufgaben berufen, sondern arbeitete hauptsächlich auf dem Land. Vor allem hatte ich die Anleitung unserer Leute im Westen zu gewährleisten."

Heller fuhr behutsam fort, um ihn nicht in seinem Mitteilungsdrang zu bremsen. „Wenn Sie aber nach dem Fall der Mauer, das Bedürfnis hatten, Ihren Namen zu wechseln, zugegeben legal, dann müssen Sie doch ein Unrechtsbewusstsein gehabt haben."

Der Mund Färbers verzog sich bitter. „Ein Unrecht, seinem Land zu dienen, nicht für Geld sondern aus Überzeugung, sehe ich genau so wenig, wie Ihre Leute beim BND oder die Amerikaner und Engländer in ihren Diensten. Ich habe aber begriffen, dass wir Demagogen auf den Leim gegangen waren, die lediglich an ihrer Macht interessiert waren und das Volk belogen hatten. Dafür habe ich mich geschämt, vor allen Dingen dass ich das erst so spät begriffen habe." Und leise setzte er hinzu: „ Ich habe es erst lange nach dem Mauerfall begriffen. Anfangs habe ich sogar weiter mitgemacht. Ich habe mich weiter missbrauchen lassen und habe Geld genommen. Viel Geld."

„Nachdem Sie Ihren Fehler erkannt haben, begannen Sie, Ihre ehemaligen Gesinnungsgenossen, von denen Sie sich betrogen fühlten, umzubringen"; sagte Markert scharf, aber Färber lachte nur bitter. „Ich habe niemanden umgebracht."

Heller wollte ihn nicht verärgern und sah Markert böse an. „Ich will Ihnen das vorerst mal glauben, Herr Färber. Wie ging es aber weiter? Sie haben Geld genommen. Wieviel? Von wem?"

Färber hob ratlos die Schultern. „Von wem? Ich weiße es nicht. Zum Geldumtausch war plötzlich eine Million Mark auf meinem Konto. Ich war selbst erschrocken, obwohl man mir eine Überweisung angedeutet hatte. Man sagte mir, unsere Aufgabe sei es, Staatsvermögen zu bunkern, um bei einer Restaurierung des Sozialismus das Geld zurückzuzahlen. An die rechtmäßigen Eigentümer hieß es. Die Bedingung war: Wir konnten mit dem Geld arbeiten, die Erträge behalten, das Grundkapital sollten wir aber nicht antasten."

„Sie sagten *wir*. Wer ist wir?" Heller fragte bewusst beiläufig, um Färber nicht zu verprellen, aber der hatte wahrscheinlich die Absicht, wirklich reinen Tisch zu machen.

„Wir, das waren Langendörfer, Darius, mein Bruder und ich. Und wahrscheinlich Hunderte in ganz Deutschland, vielleicht Europa. Alle waren plötzlich die geborenen Spekulanten. Langendörfer, das kann ich ja noch verstehen, lancierte mit Hilfe seiner Funktionen in der Kommunalpolitik, große Immobiliengeschäfte und kaufte Antiquitäten auf.

Darius, als ehemaliger Kombinatsdirektor hatte ja auch wirtschaftliche Kenntnisse, wenn auch wenig brauchbare, volkseigene. Aber mein Bruder als ehemaliger Kaderleiter und Parteisekretär, entwickelte ebenso einen, mir unbegreiflichen Sinn, für Spekulationen.

Ich habe erst spät erfahren, dass er sich in großem Stil mit dem Einschleusen von Asylanten befasste. Eine rein kriminelle Tätigkeit. Damit wollte ich nichts zu tun haben."

Markert nahm wieder das Wort. „Würden Sie das alles vor Gericht bezeugen?", und Heller sah schon alle Felle davon schwimmen, aber Färber sagte zu seinem Erstaunen ja. „Ich sagte doch schon, ich will mit all dem nichts mehr zu tun haben. Ich mache reinen Tisch."

„Was ist mit der Million, die Sie bekommen haben?" Er war gespannt, wie weit die Ehrlichkeit Färbers ging.

„Ich war der einzige, der nicht glaubte dass der so genannte Sozialismus wieder Macht bekäme. Ich habe den Verstand verloren. Ich spielte den großen Mann. Sybille, meine Frau, hat sich zwar gewundert, wo ich das viele Geld her hatte, aber gewusst hat sie nichts. Was ich weiß, werde ich sagen."

Heller hielt das zwar für eine Schutzbehauptung, um seine Frau nicht zu belasten, aber es war ihm vorläufig nicht wichtig.

„Und...?", fragte er weiter.

„Wir haben große Reisen unternommen, Klamotten gekauft, Parties gefeiert. Und viel, viel Alkohol konsumiert. Ich bin jetzt Alkoholiker und mein Geld wurde immer weniger. Das gab Ärger. Bei unseren Treffen verlangte Langendörfer Rechenschaft über die Gelder. Er war der Chef unserer... nun sagen wir mal Kapitalgesellschaft. Er war es auch, der Kontakt zu anderen, ähnlichen konspirativen Gruppen unterhielt. Ich kannte niemanden von denen. Jedenfalls drohte er mir mit einschneidenden Konsequenzen. Er meinte, die, ich weiß nicht, wen er mit die bezeichnete, die würden kurzen Prozess mit mir machen. Mein Bruder blies ins gleiche Horn. Er ist immer noch der alte Betonkopf, der er immer war. Er brachte mich dazu, willenlos wie ich durch den Alkohol war, dass ich ihm mein restliches Geld, fast 600000 Mark, übergab. Die Gelder aus der ganzen Bundesrepublik sollten demnächst auf ein gemeinsames Konto im Ausland überwiesen werden. Er machte Andeutungen, dass ein Amerikaner die Sache in die Hand nimmt.

Ich bin jetzt so eine Art Hausbursche bei ihm. Er zahlt mir sogar ein beschissenes Gehalt." Färber lachte bitter auf.

Gegen Markerts Protest ließ ihn Heller nach Hause gehen.

„Herr Färber, Sie sehen sicher ein, dass wir Ihre Aussagen genau prüfen müssen. Schließlich haben Sie gegen bestehende Gesetze verstoßen, und es sind zwei Morde passiert, die durchaus damit in Zusammenhang gebracht werden können. Ich bin jedoch geneigt, Ihnen zu glauben. Sie haben doch nicht etwa die Absicht zu verreisen? Ihren Bruder werden wir allerdings nach Ihren Aussagen noch näher befragen müssen."

Färber nickte zu allem teilnahmslos mit dem Kopf.

„Noch etwas, Herr Färber", setzte Heller hinzu. „Wenn alles stimmt, was Sie uns erzählt haben, sehe ich Sie in großer Gefahr. Zwei von Ihrem Club sind schon tot. Ich möchte Ihnen Polizeischutz anbieten. Ich kann Sie nicht rund um die Uhr überwachen lassen, aber unsere Streifenwagen könnten Ihnen besondere Aufmerksamkeit widmen. Für einen Rundumschutz habe ich nicht die Leute."

Kopfschüttelnd lehnte Färber ab, und zum Erstaunen der beiden Polizisten hatte er sogar dafür ein logisches Motiv.

„Ich sehe da keinen Zusammenhang. Die Morde haben einen anderen Grund. Langendörfer, der sich strikt an die Auflagen gehalten hat, ich glaube er bekam zwei Millionen, ist der erste gewesen. Darius ist ebenfalls korrekt mit dem Geld umgegangen. Welchen Grund sollte der Täter haben, mich umzubringen? Ich sehe da eher meinen Bruder in Gefahr."

Als er gegangen war, wurden die beiden nachdenklich.

„Angenommen er sagt die Wahrheit, dann hat er recht.. Das Motiv für die Morde, das uns immer noch fehlt, war anscheinend nicht das Geld. Sie wollten es ja wohl zurückgeben und haben sich an die Auflagen gehalten."

„Vielleicht irgendwelche rechte Gruppierungen, die von der, wie sagte Färber *Kapitalgesellschaft* Wind bekommen haben und eine Restauration verhindern wollen", aber Heller zweifelte an dieser Version Markerts.

„Auf jeden Fall werde ich Färber observieren lassen."

Er rief Johannsen und gab ihm den Auftrag, Färber nicht aus den Augen zu lassen. „Ich rufe die Fahrbereitschaft an, damit Sie einen Wagen bekommen."

Johannsen sah ziemlich bleich aus. „Was ist los mit Ihnen?"

„Ich war, wie Sie mir auftrugen, bei der Obduktion von Darius dabei. Ich habe so etwas noch nie gesehen. Ich wurde ohnmächtig." Es war ihm sichtlich peinlich.

Im gleichen Augenblick klingelte das Telefon. Heller nahm den Hörer ab. „Ah, Frau Doktor Leibold." Er drückte den Lautsprecherknopf, damit die beiden anderen mithören konnten.

„Ich habe den Obduktionsbericht fertig. Es gibt nicht Besonderes. Die Todesursache war ja klar. Vorherige Einwirkungen von fremder Hand sind unwahrscheinlich, jedenfalls nicht feststellbar. Für sein Alter war er noch sehr gut beieinander. Der hätte noch ein langes Leben vor sich gehabt. Sie bekommen morgen alles schriftlich."

Heller wollte sich schon bedanken, als sie fortfuhr. „Warum schicken Sie mir eigentlich diesen netten jungen Mann, zu solch einer unangenehmen Aufgabe?"

Heller grinste unverschämt. „Ja, mein Mädchen. Wir haben nun mal keine Frauen in der Abteilung" Noch bevor sie antworten konnte legte er auf.

„Du bist ein Scheusal, Heller", blaffte ihn Markert verärgert an.

* * *

Johannsen stand seit mehr als drei Stunden vor dem Haus Färbers. Einmal war eine Frau herausgekommen und wenig später mit einer

Einkaufstüte zurückgekommen. Sonst hatte sich nichts ereignet. Er hatte Langeweile und war bereit, der Meinung Markerts über Heller zuzustimmen. Er bekam immer wieder die miesesten Aufträge. Trotzdem mochte er Heller irgendwie.

Er wollte gerade in einem mitgebrachten Magazin blättern, als sich etwas vor Färbers Haus rührte. Ein Mann mit einer athletischen Figur war die Straße entlang gekommen. Er war so ein Typ, der vor Kraft nicht laufen kann. Die Arme hielt er beim gehen mit den Ellenbogen nach außen vom Körper abgewinkelt. Vor dem Haus blieb er stehen, verweilte kurz und ging dann hinein. Anscheinend kannte er sich aus, denn er verschwand auf der Hinterseite, ohne den Vordereingang zu benutzen. Kurz darauf hörte Johannsen wütendes Hundegebell, was gleich darauf mit einem schrecklichen Jaulen aufhörte. Eine Weile war es ruhig, bis im Haus Krach zu hören war. Stimmen überschlugen sich, und unversehens krachte etwas durch die Scheibe an der Vorderseite des Hauses.

Johannsen wählte schnell Hellers Nummer und erstattete Bericht.

„Soll ich reingehen?", fragte er, aber Heller verbot es ihm.

„Um Gottes Willen. Sind Sie lebensmüde? Warten Sie, wir kommen." Markert war nicht im Haus. Heller forderte vier Polizisten an und quetschte sich zwischen die beiden auf dem Rücksitz. Sie fuhren nur ein paar Minuten. Heller ließ die Sirene vorsichtshalber einen Block vorher ausschalten. „Was auch immer dort passierte, er wollte sie nicht vorzeitig warnen.

Johannsen erwartete sie schon neben seinem Auto. Er war schrecklich aufgeregt, denn es war das erste Mal, dass er direkt an einem Einsatz teilnahm. Er winkte aufgeregt Heller zu. „Hintenrum!", rief er. „Der Mann ist hintenrum ins Haus gegangen."

Heller postierte zwei der Leute an dem Vordereingang und ging mit Johannsen und den beiden anderen Polizisten an der Mauer entlang zum Hof. Mit gezogenen Waffen stürmten sie ins Haus. Die Tür war nicht verschlossen. Er hielt Johannsen am Arm zurück, der mit hinein wollte. „Das können die besser", sagte er. „Bei uns ist mehr der Kopf gefragt als die Muskeln."

In diesem Moment entdeckte er den Hund, einen noch sehr jungen Schäferhund, dessen Kopf mit irgendetwas eingeschlagen war. Das Tier war blutüberströmt und regte sich nicht mehr. Heller zog Johannsen arm Arm mit sich, der erschreckt auf den blutigen Kadaver starrte.

„Kommen Sie", sagte er und betrat das Haus.

Drinnen hatten die Kollegen bereits ganze Arbeit geleistet. Der muskulöse Besucher, dessen Knöchel blutig waren, lag bäuchlings auf dem Boden, die Hände in Handschellen. In der Ecke, auf einer Couch, lag Färber mit blutverschmiertem Gesicht. Ein Auge war stark angeschwollen und rot unterlaufen. Neben ihm saß eine Frau, die versuchte, ihn mit einem Tuch zu säubern.

„Nehmen Sie Eiswürfel", sagte Heller. „Dann wird es nicht blau!"

Die beiden wurden von einem Polizisten mit einer Pistole in der Hand bewacht. „Danke Freunde. Das habt Ihr gut gemacht." Dem Mann, der neben dem Schläger stand, klopfte Heller auf die Schulter.

„Bleiben Sie noch einen Moment hier", bat er sie. Er tippte dem Mann, der am Boden lag, mit der Schuhspitze an. „Wer sind Sie?"

Der hob den Kopf und giftete ihn an: „Halt's Maul Bulle. Ohne Anwalt hörst du kein Wort von mir."

„Das waren schon zehn Worte." Heller hob alle zehn Finger in die Höhe und grinste. Ob er ihn bewusst mit dem Fuß an der Stelle niederdrückte, aus der das Blut tropfte, wollte niemand so genau wissen. Der Mann aber brüllte laut auf. „Das tut dir noch leid, Bulle. Das ist Körperverletzung!", aber Heller hörte gar nicht hin.

„Was hast du mit dem Hund gemacht, du Scheißkerl." Johannsen setzte empört hinzu: „Wie kann man so etwas mit einem unschuldigen Tier tun. Mögen Sie keine Tiere?"

„Der Mann grinste ihn an. „Doch! Aber bitte medium gebraten."

Heller hielt Johannsen zurück, der dem Mann an den Kragen wollte. „Aber Junge. Das ist der Kerl nicht wert. Den kriegen wir ganz anders." Dann wandte er sich der Frau zu, die liebevoll versuchte, Färber zu trösten.

„Ich nehme an, Sie sind Frau Färber. Ich bin Hauptkommissar Heller. Ich hatte vor kurzem ein Gespräch mit Ihrem Gatten. Was ist passiert. Wer ist der Kerl?", und er deutete mit dem Kopf auf den Mann, den die beiden Polizisten inzwischen aufgerichtet und abgetastet hatten.

„Das ist eine Art Leibwächter meines Schwagers. Seit den Überfällen auf Langendörfer und Darius hat er die Hosen gestrichen voll. Dieser Mann wurde vor kurzem aus dem Gefängnis entlassen. Er saß wegen Körperverletzung, seitdem passt er auf Lauritz auf. Er stürzte zur Tür herein und brüllte meinen Mann an. Er wolle wissen, was mit Lauritz sei. Warum er auf der Polizei festgehalten werde. Mein Mann sagte ihm, dass er den nicht so bald wieder sehe. Er habe bei der Polizei gegen ihn ausgesagt und alles erzählt. Er wollte wissen worüber er ausgesagt habe, aber mein Mann meinte, das gehe ihn nichts an. Da begann der Kerl meinen Mann zu prügeln, als habe er ihn persönlich mit irgendwas belastet. Gut, dass Sie so schnell da waren. Ich glaube, er hätte ihn totgeschlagen. Ich danke Ihnen allen für Ihre Hilfe." Sie sank neben Färber nieder, begann still zu weinen und ihn zärtlich zu streicheln.

Heller legte ihr die Hand auf die Schulter. „Meine Leute haben schon einen Arzt benachrichtigt. Der wird Ihrem Mann helfen. Ich bitte Sie nur um Eines. Sollte Ihr Mann das Bedürfnis verspüren, die Stadt zu verlassen, was ich eigentlich nicht glaube, dann hindern Sie ihn dran. Wenn Sie das nicht schaffen, rufen Sie mich an. Hier ist meine Karte. Das ist das Beste, was Sie für Ihren Mann tun können. Glauben Sie mir."

Heller hatte den angeblichen Bewacher von Lauritz in das Präsidium bringen lassen. Es war eine Kleinigkeit, den Mann identifizieren zu lassen, auch wenn er sich beharrlich weigerte, seinen Namen zu nennen. Der Forderung nach einem Anwalt waren sie pflichtgemäß nachgekommen., und der war umgehend im Präsidium erschienen. Er forderte den Mann auf, seinen Namen zu nennen, was aber nicht mehr nötig war. Er hieß Hartmann. Er war nach einer Besprechung mit seinem Anwalt unter vier Augen bereit, auszusagen.

Er sei von Lauritz engagiert worden, um ein bisschen auf ihn aufzupassen. Den Grund dafür wisse er nicht.

„Mann, Sie sind vor gut vier Wochen freigekommen nachdem Sie ein paar Jahre wegen Raubüberfall mit schwerer Körperverletzung im Knast waren. Sie haben noch Bewährungsfrist. Warum gefährden Sie die?", fuhr Markert ihn an, aber der Anwalt hakte ein.

„Es ist kein Strafbestand, einem anderen zu helfen, der aus irgendeinem Grund Angst hat."

„Ach ja? Und wenn er Herrn Färber krankenhausreif schlägt, nachdem er vorher seinen Hund getötet hat?", wollte Heller wissen und sah den Anwalt herausfordernd an.

Statt dessen antwortete Hartmann. „Ich bin angegriffen worden. Ich wollte nur wissen, was mit Herrn Lauritz passiert ist. Da hat der Kerl seinen Hund auf mich gehetzt und mich mit einem Totschläger bedroht."

„Okay", sagte Heller gelassen. „Das werden wir überprüfen.

Allerdings sagt mein Kollege, der Färbers Haus observiert hat, dass der Hund, sofort nachdem Sie das Gelände über den Hintereingang betreten hatten, bellte und danach plötzlich aufheulte und verstummte. Herr und Frau Färber sagen übereinstimmend aus, dass Sie sofort anfingen, Herrn Färber zu verprügeln, und dass *Sie* einen Totschläger zogen. Wir haben tatsächlich eine ausziehbare Stahlrute gefunden. Es wird sich herausstellen, wessen Fingerabdrücke wir darauf finden.

Abführen!", sagte er zu dem Beamten an der Tür, obwohl der Anwalt dagegen heftig protestierte.

Heller schmiss den Aktendeckel, den er in der Hand hielt, in die Ecke. „Ich hab's satt. Ich mach Feierabend. Vielleicht finde ich jemanden zum Skat."

* * *

Trotz der frühen Nachmittagsstunde hatte er Glück. Jo war da und Marten, Graf. Marten konnte allerdings nicht mitspielen, er kannte das Spiel nicht. Er entschuldigte sich. Er sei müde und wolle in sein Hotel gehen. Heller machte ein paar anzügliche Bemerkungen. Er wusste ja nicht, dass er die ganze Nacht im Auto unterwegs gewesen war. Heller gewann ein paar Mark, was seine Laune wesentlich verbesserte. Max verlor.

Es war ruhig, bis Rosenberg ins Lokal kam. Er warf ein paar bedruckte Blätter auf den Tisch.

„Das sind die Schlagzeilen von morgen." Es war gerade ein Spiel zu Ende. Alle griffen nach den frischen Druckfahnen.

„Noch nicht richtig überarbeitet". Wir können also noch einiges ändern, wenn Heller uns etwas zu erzählen hat."

Heller war ärgerlich. „Wo hast du denn das schon wieder her?" Er deutete auf die Papierbögen, aber Rosenberg lachte nur.

„Ich habe das Gleiche getan wie ihr. Das Färber eigentlich Lauritz heißt, weiß ich schon lange. Er ist der Bruder vom Doktor. Also habe ich mich ein bisschen um den Mann gekümmert. Hintergrundrecherchen gemacht. Das ist mein Job. Ich stand eurem Johannsen genau gegenüber. Da ich ein bisschen mehr Praxis habe, hat er mich nicht bemerkt. Als ihr mit eurer Armee abgerückt seid, habe ich mit der Frau Färbers geredet. Sie wollte mir zwar nichts erzählen, aber wenn man geschickt fragt, bekommt man auch

Antworten. Das habe ich gelernt. Außerdem kann man meinem Charme kaum widerstehen. Das ist dabei herausgekommen."

BEKANNTER IRRENARZT FESTGENOMMEN !

Stehen er und sein Bruder, ein ehemaliger Offizier der DDR-Volksmarine in Zusammenhang mit den Morden an Langendörfer und Darius? Ein Alkoholiker , R.F. (Name der Redaktion bekannt), der einen falschen Namen trägt, bei der Volksmarine unter seinem richtigen Namen ein Kapitänspatent für große Fahrt hatte, und sein Bruder, der Irrenarzt Dr.RL (Name ebenfalls bekannt), sind heute Mittag von der Polizei festgenommen worden. Sind sie schuldig? Lesen Sie auf Seite 2.

In diesem Ton ging der Artikel weiter. Heller fauchte Rosenberg an. „Du hinterlistiger Scheißkerl! Ich hätte dich doch einsperren sollen. Gründe dafür gab es. Außerdem hast du wieder mal falsche Informationen aufgebauscht. Doktor Lauritz ist kein *Irrenarzt*. Übrigens heißt das Psychiater. Er ist nicht mal Mediziner sondern *doktor philosophiae* honoris causa, ehrenhalber, und Färber wurde nicht festgenommen. Wir haben ihn nur zum Arzt gefahren und ihn dann befragt. Lauritz müssen wir heute Abend eh wieder freilassen. Man wird ihm eine Straftat vorwerfen können, nicht den Mord. Es handelt sich um etwas ganz anderes. Aber er hat einen festen Wohnsitz und ist nicht vorbestraft."

Er hatte es noch nicht ganz ausgesprochen, da bedauerte er es schon. Übertrieben höflich bedankte sich nämlich Rosenberg.

„Das ist schön Herr Hauptkommissar. Ich danke Ihnen für die Informationen. Was wird man Lauritz vorwerfen? Darf ich Sie zitieren?"

„Heller drohte ihm. „Wag es nicht, meinen Namen zu nennen: Ich finde was, das ich dir anhängen kann. Wenigstens 24 Stunden bringe ich dich dann in den Bau."

Rosenberg wollte es nicht mit Heller verderben und schwieg. Die anderen wollten nun wissen, was man den beiden vorwerfen konnte. Heller sagte kein Wort, aber Rosenberg klärte sie bereitwillig auf.

„Dieser Färber, er hat aus konspirativen Gründen den Namen seiner Frau angenommen, heißt eigentlich ebenfalls Lauritz, war Führungsoffizier ausländischer Informanten. Also Spione. Damals hießen sie Kundschafter, das klang besser. Wie sein Bruder da drin hängt, weiß ich noch nicht. Auf jeden Fall hat er diffuse Geldgeschäfte mit Langendörfer und Darius gemacht. Die beiden kungelten ebenfalls mit der Stasi."

Jo brauste jetzt auf. „Dass man für solche Leute noch Steuergelder ausgibt, finde ich direkt empörend. Jeder der damals eine Funktion hatte oder Informant der Stasi war, sollte man einfach ein paar Jahre einsperren. Aber anscheinend bringen die sich ja gegenseitig um. Lasst Sie doch! Was mischt ihr euch da ein? Und was diesen h.c. angeht, also jeder der bei Honi solch einen Ehrentitel bekam hat doch mindestens eine Leiche im Keller. Das könnt ihr glauben. Da war die Kirche früher konsequenter. Jeder, der suspekt war wurde für Vogelfrei erklärt. Das sollte man wieder einführen."

Alle sahen Jo entsetzt an. „Bist du noch zu retten?, fragte Heller. „Bei uns gibt es ein Grundgesetz. Jeder ist so lange unschuldig, bis man seine Schuld beweisen kann. Das werden wir herausfinden. Wir kümmern uns um die beiden."

Jo, der ruhige und immer besonnene Jo blieb unbelehrbar. „Diese Leute haben nie danach gefragt. Sie haben uns viele Jahre gedemütigt, physisch und psychisch. Wir haben gekuscht. Ich schäme mich heute, dass ich zu feige war, etwas dagegen zu tun." Er redete sich immer mehr in Erregung. „Erst ganz zum Schluss bin ich mitmarschiert, immer montags, aber ich bin schön in der Mitte geblieben, wo man mich nicht sehen konnte.

Obwohl jeder spürte, dass der Spuk zu Ende ging, hatte ich immer noch Angst. Sollte ich mich dafür nicht schämen? Was habt ihr getan? Wart ihr mutiger als ich? Oder wisst ihr das nicht mehr? Seht euch um! Alle sitzen noch oder wieder auf ihren alten Posten, oder haben neue, bessere. Wenn unser Grundgesetz es nicht schafft diese Leute zu bestrafen, dann ist unser Grundgesetz falsch."

Er stand wütend auf und verließ die Gaststätte ohne jemanden zu grüßen. Max kam verstört an den Tisch. Er hatte den Lärm gehört, wusste aber nicht, worum es ging.

„Was ist los?", aber keiner antwortete ihm. Alle schauten sie sich betroffen an. Noch niemand hatte den sanftmütigen Jo jemals so gesehen. Nach und nach verließen alle das Lokal.

* * *

Markert befragte inzwischen mit viel Geduld Doktor Lauritz. Dessen Anwalt erhob immer wieder Einspruch gegen Markerts Fragen und empfahl seinem Klienten, nicht zu antworten.

„Aber Doktor Lauritz", wies ihn Markert hin. „Wir hatten doch Einsicht in die Bankunterlagen von Langendörfer und Darius. Die Angaben Ihres Ihres Bruders stimmen mit unseren Erkenntnissen überein. Es gab Überweisungen hin und her. Die Herkunft der Gelder, zumindest bei Darius, sind noch ungeklärt. Wir bekommen, und das garantiere ich Ihnen, auch eine richterliche Verfügung für die Prüfung Ihrer Bankgeschäfte. Dann müssen Sie reden."

Der Anwalt protestierte wieder. „Herr Hauptkommissar. Vielleicht überschätzen Sie sich. Das Bankgeheimnis ist eine heilige Kuh, das muss ich Ihnen nicht erklären. Auch Richter können sich nicht darüber hinwegsetzen. Selbst wenn, wir nehmen das mal als Hypothese, wenn da ungeklärte Geldbewegungen wären, sind nicht wir, sondern Sie beweispflichtig. Doktor Lauritz ist nicht verpflichtet, Sie rückwirkend in seine Geldgeschäfte einzuweihen. Vielleicht könnte die Steuerfahndung Nachforschungen anstellen, was ich nicht beurteilen kann, da ich selbst nicht in die Geschäfte meines Klienten eingeweiht bin. Aber wie gesagt, das war hypothetisch. Mehr nicht."

Trotz aller Mühe war Markert nicht imstande, mehr aus Lauritz herauszuholen. Dann betrat Heller wieder das Büro, und Markert brach die Befragung ab. Er ließ, ungeachtet des Protestes des Anwalts Lauritz wieder abführen. „Ich werde Antrag auf Haftprüfung stellen. Spätestens morgen ist mein Klient wieder auf freiem Fuß."

Markert herrschte Heller an. „Bist du noch bei Trost, am hellen Tag, während der Arbeitszeit, Skat zu spielen? Hoffmann hat schon zweimal nach dir gefragt. Ich musste rumeiern, um dich nicht bloßzustellen."

Heller winkte ab. „Hättest du doch gesagt wo ich bin. Ich meckere ja auch nicht, wenn ich mitten in der Nacht, an meinem freien Tag, einen Anruf bekomme und zu einem Tatort gerufen werde."

„Natürlich meckerst du. Jedes mal."

„Na gut, aber ich komme. Jedes mal. Schluss!"

* * *

Leonhard Färber und seine Frau saßen nebeneinander auf der Couch im Wohnzimmer ihres Hauses. Er hatte eine Flasche Korn vor sich stehen und goss sich in kurzen Abständen ein. Die Zeit des teuren Cognacs war vorbei und er war notgedrungen auf billigen Fusel umgestiegen.

Seine Frau hatte es aufgegeben, ihn vom Alkohol wegzubringen. Es war sowieso vergebens. Sie war immer die Vernünftigere gewesen, aber sie liebte ihn. Sie wusste, dass er immer alles ehrlich gemeint hatte mit der Begeisterung für die Sache des Sozialismus. Es war für ihn eine schlimme Erfahrung, als sein Weltbild, an das er geglaubt hatte, zusammenbrach wie ein Kartenhaus. Anfangs hatte ihn das viele Geld irre gemacht, und er hatte geglaubt, etwas von seiner Idee retten zu können.

Als er dann sah, dass die anderen nichts als ihren Vorteil wahrnahmen, hatte er durchgedreht und es ihnen nachmachen wollen, aber dazu war er nicht in der Lage. Er hatte sehr viel Streit mit seinem Bruder gehabt und sich dann gehen lassen. Zuletzt hatte er Rudolf den Rest seines Geldes zurückgegeben. Er wollte nichts mehr damit zu tun haben.

„Hast du große Schmerzen?", fragte sie ihn. Seine Verletzungen waren nicht so schlimm, wie es anfangs aussah. Um den Kopf trug er einen dicken Verband und der Arm hing in einer schwarzen Schlinge.

„Es ist nichts", sagte er, und sie wusste, dass seine inneren Verletzungen schwerer waren. Dass sein eigener Bruder ihm diesen Typen auf den Hals gehetzt hatte, machte ihm zu schaffen.

„Ich werde alles sagen was ich weiß. Mit diesen Leuten ist Schluss. Sollen Sie mich einsperren. Egal wie lange."

Sylvia streichelt ihm vorsichtig über den bandagierten Kopf und Färber sagte. „Ich werde eine Menge Ärger bekommen."

Sylvia glaubte es nicht. „Man wird dir die Finanzsache ankreiden, aber sonst....? Du hast nicht für eine fremde Macht gearbeitet. Du warst deinem Staat ergeben, ehrlich. Das kann nicht strafbar sein, und du hast niemandem geschadet."

Färber lächelte müde. „Darauf reden sich heute doch alle raus. Ich habe doch auch Verfehlungen aus den eigenen Reihen gemeldet. Der eine oder andere hatte schon Nachteile davon, aber ich werde dazu stehen. Ich wollte nur, ich hätte noch ein paar Mark auf der Kasse, deinetwegen."

„Mach dir um mich keine Sorgen", lächelte sie. „Ich habe zwei Hände."

In diesem Moment klingelte es an der Tür. Sylvia öffnete und der Anwalt von Färbers Bruder stand draußen. Da Sylvia ihn nicht kannte, stellte er sich vor und zweigte seinen Ausweis.

„Ich komme im Auftrag von Doktor Lauritz, der soeben auf Weisung des Staatsanwaltes entlassen wurde.", sagte er, aber Färber, der hinzugetreten war meinte nur kalt: „Ich möchte mit meinem Bruder nichts mehr zu tun haben" und wollte die Tür zudrücken.

Der Anwalt aber antwortete schnell. „Ich habe dafür Verständnis, Herr Färber. Ihr Bruder ist der gleichen Ansicht und lässt Ihnen durch mich nur etwas ausrichten." Färber sah ihn fragend an.

„Herr Doktor Lauritz bittet Sie, er fordert Sie auf, alle ihre Sachen aus der Laube auf dem Grundstück mit dem Schießplatz zu holen, ordentlich abzuschließen und mir morgen früh den Schlüssel zu übergeben. Bitte unterschreiben Sie mir hier", er zog ein Blatt Papier aus seiner Tasche, „ dass ich Ihnen den Wunsch, die Aufforderung, Ihres Bruders ordnungsgemäß übermittelt habe. Ich erwarte Sie morgen Früh in meinem Büro."

Sylvia mischte sich ein. „Aber mein Mann ist verletzt. Ich werde hinausfahren und die Sachen holen", doch der Anwalt lehnte das ab. „Doktor Lauritz hat mich beauftragt, seinem *Bruder* den Wunsch zu übermitteln. Ihnen Herr Färber. Er macht Sie darauf aufmerksam, dass der Zutritt einer anderen Person als Hausfriedensbruch auszulegen ist. Er verlangt außerdem, dass Sie nur Ihre eigenen Sachen mitnehmen. Sollten Sie etwas anderes wegnehmen, betrachtet er das als Diebstahl."

Färber lachte laut auf. „Da hat er wohl noch ein paar kleine Heimlichkeiten. Er hat wohl Angst ich könnte was finden, das die Polizei interessiert?"

„Darüber bin ich nicht informiert. Ich kenne die Gründe Ihres Bruders nicht", sagte der Anwalt und verabschiedete sich höflich.

„Warte bis morgen früh, dann fühlst du dich besser", bat Sylvia, aber Färber schüttelte den Kopf.

„Je schneller ich das hinter mich bringe, desto besser. Ich hole meine persönlichen Sachen und alles andere rühre ich nicht an, und wenn es noch so brisant sein sollte. Ich habe mich noch nie interessiert, was dort alles verborgen sein könnte."

Sylvia fuhr ihm das Auto aus der Garage, und Färber lehnte nochmals ab, dass sie führe.

„Du hast doch gehört, was der Anwalt sagte. Rudolf traue ich jetzt fast alles zu. Du hattest immer recht, wenn du mich vor ihm gewarnt hast. Der bringt es fertig, dich wegen Hausfriedensbruch anzuzeigen."

Er gab langsam Gas und fuhr die Straße hinab. Sylvia schaute ihm noch lange nach.

* * *

Es kam selten vor, dass im Lokal so wenig zu tun war. Max hatte sich zu Graf an den Tisch gesetzt und sich ein Bier mitgebracht. Über die Vorkommnisse des Tages sprachen Sie nicht. Jo war halt mal ein bisschen ausgerastet. Was soll's? Morgen würde er sich wieder beruhigt haben. Er hatte schon immer allergisch reagiert, wenn es um die alten Zeiten ging, aber so heftig noch nie. Im Grunde war er ein besonnener und anständiger Mann.

Max verriet zum ersten mal jemand anderem, dass der Gambrinus immer noch das Eigentum von Jo war, und dass er ihm die Kneipe kostenlos, und ohne Miete zu verlangen, überlassen hatte. „Eine Bedingung stellte er mir. Deutsche Küche! Er isst gerne mal italienisch oder griechisch, indisch mag er sehr. Doch er meinte, wenn er mal deutsch essen wolle, käme er zu mir. *Ist mir nach italienisch, gehe ich zu Emilio. Das kann der besser.*"

Marten schaute mal vorbei, da er aber Jo nicht antraf ging er wieder. „Er wird zu Hause sein."

Graf wollte ebenfalls gerade gehen, als Rosenberg den Raum betrat. Er setzte sich an den Tisch und, entgegen seiner Gewohnheit, bestellte er einen Schnaps zu seinem Bier.

„Ich glaube, ich bin am Ende. Die beiden Morde sind immer noch nicht aufgeklärt, und ich hatte gedacht, ich bringe das schneller als die Polizei."

Er war noch einmal, noch bevor der Anwalt dort war, bei Färber gewesen, und es hatte sich herausgestellt, dass Heller recht hatte. Lauritz war nicht festgenommen worden und Lauritz war tatsächlich h.c. Es war das erste mal, dass Rosenberg einen tatsächlichen Ehrendoktor kennen lernte. Das hörte man mal vom Bundeskanzler oder anderen Persönlichkeiten, die man so ehrte, aber Lauritz? Färber konnte oder wollte nicht sagen, wofür sein Bruder diese Auszeichnung bekommen hatte, Er nahm sich vor, das zu ergründen.

Es musste doch irgendwelche schriftliche Begründungen geben. Aber wo sucht man da? Sein Chef meinte, er solle einfach alle Universitäten abklappern. Die fabrizieren doch Doktoren, also auch solche ehrenhalber. Einige hatte er schon angefaxt, jedoch noch keine Antworten erhalten Er

150

würde es schon herauskriegen. Eines aber wusste Heller noch nicht. Vor der Anstellung als kaufmännischer Leiter in diesem Krankenhaus, es war wirklich eine Psychiatrie, war Lauritz Mitarbeiter der Medizinischen Akademie. Dort war er in irgendeiner Position in der Verwaltung tätig,, wurde dann aber in das psychiatrische Krankenhaus versetzt. Das klang nach Degradierung, aber Rosenberg hatte den Grund dafür nicht herausbekommen.

Später kam Jo doch noch in das Lokal, verlor aber kein Wort über den Vorfall bei der Skatrunde. Max fragte, ob Marten ihn angetroffen habe, und Jo verneinte.

„Vielleicht ist er ins Theater gegangen. Er hat gestern so etwas erwähnt."

* * *

Draußen vor der Stadt kam Färber an der Tür der Umzäunung des Grundstücks an. Entweder hatte er in der Verwirrung der Festnahme vergessen, abzuschließen, oder jemand hatte versucht einzubrechen. Das Schloss war unversehrt, aber es war offen. Als er aber die Schrotflinte an die Hüttenwand gelehnt sah, schob er den Gedanken von sich. Wäre jemand eingebrochen, dann hätte er bestimmt das offen herumstehende Gewehr mitgenommen. Es war ein teures Stück. Er hatte sie anscheinend vergessen wegzuschließen. Dann hatte er wohl auch das Tor offen stehen lassen. Rudolf würde sich wieder furchtbar aufregen. Dann fiel ihm aber ein, dass ihn das gar nichts mehr an ging. Er war sehr erleichtert.

„Das Kapitel ist ausgestanden", sagte er laut vor sich hin. Er suchte seine Sachen zusammen. Viel war es nicht. Ein paar Klamotten. Seine guten Laufschuhe und sein Sportausweis. Papiere hatten sich angesammelt. Urlaubspostkarten, die er bekommen hatte. Das waren Erinnerungen auf die er nicht verzichten wollte. Er packte alles in seinen Sportbeutel und stellte es vor die Tür.

„Ach ja die Flinte", murmelte er vor sich hin. Sie musste ja hier nicht rumstehen und jemanden auf dumme Gedanken bringen. Im Grunde war er ein ordentlicher Mensch. Er nahm sie und wollte sie in die Laube bringen. Da sah er die schwarze Ledertasche. Sie gehörte ihm nicht, er kannte sie aber auch nicht von seinem Bruder. Die beiden Polizisten hatten auch keine Tasche mit, als sie hier aufkreuzten.

„Nanu", dachte er, und das war sein letzter Gedanke.

Er hatte die Tasche aufgehoben, und im gleichen Augenblick gab es eine fürchterliche Detonation. Dass ihm beide Beine abgerissen wurden merkte er nicht mehr. Er spürte nur eine Taubheit im ganzen Körper, und dann spürte er überhaupt nichts mehr. Er war tot.

* * *

Heller war nicht im Büro. Er saß bei sich zu Hause in einem alten Sessel. Neben sich auf dem Tisch stand sein Telefon. Er hatte sich am Nachmittag einen Anrufbeantworter gekauft und rätselte nun an der Gebrauchsanleitung herum. Sein technisches Verständnis war nicht allzu groß. Markert schüttelte darüber immer wieder den Kopf. Er hatte vergeblich versucht, ihn mit den Geheimnissen seines PC vertraut zu machen. Daran hatte sich Heller aber nie vergriffen. Auto fahren wollte er auch nicht, obwohl er einen Führerschein hatte.

Irgendwie hatte er dann den Anrufbeantworter richtig eingestöpselt. Er hoffte, dass es jetzt funktionierte. Er rief Johannsen an, der im Büro Bereitschaftsdienst hatte.

Der kapierte jedoch nicht so schnell, als ihn Heller anrief und ihn bat, mal bei ihm anzurufen. „Warum soll ich bei Ihnen anrufen? Sie rufen doch gerade mich an."

Heller hatte aber keine Lust, den norddeutschen Verstand zu überanstrengen.

„Tu's einfach."

Also wählte Johannsen kopfschüttelnd Hellers Nummer. Als sich dann aber der Anrufbeantworter meldete, war er sauer. „Da lässt der sich anrufen und ist überhaupt nicht zu Hause, der Blödmann."

Er dachte Heller wollte ihn auf den Arm nehmen, und legte den Hörer wieder auf, ohne auf das Band zu sprechen. Er verstand nicht, warum Heller sofort wieder zurückrief und erbost war.

„Bist du zu blöde, einen Satz auf mein Band zu sprechen? Los jetzt, noch mal!" Dann legte er wieder auf und wartete auf den Rückruf.

„Hier Anschluss Heller. Bitte nach dem Piep sprechen."

Piep. „Hier Johannsen. Ich habe Ihren Piep gehört. Ich lege wieder auf, wenn es recht ist."

Heller lachte vor sich hin. Er stellte sich vor, wie Johannsen sich über ihn ärgerte. Dann wurde er sehr ernst und beschäftigte sich lange mit seinem neuen Gerät.

Gerade als er zu Bett gehen wollte, klingelte sein Telefon erneut. Heller hatte inzwischen begriffen, dass so ein Anrufbeantworter auch dazu gut war, sich seine Gesprächspartner auszusuchen. Man lässt sie einfach aussprechen und überlegt sich dann, ob man sich meldet. Feine Sache.

Nach dem Ton meldete sich Johannsen wieder, und Heller dachte schon, der wolle sich jetzt rächen und ihn im Schlaf stören. Er nahm aber schnell den Hörer ab, als er die Nachricht hörte.

„Hier ist Johannsen. Mehrere Bürger haben auf dem Revier angerufen und gemeldet, dass sie eine starke Explosion gehört haben. Genaue Ortung konnte noch nicht erfolgen. Möglicherweise ein privater Schießstand am Stadtrand, nordöstlich."

Johannsen erschrak, als ihn Hellers Stimme aus dem Hörer anbrüllte. „Hast du Markert schon informiert? Nein? Dann tu´s! Halt, schick mir sofort einen Wagen vorbei. Wir treffen uns im Büro. Schluß!"

Heller zog schnell den Mantel über und wäre beinahe in Hausschuhen losgerannt. Ungeduldig lief er vor der Haustür auf und ab. Es kam aber kein Polizeiauto, sondern Markert fuhr in seinem eigenen Wagen vor.

„Los, steig ein! Wir fahren gleich raus. Die Technik ist schon unterwegs, und auch Frau Doktor Leibold ist informiert."

„Was ist das nun schon wieder? Hört das überhaupt nicht auf?", brummte Heller. Dann kamen sie an den Weg, an dem sie abbiegen mussten und Markert bremste ab, weil der Wagen durch Schlaglöcher holperte.

Alle waren schon da. Die großen viereckigen Scheinwerfen der KTU leuchteten das Gelände aus. Die junge Ärztin kam auf die beiden zu. Sie hatte ein gelbes Tuch über eine Gestalt gelegt, welches sich schnell mit Blut vollsog.

„Tot. Beide Beine weggerissen. Eine eigenartige Verletzung. Der Oberkörper ist fast unversehrt. Nur kleinere Kratzer. Mehr kann ich zur Zeit nicht sagen."

Heller ging auf sie zu und wollte etwas fragen, aber sie wehrte ihn ab indem sie beide Handflächen gegen ihn ausstreckte.

„Mit Ihnen rede ich nicht, Bübchen."

Sie sah ihn böse an und wandte sich an Markert.

„Der Tod ist vor etwa sechzig bis neunzig Minuten eingetreten. Der Körper ist fast nur unterhalb des Nabels verletzt. Der Sprengsatz muss sich in Höhe seiner Knie, maximal in Höhe der Oberschenkel befunden haben, als er explodierte."

Jetzt mischte sich einer der Techniker in das Gespräch. „Die Sprengkraft breitete sich nur seitwärts aus, beziehungsweise nach unten. Entweder war er so konstruiert, oder er war nach oben abgedeckt. Darüber gibt es aber bis jetzt noch keine klare Vorstellung. Vielleicht weiß Weber inzwischen mehr."

„Ich fahre jetzt los und bereite die Obduktion vor", sagte die Ärztin. „Ich werde sie noch heute Nacht durchführen. Ich will das jetzt wissen. Drei Tote, fürchterliche, schreckliche Hinrichtungen, und Ihr seid nicht in der Lage das aufzuklären. Ihr habt noch nicht mal einen Verdacht."

Weber kam jetzt auf die beiden Ermittler zu. Er hielt ihnen ein Metallstück hin, das einem Handgriff ähnlich war. „Zweifelsfrei der Bügel einer Handgranate. Und wieder muss ich sagen, dass eine nicht ausgereicht hätte, diese Verwüstungen anzurichten. Da waren, wie bei den Minen im Fall Darius, mehrere Granaten gebündelt. Da muss ein Irrer unterwegs sein."

„Oder ein Irrenarzt", sagte Markert nachdenklich. Er erinnerte sich an die Schlagzeile Rosenbergs, von der ihm Heller erzählt hatte. Auch er hatte inzwischen festgestellt, dass es sich bei dem Krankenhaus, bei dem Lauritz angestellt war, um eine Psychiatrie handelte.

„Man hört doch oft, dass Psychiater selbst krank sind, oder krank werden von ihrem Beruf."

Frau Doktor Leibold, die das noch hörte, schüttelte den Kopf. „Manchmal sind auch Kriminalisten nicht richtig im Kopf. Sehen Sie sich Ihren Kollegen an. Der ist pervers, Herr Markert."

Markert sah Heller grinsend an.

„Du guckst zu viele Krimis, Markert." Außerdem begehst du einen Denkfehler. Der bei uns in U-Haft sitzt, ist kein Psychiater, und wenn. Er kann es nicht gewesen sein. Wir sind mit ihm und seinem Bruder zusammen weggegangen, und seitdem sitzt er bei uns in einer Zelle."

„ *Du* irrst, mein lieber Kollege Heller. Sein Anwalt hat ihn noch gestern Abend herausgeholt aus unserem Hotel."

Heller kochte vor Wut. „Warum machen wir uns eigentlich all die Mühe. Die stecken doch alle unter einer Decke. Außerdem: Die Bombe kann

154

doch schon lange hier deponiert sein. Sie kann sogar für ihn selbst bestimmt gewesen sein," setzte er nachdenklich hinzu. Eigenartigerweise dachte er plötzlich an seinen neuen Anrufbeantworter.

„Dann war er es schon gar nicht. Oder denkst du, der legt eine Bombe für sich selbst?", konterte Markert.

Er war schier verzweifelt. „Ich weiß, ich rede schon durcheinander. Ich weiß selbst nicht mehr, was ich noch glauben soll. Färber kann es ja auch nicht gewesen sein. Er könnte es leichter haben, wenn er sich umbringen wollte. Wie wäre es mit Frau Färber? Vielleicht hat er eine andere, oder sie einen Liebhaber? Vielleicht hatte sie die Kungeleien satt?"

„Nun bleib aber mal auf dem Teppich, Markert. Die liebt ihren Mann. Das hast du doch gesehen. Sie wäre auch nicht der Typ, der so was fertig brächte."

Heller schaute noch mal unter das Tuch und stieß Markert an. „Denk mal zurück, wie dieser Mann sich auf dem Revier verhielt. Ich glaube wirklich, dass er die ganze Sache satt hatte. Er war ehrlich, und seine Frau hat sich wirklich Sorge um ihn gemacht. Jetzt wo er reinen Tisch machen wollte, bringt der sich nicht um, und seine Frau stand auf seiner Seite."

„Ich gehe morgen zu Hoffmann und gebe die Fälle ab", jammerte Markert. „Ich weiß nicht weiter.

Heller wehrte empört ab „Bevor ich das tue, überführe ich mich selbst als Täter."

„Da ist jemand, den wir immer ausgeschlossen haben. Wir müssen alle noch mal überprüfen." Ihm kam wieder sein Anrufbeantworter in den Sinn, er wusste nicht warum. „Denk noch mal an Renesse und seinen Fahrer. Wir müssen noch mal die Frau aus Neundorf bekneien. Woher kennen sich die beiden wirklich?"

Heller wollte unbedingt weiterkommen. Irgendetwas hatten sie übersehen. Er würde versuchen, das alles noch mal alleine zu überprüfen. Ohne Markert. Der mit seiner amtlichen Art, konnte da alles kaputtmachen. Er wollte gleich morgen Früh beginnen, alle Zeugenaussagen wieder und wieder zu lesen. Wo hatten sie einen Denkfehler gemacht.

Markert kam eigenartigerweise auf die gleiche Idee. „Wir fangen von vorne an. Jeder für sich, dann gleichen wir ab, ob es Differenzen gibt. Der ganze Stammtisch könnte ein Motiv haben. Wir müssen es nur finden. Ich fange einfach beim Wirt an."

155

Heller würde wo anders beginnen, wollte aber Markert davon nichts sagen.

* * *

Webers Leute hatten schnell herausgefunden, wie die Sprengladung zur Explosion gebracht wurde. In einem Aktkoffer wurden acht Plastikbecher korrekt nebeneinander gestellt und mit Klebeband stabil justiert, damit keiner umfallen konnte. Dann hatte man von den Handgranaten, es handelte sich um ein russisches Fabrikat älterer Bauart, die Haltestifte vorsichtig herausgezogen. Mit so gelöstem Bügel wurden sie dann so in die Plastikbecher gesteckt, dass die Bügel geschlossen blieben. Den Griff des Aktenkoffers hatte man von der Tasche gelöst und ihn mit dünnem Draht mit einer oder mehreren Granaten verbunden, damit diese sich aus den Plastikbechern heraushoben und die Bügel sich lösten, wenn man die Tasche am Griff anhob.

Die Konstruktion der Granaten war so konzipiert, dass sie tatsächlich nur nach unten und nach den Seiten explodierten. Aus der Analyse der Fakten ging hervor, dass die Tasche rechts neben der Eingangstür zur Laube gestanden hatte. Sie war also nicht außerhalb der Einzäunung explodiert, was ausschloss, dass sie sich dort zufällig befunden hatte. Sie war bewusst dort hingestellt worden.

Dass Sie jedoch außerhalb der Laube platziert wurde, ließ den Schluss zu, dass der Täter keinen Zugang zum Sicherheitsschloss der Laube hatte.

Jemand hatte also das Schloss der Umzäunung geöffnet, was kein Problem war. Wahrscheinlich war es gewaltsam geöffnet worden, Jedenfalls war es nicht auffindbar. Die Tasche wurde neben die Laubentür gestellt. Am Schloss der Tür gab es keine Hinweise auf den Versuch einer gewaltsamen Öffnung.

Im oder um das Gelände herum gab es keine Reifen-oder Fußspuren, lediglich die Abdrücke von Fahrradreifen, die jedoch alt sein konnten. Die vorhandenen Reifenspuren vor der äußeren Tür waren die von Markerts wagen und dem Wagen von Lauritz. Nach ersten Befragungen rund um das einsam gelegene Gelände wurden keine verdächtigen Personen bemerkt.

Alle Beteiligten waren der Ansicht, dass es sich um denselben Täter handelte, wie bei den beiden vorangegangenen Anschlägen. Dafür sprach, dass alle Opfer in bestimmten, wenn auch unklaren, Verhältnissen zueinander gestanden hatten, dass bei keinem der Anschläge wirklich verwertbare Spuren gefunden wurden, also der Täter äußerst vorsichtig operiert hatte. Andere Indizien, wie zum Beispiel das Zurücklassen der Tatwaffe bei Langendörfer, was sehr ungewöhnlich war, sowie die Ruhe und Gelassenheit, mit denen der Täter den Tatort verlassen hatte, bewies, dass er sich absolut sicher fühlte.

Die Ärztin war inzwischen weggefahren . Webers Leute bereiteten sich langsam auf den Abzug vor. Markert und Heller waren auch dabei, den Tatort zu verlassen, aber obwohl es schon sehr spät war, verabredeten sie sich für morgen schon sehr früh im Büro. Heller war es, der zum Erstaunen Markerts darauf drängte.

„Sonst machst du doch immer ein Riesenfass auf, wenn ich dich mal bitte, etwas früher als gewöhnlich zu kommen. Was ist los?"

Aber er bekam keine Antwort.

* * *

Unausgeschlafen und missmutig betrat Markert das Büro, aber Heller saß schon an seinem Schreibtisch.

„Ich habe Kaffee gekocht" sagte er und deutete auf die volle Kanne an der Kaffeemaschine. „Johannsen holt Brötchen und Käse."

Markerts kam aus dem Staunen nicht mehr heraus. Es war das erste mal, seit sie beide zusammenarbeiteten, dass Heller im Büro frühstückte. „Guck nicht so blöde und setz dich hin. Ich war gar nicht zu Hause und bin hungrig und brauche Kaffee. Ich habe sämtliche Protokolle noch mal durchgearbeitet."

Bevor Markert etwas dazu sagen konnte, kam Johannsen zur Tür herein und deckte den Tisch, der in der Ecke stand. Er legte sogar eine weiße Decke auf.

„Ich habe noch mal über alles nachgedacht. Als wir gestern von diesem Schießplatz weggingen, stand keine Tasche vor der Laubentür. Lauritz war danach bei uns in Verwahrung. Er kann sie also nicht dahingestellt haben. Bliebe aber eventuell noch dieser Hartmann, der Aufpasser von Lauritz. Er hätte von ihm den Auftrag bekommen haben können. Er hatte jedoch vor unserem Erscheinen die Weisung bekommen, auf die Wohnung aufzupassen, nicht auf die Person Lauritz. Ich habe vorhin schon mit ihm gesprochen. Er hat anscheinend seinen Auftrag nicht allzu gewissenhaft ausgeführt. Er saß bis zu der Zeit, in der Lauritz nach Hause kommen wollte, gegenüber dem Haus in einem Bistro, und bewachte von dort mehr oder weniger genau den Hauseingang. Der Inhaber des Bistros hat es mir bestätigt. Er war jedoch nie länger als fünf Minuten auf der Straße. Es hätte vielleicht gereicht, für einen Rundgang um das Haus, aber niemals hätte er den Weg geschafft zu dem Platz und zurück. Auch nicht mit einem Auto. Als Lauritz nicht nach Hause kam, hat er hier im Revier angerufen. Er sagte, er kenne jemandem, der ihm was schuldig sei, einen Polizisten. Der habe ihm gesagt Lauritz sei von Färber belastet worden und säße in U-Haft. Daraufhin sei er zu Färber gegangen, weil er befürchtete, durch Färbers Schuld habe er jetzt seinen bequemen Job verloren. Wo kommt also die Tasche her?"

Heller zählte auf. „Graf hat ein schlechtes Alibi für den Nachmittag, seine Freundin. Vormittags war er im Gambrinus. Ich habe ihn selbst gesehen. Rosenberg auch. Wenigstens um die Mittagszeit. Vorher und nachher, bis gegen neun in der Redaktion. Renesse hat mittags im Gambrinus reingeschaut und nach Jo gefragt. Er ging aber nicht zu ihm. Er ging in sein Hotel, bestellte sich um die Mittagszeit sein Essen auf das Zimmer. Später saß er mit seinem Chauffeuer lange in der Hotelhalle, ging aber um halb vier weg, wurde dann jedoch von niemandem, gesehen und kam erst um Mitternacht nach Hause. Ich kann mir zwar denken, wo er war, möchte aber darüber im Moment nichts sagen. Weil es möglicherweise mit unseren Fall nichts zu tun hat. Der Fahrer ist nach dem Weggang von Renesse auf sein Zimmer gegangen, hat angeblich ferngesehen und ist früh ins Bett gegangen. Jo hat teilweise ein Alibi. Er wurde mal im Gambrinus gesehen und später im Hotel, als Renesse schon weg war. Er hat aber kein Auto, das hätte er aber gebraucht, wenn er da hinaus wollte. Ich habe schon bei den Taxi-Unternehmen angerufen. Keine Fahrt da raus. Also alles Fehlschuss."

Heller schüttelte staunend den Kopf, Johannsen kaute anscheinend unbeteiligt an seinen Brötchen. „Mensch Heller, es ist kurz nach acht. Wann hast du das alles ermittelt.?"

„Einen Teil wusste ich schon gestern. Ich war ja selbst im Gambrinus. Wegen der anderen Umstände telefoniere ich seit heute früh um sechs bei den Leuten herum. Einige haben mir sicher die Schwindsucht an den Hals gewünscht."

Jetzt wurde Johannsen aufmerksam. „Mich hat er auch herumgehetzt."

Markert seufzte: „Da sind wir also wieder mal bei Null."

„Ich habe noch eine Idee:" Heller schüttelte den Kopf. „Ich muss da aber noch ein bisschen recherchieren. Da muss ich mir ganz sicher sein, ehe ich darüber rede." Er ließ sich nicht aushorchen. „Ich habe noch eine Verabredung."

Obwohl es nicht weit war, ließ er sich, ganz gegen seine Gewohnheit von Niedermeyer fahren."

„Wo geht´s hin?"

„Zum Studio des MDR."

Niedermeyer grinste. „Sie wollen wohl eine Rolle als Tatortkommissar? Oder suchen Sie Trost bei Pfarrer Fliege?"

Heller war jedoch nicht zum Spaßen zumute. „Quatsch nicht. Fahr!" Die Oberlippe Niedermeyers rutschte ein ganzes Stück nach unten.

Es dauerte eine ganze Weile, ehe er dem Pförtner klarmachen konnte, dass er da hineinmusste. Fast hätte er an dessen Pult gerüttelt, wie Schröder seinerzeit am Zaun des Kanzleramtes in Bonn.

Schließlich bekam er den richtigen Mann ans Telefon, und nach kurzer Zeit wurde er von ihm abgeholt und in ein Zimmer im ersten Stock geführt. Der Mann suchte ein Band heraus und spielte es ihm vor. Heller nickte zufrieden, und nachdem er es sich nochmals angesehen hatte, fragte er nach einer Kopie. Nach einigem Hin und Her bekam er sie.

Niedermeyer war froh, als er Heller mit zufriedenem Gesicht zurückkommen sah.

„Ins Präsidium." Unterwegs ließ Heller aber noch mal anhalten und ging in einen Laden. Er kam mit zwei eingewickelten Flaschen wieder.

„Ich gebe einen aus. Ich denke wir haben Grund zum Feiern."

Im Büro schickte er Johannsen nach ein paar Gläsern, und goss dann Sekt ein. „Teure Marke. Was ist los" Markert beschaute sich das Etikett.

„Ich kenne den Täter."

Er war jedoch nicht bereit, den anderen mehr zu verraten. „Erst muss ich es beweisen können. Wir können trotzdem darauf trinken. Ich werde es beweisen können. Bis dahin müsst ihr euch aber gedulden." Dabei blieb er.

Um zu telefonieren ging er in ein anderes Zimmer. Er verabredete sich mit seinem Gesprächspartner für den nächsten Tag. „Mittags. Du musst mir helfen.

„Bring ein bisschen Zeit mit", sagte Jo am anderen Ende. „Wenn wir uns ein bisschen Mühe geben, werden wir das Knäuel schon abwickeln."

Heller war überzeugt, dass Jo den Schlüssel zu der Mordserie in der Hand hielt.

* * *

Weber konnte inzwischen seine erste Einschätzung bestätigen. Bei dem Sprengsatz handelte es sich tatsächlich um Handgranaten russischer Herkunft.

„Uralte Dinger. Gott weiß wo man heute so etwas noch bekommt."

Frau Doktor Leibold hatte sich mit ihrem Bericht auch beeilt. Die Todesursache war die Abtrennung beider Beine und der dadurch verursachte sehr hohe und schnelle Blutverlust. Verletzungen gab es zwar auch im oberen Körperbereich, aber die hätten alleine nicht den Tod bedingt.

Heller lästerte wieder. „Hauptsache tot. Warum ist doch egal. Da wird eine Menge Geld verpulvert, und Zeit wird da für etwas verschwendet, was ich mit den bloßen Augen sehe."

Da betrat Hoffmann das Zimmer. Er war außer Atem und sein Kopf puterrot. Weber und Doktor Leibold verließen schnell das Zimmer, um nicht in das Donnerwetter hineingezogen werden, das sich da abzeichnete. Und so kam es auch.

„Meine Herren! Jetzt ist es wohl genug. Die dritte Leiche in kurzer Zeit, offensichtliche Hinrichtungen. Wofür werden Sie bezahlt? Was haben Sie in der Hand? Beweise? Indizien? Hinweise? Wer tut so etwas?"

Heller konnte natürlich seine Klappe wieder nicht halten.

„Ja wer tut so was? Das haben Sie richtig erkannt, Herr Präsident. Wer tut so was. Das ist genau die richtige Frage, die wir uns auch stellen. Indizien? Da gibt es drei Tote, das sind unsere Indizien."

Hoffmann winkte ärgerlich mit beiden Händen ab. „Herr Heller! Ihre böswillige Ironie können Sie stecken lassen. Ich sage Ihnen etwas. Wenn Sie nicht innerhalb vierundzwanzig Stunden Erfolge vorweisen können, werde ich Sie von dem Fall abziehen. Vielleicht können Sie dann wieder Streife gehen. Über Ihren Ton mir gegenüber werden wir uns auch noch unterhalten müssen. Er verließ das Zimmer mit lauten Türknallen. Aber sofort riss er die Tür wieder auf, steckte seinen Kopf herein und brüllte: „Das gilt auch für Sie!" Er deutete auf Markert.

Wütend feuerte Markert einen Aktenhefter auf den Tisch und fuhr Heller an. „Was musst du immer dein großes Maul aufreißen? Du weißt doch, wie der darauf einsteigt. Schließlich ist das ja auch verständlich. Der kriegt seinen Druck von oben. Wir sind alle nervös. Die Nerven liegen blank. Ich traue mich überhaupt nicht, heute in die Zeitung zu schauen."

„Bleib ruhig. Das ist jetzt vorbei. Der Fall ist so gut wie gelöst. Ich werde morgen die Bestätigung für meine Vermutung bekommen, die entscheidenden Hinweise. Dann darfst du deinem Hoffmann berichten: Fall geklärt."

Heller fiel noch etwas ein. „Ich werde den Rosenberg noch ein bisschen auf die Fährte hetzen. Der kann den Knall vorbereiten."

„Er rief bei der Redaktion an. „Pass auf, Benni. Ich hab für morgen deine Schlagzeile. *Die schrecklichen Hinrichtungen der letzten Tage kurz vor der Aufklärung.* Schreib dazu, du wüsstest das vom Polizeipräsidenten."

Rosenberg war das zu riskant.

„Wenn du mich auf's Glatteis führen willst, hast du dich geschnitten. Das kann ich nur schreiben, wenn Hoffmann das tatsächlich an die Presse gibt."

„Feigling! Ich dachte du traust mir. Gut, dann schreibst du *von Kreisen aus dem Polzeipräsidium.* Markert und ich, das sind die Kreise. Wenn du morgen Früh die Ankündigungen bringst, und zwar groß auf der ersten Seite, kriegst du im Laufe des Tages exclusiv die Einzelheiten. Ich erfahre morgen wer und warum."

Rosenberg sagte zu. Mit dem Kompromiss könne er leben. Das könne er riskieren.

Heller rieb sich die Hände und schaute auf die Uhr. Er beschloss, heute nichts mehr zu unternehmen. Er ließ sich von Niedermeyer nach Hause fahren, duschte und zog einen bequemen Anzug an. Seit langem machte er es sich wieder mal auf seiner Couch bequem und genoss das Faulenzen. Er wollte nicht, dass jemand wusste, was er vorhatte und ihn vielleicht morgen störte. Er wollte die Sache in aller Ruhe hinter sich bringen. Dann würde er erst mal ein paar Tage Urlaub machen.

Er sah seine Plattensammlung durch. Heller war ein großer Musikliebhaber. Er besaß Hunderte CD's Die neue Musik mit ihren dicken

Bässen mochte er nicht. Sein Stil war klassischer Jazz und Dixiland, aber auch guter Soul, Gospel und Spirituals. Er legte eine Platte auf.

Die gewaltige Stimme Mahalia Jacksons erklang.

Oh Come, All Ye Faithfull..... ADESTE FIDELES.

* * *

Heller ging durch die kleine Tür zum Garten von Jo´s Haus. Er klingelte. Als habe Jo hinter der Tür auf ihn gewartet öffnete er. Zu Hellers Überraschung hatte sich Jo schick gemacht. Er trug ein Hemd in seiner Lieblingsfarbe, gelb. Die Krawatte war korrekt gebunden und passte ausgezeichnet dazu.

„Komm rein", sagte er und trat zur Seite.

In der Diele nahm er Hellers Mantel und hängte ihn an einen Bügel an der Garderobe.

„Hallo Jo, so feierlich?"

Jo lächelte ihn verlegen an. „Du bist auch nicht so zerknittert wie sonst."

„Ich denke, dass heute ein besonderer Tag ist. Irgendwie ein Abschluss"; sagte Heller mit den Schultern zuckend. „Oder täusche ich mich?"

„Ich glaube du denkst, ich könne dir bei der Aufklärung deines Falles behilflich sein."

Er sah Heller fragend an und der nickte. „Und kannst du?"

Jo blieb die Antwort vorerst schuldig, führte ihn in sein Wohnzimmer und deutete auf einen seiner tiefen Sessel. „Ich glaube schon. Ich möchte aber, dass niemand Schaden nimmt, bevor du dir wirklich ein Urteil erlauben kannst. Bedingung ist deshalb, dass du meine Regeln einhältst."

„Regeln?"

„Wir werden ein Gläschen trinken. Wir gehen in meinen Weinkeller. Den habe ich gemütlich eingerichtet. Ohne Telefon. Du wirst dich auf einen langen Tag einrichten, und du wirst erst dann was unternehmen, wenn ich dir alles gesagt habe, was ich weiß. Ich werde ganz von vorne anfangen, damit du alles verstehst, damit du alles begreifst. Ich hatte dich gebeten, niemandem von unserer Verabredung zu erzählen, damit wir nicht gestört werden. Hast du dich daran gehalten?"

Heller nickte. „Ich habe Markert gesagt, dass ich heute nicht mehr zum Dienst komme. Natürlich wollte er wissen, was ich vorhabe. Ich habe angedeutet, dass ich wahrscheinlich heute mehr über die Hintergründe der Mordfälle erfahren würde, dass ich sie möglicherweise lösen könne. Sonst nichts."

„Gut", nickte Jo zufrieden. Er führte Heller die Treppe hinab, schloss eine schwere eiserne Tür auf, die mit zwei Schlössern gesichert war und zusätzlich eine elektronische Sperre besaß.

„Die Tür und die beiden Schlösser sind noch von meinem Vorgänger. Ich weiß nicht was er hier versteckt hatte. Die Elektronik habe ich einbauen lassen."

„Und was hast du hier versteckt?", wunderte sich Heller.

Jo öffnete die Tür und sie traten in einen gemütlich eingerichteten kleinen Raum, der ganz in Rot gehalten war. Dunkelrote Samttapeten, drei rote Sessel, ein kleiner roter Tisch mit einer Emailleplatte, und alles durch indirektes Licht erhellt, das nicht blendete. Jo schob einen Vorhang beiseite, der eine Tür bedeckte. Im Raum dahinter, der wesentlich größer war, standen rundum mannshohe Regale, in denen Hunderte Flaschen lagerten, die dick mit Staub bedeckt waren.

„Die Hälfte davon sind Rotweinflaschen mit meiner Marke", lächelte Jo. Jetzt weißt du, warum ich den Keller so gesichert habe. Mit dem Wein und dem alten Cognac ist es wie mit der Bundesliga im Fußball. Manche Flaschen kosten ein Vermögen. Dabei geht es mir nicht einmal um den finanziellen Wert, aber wenn hier ein paar Dummköpfe randalierten, wäre es schade um den Wein."

Jo sah Heller an. „Was willst du trinken? Heute und hier würde ich dir sogar von meinem Roten abgeben."

Heller aber schüttelte den Kopf. „Ich bin gar nicht so verrückt auf deinen sauren Rotwein. Wenigstens sagt Markert er sei sauer. Wenn du einen guten Cognac hast und vielleicht ein Bier?"

„Markert ist ein Dummkopf", meinte Jo. „Du vielleicht auch. Aber wie du willst. Bier ist dort im Kühlschrank. Hinter der roten Tür."

Heller hatte gedacht, die Tür führe vielleicht in einen weiteren Raum, aber als er sie öffnete, sah er, dass sie tatsächlich in ein kleines Zimmer führte, aus dem es kühl heraus wehte. Ein begehbarer Kühlschrank. An den Wänden ebenfalls Regale mit Weißweinflaschen und weißen Schnäpsen bestückt, und in einem der Fächer lagen mindestens zehn verschiedene Sorten Bier aus aller Welt. Er nahm sich ein Radeberger und ging zurück zu Jo. Der hatte inzwischen eine verstaubte Flasche Cognac geholt.

„Courvoisier, 40 Jahre alt", sagte er und holte zwei große Schwenker aus einem Schrank, die er mit einem Geschirrtuch auswischte.

„Die werden nicht so oft benutzt", meinte er. „Dein Bier kannst du dir selber aufmachen. Biergläser stehen im Regal hinter dir."

Nachdem die Gläser gefüllt waren prosteten sie sich zu. Heller schaute anerkennend auf das Etikett der Cognacflasche. „Neulich, bei der Langendörfer habe ich schon mal einen alten Cognac getrunken, aber der war gegen deinen ein Witz."

„Ich freue mich, wenn er dir schmeckt. Dann hast du also doch ein bisschen Geschmack. Markert würde ihn wie einen anderen, billigen Weinbrand trinken. Du wirst hier in dieser Gegend keinen besseren finden. Das garantiere ich dir."

Sie saßen eine ganze Weile stumm nebeneinander, jeder in seine eigenen Gedanken vertieft. Irgendwann hob Jo sein Glas.

„Seit wann weißt du es?"

Heller dachte eine Weile nach. „Es wurde mir nicht auf einen Schlag klar. Es kam immer wieder etwas dazu. Als du gestern so voller Hass warst, und als ich dann noch ein Tonband abgehört habe, war es mir klar."

„Aber du kannst es nicht beweisen?"

„Nein", sagte Heller und setzte wütend hinzu: „..und ich kann es nicht verstehen."

„Weißt du", sagte Jo nachdenklich. „Die Beurteilung einer Handlung hängt immer ab von der Sichtweise und von der Zeit, von den Umständen. Gaughin hatte eine vierzehnjährige Geliebte. Heute wäre er ein Kinderschänder."

Er goss sich nach, drehte nachdenklich sein Glas in der Hand und sprach langsam weiter. Ich werde dir alles erzählen. Erst wenn du alles weißt, kannst du dir eine Meinung bilden. Die wird nicht mit meiner übereinstimmen. Du bist Polizist. Nicht nur von Beruf. Du bist es aus innerer Überzeugung. Ich weiß, dass es auch bei dir nicht nur schwarz oder weiß gibt, aber du bist überzeugt, dass schwarz bestraft werden muss."

Wieder war es eine Weile still zwischen den beiden, bis Jo zu reden begann.

Während meines Studiums musste ich mich näher mit Karl Marx beschäftigen und fand, dass er gar nicht so unrecht hatte."

„Hat er auch nicht", unterbrach ihn Heller, aber Jo schüttelte den Kopf. „Wir wollen uns jetzt doch nicht über Karl Marx streiten. Wir wissen jedenfalls beide, dass er in manchen Dingen nicht recht hatte, und bei anderen falsche Schlussfolgerungen zog. Ich muss dir nicht erzählen, dass man mich nach dem Bau der Mauer eingesperrt hatte, weil ich mir eine eigenen Meinung dazu bildete. Du weißt auch, dass meine Tochter in einer geschlossenen Anstalt war und dort starb. Alle glaubten, sie habe eine mentale Krankheit gehabt und sei deshalb in eine Psychiatrie eigewiesen wurde. Zu Unrecht wie wir glaubten, und wie ich es heute aus meiner Gauck-Akte sicher weiß. An ihre angebliche Krankheit glaubte ich nie."

„Heller sah Jo betroffen an. „Du glaubst die Einweisung war getürkt, um sie gefügig zu machen? Sie war ja ziemlich rebellisch."

Jo zuckte traurig mit den Schultern. „Ich kann es nicht beweisen, aber ich weiß, dass es Intrigen waren, die sie in das Krankenhaus brachten. Damit wollen wir es vorerst belassen. Später vielleicht mehr dazu. Kommen wir auf das Wesentliche. Ich werde dir was zeigen.

Er stand auf und holte aus einer Schublade einen dünnen Aktenordner, den er ungeöffnet vor sich auf den Tisch legte.

Erst noch etwas anderes. „Kannst du dich an Basil erinnern?"

Heller konnte. „Oh ja, das war der russische Offizier, der regelmäßig im Gambrinus saß, als der Laden noch von deinem Vater geführt wurde. Ich habe immer geahnt, dass ihr mit ihm krumme Geschäfte gemacht habt."

Jo lächelte. „Ja, das war aber erst, nachdem ich die Kneipe übernommen habe. Ich hatte immer Angst davor, dass es jemand merkte. Es war aber nichts Schlimmes. Basil war Oberleutnant der Roten Armee, in Wünsdorf stationiert, aber als Presseoffizier viel unterwegs, weil er die Verbindung mit den anderen Armeestandorten halten musste. Seine Frau war auch Offizier und ihr unterstand die Verpflegung der Truppe. Basil hat mir anfangs Aal und Kaviar und Lachs besorgt.

Was glaubst du sonst, wo das herkam, wenn ihr in meinem Hinterstübchen solche Delikatessen bekamt? Später hat er mir dann Uhren und Schmuck angeboten, Gold und andere Sachen, die es bei uns nicht gab. Wir haben beide davon profitiert, und ich wusste natürlich, dass all das verboten war. Was soll's?

165

Auf jeden Fall habe ich dann, als es bei uns unruhig wurde, und die Leute in die tschechische Botschaft sausten und nach Ungarn, Basil nicht mehr gesehen. Dann kam der 9.November, und die Mauer bekam Löcher. Lange Zeit danach, Anfang 1991, stand Basil vor meiner Tür. Ich wohnte damals noch etwas außerhalb der Stadt, du weißt, in meinem alten Haus, das heute abgerissen ist.

Es war schon lange dunkel, als es bei mir klingelte. Basil war in Zivil, so hatte ich ihn noch nie gesehen. Er hatte im Seitenwagen eines alten, schrottreifen Motorrads eine graue Kiste. Zehnmal schaute er sich um, ehe er mein Haus betrat. Basil sagte mir, dass er keine Zeit habe für lange Erklärungen. Er habe sich von der Truppe entfernt, kurz er war desertiert, aber das Wort gebrauchte er nicht. Nach den Jahren in Deutschland wolle er nicht in seine armselige Heimat zurück. Mit genau diesem Ausdruck sagte er es mir. Er bat mich, die Kiste für ihn aufzubewahren. Ich solle sie aber nicht öffnen. Es sei seine Lebensversicherung. Damals glaubte ich, er übertreibe maßlos, aber heute weiß ich, dass er recht hatte, auch wenn es ihm wahrscheinlich nicht geholfen hat."

„Du denkst er ist tot?", meinte Heller fragend. „Immerhin ist er desertiert. Vielleicht ist er deshalb in irgendeinem Straflager und kann sich daher nicht mit dir in Verbindung setzen.

Aber Jo schüttelte den Kopf. „Wenn ich dir erzähle was in der Kiste war, glaubst du das auch nicht mehr."

Er legte den Aktendeckel auf den Tisch, schlug ihn auf und deutete auf die erste Seite. „Basil war Offizier des Militärischen Geheimdienstes. Hier ist die Urkunde seiner Beförderung zum Oberleutnant. Bei den Geschäften, die ich mit ihm gemacht habe, oder besser er mit mir, hätte ich das nie für möglich gehalten."

„Du hast die Kiste geöffnet?"

„Anfangs nicht. Ich hatte es ihm ja versprochen. Als er sich aber nicht mehr bei mir meldete, dachte ich, vielleicht braucht er Hilfe, und vielleicht finde ich Hinweise, wo er sich aufhalten könnte. Obenauf lag dieser Ordner. Auf dem zweiten Blatt dieses Dokumentes erfuhr ich, dass Basil auch Mitarbeiter des KGB war und in dessen Auftrag spionierte er die Rote Armee aus. Also ein Doppelagent in zwei sowjetischen Geheimdiensten."

Jo blätterte um und zeigte auf ein Dokument, welches augenscheinlich mehrere Blätter enthielt. Dies ist das Protokoll einer Sitzung von Spitzen der

DDR-Staatssicherheit und dem sowjetischen KGB, von Mitarbeitern der deutschen und russischen militärischen Abwehr. Diese Sitzung fand schon im Herbst 1986 in einem Nest in Meklenburg statt. Bereits damals wurden verbindliche Vereinbarungen getroffen, die sich mit der Zeit nach einem möglichen Zusammenbruch der DDR befassten.

Unter anderem wurde bereits dort festgelegt, dass sich in allen Teilen der DDR, man konnte sich damals anscheinend noch nicht vorstellen, dass die DDR aufhört zu existieren, dass also in allen Teilen der DDR Vierergruppen gebildet werden sollten, die sich in erster Linie um das Weiterleben der Ideologie kümmern sollten, die aber auch materielle und finanzielle Güter des Staates und der Partei retten sollten.

Es wurde festgelegt, dass sich jeweils vier linientreue Genossen in einer Region in Vereinen zusammentun. Wegen der notwendigen Konspiration und der absoluten Geheimhaltung, einigte man sich auf Angelvereine, die sich wiederum jeweils in einem Dachverband gegenseitig absprechen konnten, um ihre Strategien zu koordinieren. Du bist ja mal einem solchen Verein auf die Schliche gekommen."

Heller schlug sich mit der Faust an die Stirn. „Ja, aber ich konnte mir keinen Reim drauf machen. Wenn man dir zuhört könnte man glauben du erzählst Märchen. Sollte es tatsächlich schon wieder solche perfekte Organisation geben?"

„Die sind weiter, als wir alle glauben. Sieh dich um: In der Wirtschaft, in allen Parteien, in den Parlamenten. Die stellen sogar schon wieder Minister und koalieren mit demokratischen Parteien. Warte es ab.

Aber jetzt konkret. Die vier, na sagen wir Vertrauensleute für unsere Region, sind..."

„...waren Darius, Langendörfer, Lauritz und Färber", unterbrach ihn Heller und schlug sich wieder mit der flachen Hand an den Kopf.

„Ja", sagte Jo. „Ich habe das recherchiert, frage mich aber nicht wie, und was es mich gekostet hat. Ich kannte sie alle vier, nur dass ich anfangs nicht wusste, dass Lauritz und Färber Brüder waren. Damals habe ich mich an die Staatsanwaltschaft gewandt, allerdings ohne Beweise vorzulegen. Ich wusste ja nicht, wieweit das Netz schon gestrickt war, und wer mit den Banditen sympathisierte.

Der Staatsanwalt bagatellisierte alles, und, nachdem er euren Hoffmann hinzuzog, wurde alles heruntergespielt. *Vielleicht gab es mal solche Ideen,* meinten die beiden, *aber inzwischen sind wir doch ein Rechtsstaat, und bei uns haben solche Spinnereien keine Chancen.*

Also habe ich mein Wissen für mich behalten und nach Wegen gesucht, die Machenschaften der Clique selbst aufzudecken. Ich fand nicht den richtigen Weg.

Allerdings änderte sich das, als ich 1993 im Februar mein Akte in Berlin einsehen durfte. Als ich hinkam wurde ich von einer jungen Frau freundlich begrüßt, die einen hohen Stapel Akten auf einem kleinen Wagen zwischen den Lesetischen hindurch schob. Ich zeigte ihr meine Einladung zur Einsicht, und sie deutete auf die Akten vor ihr und meinte, das seien sie, meine Akten. Ich bekam einen riesigen Schreck. Acht dicke Ordner. Ich hätte nie gedacht, dass ich denen so wichtig war. Ich, ein kleines Licht.

Es stellte sich heraus, dass man mich von 1958 an bespitzelt hatte, bis man es 1987 aufgab. Im Laufe der Jahre waren es insgesamt neun IM, inoffizielle Mitarbeiter, gewesen, die sich mit mir und meinem Tun beschäftigt hatten. Manchmal oder eigentlich meist mit blödsinnigen Berichten hatten sie sich um mich gekümmert, zu wem ich besondere Beziehungen hatte, mit was ich mich beschäftige in meiner Freizeit, mit wem ich öfter redete, wie hoch mein Alkoholkonsum sei, wer in meiner Kneipe verkehre. Der Sowjetoffizier Basil kam allerdings in den Berichten nicht vor. Entweder sie wussten wer das tatsächlich war, oder sie hatten Schiss, über ihn zu berichten.

Egal! Etwas Besonderes über mich haben sie jedenfalls nicht entdeckt. Leider waren immer nur die Decknamen der jeweiligen IM angegeben. Wo Klarnamen vorkamen, waren diese geschwärzt. Ein einziges Mal waren Berichte in den Ordnern, die mich wirklich interessierten. Das war die Zeit, als sie meine Tochter bespitzelten. Man hatte jeden Schritt von ihr beobachtet. Kopien der Berichte waren; mit Hinweis auf ihre Akte, in meinen Ordnern gelandet.

Sie hatte tatsächlich Dinge getan, die nach dem damaligen Staatsverständnis mutig waren und auf die ich nachträglich stolz bin, da ich mich ja nach meiner Haftentlassung voller Angst von jeder Kritik ferngehalten habe. Ihre Verhaftung war minutiös dokumentiert, und es gab Querverweise auf ihre Aussagen während der U-Haft. Dann kam der Bericht über ihre Einweisung in die Psychiatrie. Die Begründung muss ich dir wörtlich vorlesen."

Jo zog aus dem Ordner ein anderes Schriftstück heraus und begann zu

168

lesen. Es war der gleiche Bericht, den er Marten bereits vorgelesen hatte.

„Nach einer Eingabe von mir, wurde dann von dem gleichen ominösen *h.c.* Ein Gutachten an den Staatsrat verfasst." Er las weiter. *...Bla...Bla...Bla...die geistige Zurechnungsfähigkeit der A. musste angezweifelt werden, da sie trotz ständiger Belehrungen und Abmahnungen durch den Vernehmungsoffizier, Leutnant(geschwärzt), ihre staatsfeindlichen Ansichten offen vertrat, obwohl es ihr klar sein musste, dass sie damit die voraussehbare Strafe wesentlich verschärfen würde.*

Es ist nicht anzunehmen, dass die A. dies in einem Prozess, auch nach längerer U-Haft, unterlässt. Es wurde deshalb angeraten, die A. in einer geschlossenen Anstalt unterzubringen, um damit zu gewährleisten, dass sie ihre falschen, und für den Bestand des Demokratischen Sozialismus gefährlichen Ansichten im Verlauf einer geeigneten Therapie aufgibt. *Bla..Bla.. Bla!*

Jo verwahrte den Bericht wieder sorgfältig in seinem Aktenhefter.

„Was ich dir vorgelesen habe ist eine Kopie aus meiner Akte. Die Akte meiner Tochter konnte ich auch einsehen, es war nur ein Teil gefunden worden. Wie mir die Dame von der Gauck-Behörde mitteilte, müsse ich einen weiteren Antrag stellen, um die Klarnamen der einzelnen IM zu erfahren. Das sei aber abhängig davon, ob die Namen auffindbar seien. Ich habe den Antrag gestellt und alle Namen erfahren. Alle außer diesem Doktor aus der Medizinischen Akademie, der meine Tochter für verrückt erklärte. Nicht weil er nicht bekannt war, sondern weil dieser Mann im Auftrag einer staatlichen Behörde tätig geworden sei, im Sinne seiner Aufgaben. Es müsse somit angenommen werden, dass er damit im Rahmen der DDR-Gesetze handelte."

„Du hast aber den Namen trotzdem erfahren? Hellers Blick verriet seine Neugier.

„Ja, über Umwege. In den Papieren meines vermeintlichen Freundes Basil, stand der Name Dr.h.c.Lauritz mit dem Vermerk *Parteisekretär, Medizische Akademie.* Da kam mir zum ersten mal der schlimme Verdacht, dass es sich dabei um den Gutachter handeln könnte. Das würde bedeuten, nicht ein Arzt, sondern ein Parteisekretär hat meine Tochter in die Psychiatrie eingewiesen und sie damit auf dem Gewissen." Jo sprach diesen Satz mit Wut und Bitterkeit in der Stimme.

„Und wie bist du dann an den Namen herangekommen?"

Jo verzog spöttisch die Mundwinkel. „Wie du ja weißt, habe ich eine

Menge Geld. Die Einheit hat's so gewollt. Und wie du auch weißt, leben wir in einer Gesellschaft in der für Geld alles zu kaufen ist. Auch Informationen. Ich habe mich nach anderen Mitarbeitern der Akademie umgehört. Einer konnte mir sagen, wann wer diese Gutachten anfertigte ,wenn ein solches von irgendeiner staatlichen Stelle angefordert wurde oder von einem Arzt. Es sei üblich gewesen, bei politisch motivierten Häftlingen, sich solche beabsichtigten Einweisungen von der Akademie absichern zu lassen. Es war damals immer gut, keine Verantwortung zu übernehmen. Du kannst mir glauben, ich war nicht geizig gewesen, um an diesen Namen heranzukommen: *Dr.h.c.Rudolf Lauritz."*

Beide sahen in ihre Gläser und es herrschte lange Zeit eine ungute Schweigsamkeit. „Du hast beschlossen, diesen Lauritz umzubringen? Aber er lebt noch, dafür sind drei andere tot."

Jo schwieg und Heller fuhr fort: „Du weiß, wenn du jetzt was erzählst, muss ich dich festnehmen. Ich kann dir dann zwar immer noch nichts beweisen, denn es gibt keine Zeugen hier in deinem Keller. Aber ich kann die gleichen Nachforschungen anstellen wie du, auf die du mich gerade aufmerksam gemacht hast. Ich komme dann auf die gleichen Ergebnisse wie du, oder bessere. So lange gibt mir jeder Richter einen Haftbefehl für dich. Das ist dir doch klar?"

Jo lächelte spöttisch. „Du hast doch gesehen, wie gut mein Keller gesichert ist. Wie willst du mich hier herausbringen? Vor allem, wie willst du selbst herauskommen? Telefon gibt es hier nicht. Du bist auf meinen guten Willen angewiesen.

Aber zu deiner Beruhigung: Es gibt Zeugen. Ich habe zwei Tonkassetten laufen, von Anfang an. Sie haben eine Laufzeit von jeweils sechs Stunden. Ich habe sie mal von einem Urlaub mitgebracht. Ich weiß gar nicht, ob es bei uns so etwas gibt. Eine davon kriegst du, wenn wir hier fertig sind. Die andere bekommt Rosenberg mit samt allen Akten die ich habe. Das ganze muss an die Öffentlichkeit, sonst hätte alles keinen Sinn. Ich habe auch niemanden umgebracht, wie du es nennst. Ich habe etwas getan, was unsere Justiz aus unangebrachten Gründen nicht leistet. Ich habe nach langer Überlegung ein Urteil gefällt. Ich habe diese Leute hingerichtet. Sie sind stellvertretend für alle die Verbrecher gestorben, die dieses Regime so lange mit allen Mitteln am Leben gehalten haben."

„Und warum lebt Lauritz dann noch?"

„Lauritz stirbt noch heute, während wir unsere Gläser hier leeren. Hättet ihr ihn nicht eingesperrt unter dem dummen Verdacht, er habe seinen Bruder umgebracht, wäre er schon tot. Ich habe ihn mir für zuletzt aufgehoben. Seit die drei anderen starben, lebt er in Angst. Er wird keinen so schnellen und leichten Tod haben wie Langendörfer, Darius und Färber. Er wird langsam sterben."

Heller sprang entsetzt auf. „Bist du irre? Du kannst mir doch nicht so etwas erzählen und glauben, ich ließe das zu?"

Jetzt war Spott in Jo's Stimme. „Was willst du tun? Die Tür ist zwar nicht abgeschlossen. Die Schlösser sind nur von außen zu schließen, aber wie du gesehen hast gibt es eine elektronische Sperre. Die hat sechs Codestellen. Da hättest du eine Weile zu tun. Ich würde sie dir nicht verraten, selbst wenn du mich mit einer Pistole bedrohtest. Du hast aber keine. Du trägst nie eine. Ich weiß das."

Heller sank in seinen Sessel. „Du bist wirklich irre."

„Vielleicht, aber ich hätte auch allen Grund dafür. Das musst du zugeben. Finde dich damit ab. Du kannst es nicht ändern. Hol dir noch ein Bier. Ich gieße dir inzwischen noch mal Cognac nach."

Völlig ratlos stand Heller wirklich auf, ging in den Kühlraum und suchte sich die dritte Flasche Bier aus. Diesmal nahm er Wernesgrüner. Die Gedanken rasten derweil in seinem Kopf. Er konnte doch diesen Sadisten nicht morden lassen, während er gemütlich in seinem Keller bei einem guten Tropfen saß. Natürlich konnte er seinen Hass verstehen, aber niemand durfte das Gesetz in die eigene Hand nehmen, auch wenn es nicht vollkommen war. Ihm kam der Gedanke, dass er, wenn Jo den Raum verlassen würde, ihn überwältigen konnte. Das traute er sich zu.

„Hast du einen Ausweg gefunden?", lächelte Jo als Heller zurückkam. Du kannst doch keinen anderen Gedanken fassen, oder?"

„Mensch Jo, du wirst deine Lage nur verschlimmern, wenn du jetzt nichts unternimmst, um den letzten Mord zu verhindern."

Gelassen antwortete Jo: „Ich habe dir doch bereits gesagt, dass ich das nicht als Morde sehe. Es sind Vollstreckungen gemäß der Urteile, die ich nach reiflicher Überlegung gefällt habe."

„Du kannst dir zurechtbiegen was du willst. Es sind Morde. Nichts anderes."

„Wenn man mich erwischen würde, kommt es auf eine Hinrichtung mehr auch nicht an. Drei oder vier Tote. Was macht da einer aus?"

„Du sagst *wenn man mich erwischen würde.* Du bist wirklich der Meinung, du könntest der Justiz und der gerechten Strafe entkommen?" Heller war fassungslos. „In dem Moment, wo wir hier rauskommen, nehme ich dich fest. Du erwartest doch nicht von mir, dass ich dich entwischen lasse, oder du mir entkommen kannst?"

„Genau das Letztere erwarte ich. Dir wird gleich ein bisschen übel werden. Das konnte ich nicht vermeiden. Du musst aber nicht ängstlich sein. Du wirst nicht sterben, du warst immer mein Freund. Mit dem letzten Cognac hast du ein paar KO-Tropfen geschluckt. Ich habe sie gut dosiert, ungefährlich. Sie werden dich für eine Weile außer Gefecht setzen. Vielleicht hast du hinterher ein paar Kopfschmerzen. Also du wirst nicht sterben und ich gehe nicht in den Knast."

Heller fühlte bereits, dass Jo nicht bluffte. Etwas muss tatsächlich in dem Schnaps gewesen sein. Es fiel ihm schwer, seine Gedanken zusammenzuhalten.

„Du willst dich jetzt einfach aus dem Staub machen? Ich muss noch vieles wissen von dir. Du hast mir volle Aufklärung versprochen. Warum hast du auf so grausame Weise getötet? Woher hattest du das ganze Zeug? Das Gewehr, die Handgranaten, die Minen?"

„Geduld, Heller, Geduld. Du wirst alles erfahren, und ich habe auch noch einige Fragen an dich."

Aber das hörte Heller schon nicht mehr.

* * *

Da war ein lautes Dröhnen in seinem Kopf. Heller versuchte die Augen aufzumachen, aber es wollte ihm nicht gelingen. Erst nach langer Anstrengung wurde Licht um ihn, aber es drehte sich alles vor seinen Augen. Rundum schien es neblig zu sein. Da hörte er Jo's Stimme. Er kam gerade zur Tür herein.

„Ah, da bist du ja wieder. Ich kann mir vorstellen, wie du dich fühlst, nimm es nicht übel. Ich habe uns was zu essen gemacht. Ein schönes Frühstück, guter Kaffe und frisch gepresster Orangensaft.

Er stellte ein Tablett auf den Tisch mit der Emailleplatte. Es war ein bisschen eng.

„Frühstück?", war Heller erstaunt. „Wie spät ist es denn?"

„Sechs Uhr am Vormittag. Du hast ein paar Stunden geschlafen, fest geschlafen. Wenn dir nicht nach essen zumute ist, noch nicht, dann trink wenigstens den Saft. Das wird dir helfen."

Heller stand etwas wackelig auf und merkte erst jetzt, das seine linke Hand eine Handschelle trug. Sie war um sein Handgelenkt gelegt und mit einer etwa drei Meter langen Kette an einer in die Wand gemauerte Öse befestigt. Die zweite Handschelle hing lose an der anderen herunter, sodass seine rechte Hand frei war. Mit der Kette konnte er sich im ganzen Raum bewegen, konnte sogar in den Kühlraum gehen, aber kam nicht bis zum Weinkeller oder an die Tür.

Fast willenlos setzte er sich an den Tisch und trank durstig von dem Saft., den Jo in einer großen Glaskaraffe auf den Tisch gestellt hatte. Es tat ihm gut. Jo setzte sich ihm gegenüber, und als sei nicht geschehen, begann er in aller Ruhe einen Toast mit Lachs zu belegen und träufelte ein paar Tropfen Zitrone darüber. Er hatte eine große Kanne Kaffe mitgebracht und goss sich eine Tasse ein. Die Kanne hochhaltend blickte er Heller fragend an, und als der nickte, schenkte er ihm auch ein.

„Nun sag mir, wie du mir auf die Schliche gekommen bist. Ich wusste immer, dass es irgendwann herauskommt, aber ich habe es nicht so bald vermutet."

Apathisch nippte Heller an seinem Kaffee. „Das erste mal wurde ich aufmerksam, als du bei der Diskussion im Gambrinus deinen unbändigen Hass auf die Kommunisten rausließt. Ich wusste ja, dass du deine Probleme mit diesen Leuten hattest, aber an diesem Tag sahst du aus als könntest du jedem, der dir widerspricht, an die Gurgel gehen. Ich wusste nicht, dass du es bereits getan hattest, aber du wurdest mir plötzlich unheimlich.

Und da war noch die Sache mit Anna. Immer schon war ich überzeugt, dass du ihre Flucht organisiert hast. Du hast sogar Renesse dazu gebracht, ihr dabei behilflich zu sein, das habe ich von den Leuten am Grenzübergang gehört. Markert habe ich davon nichts gesagt. Der wäre verrückt geworden. Sie hätte bestimmt keine hohe Strafe bekommen, wenn überhaupt auf Grund einer anonymen Anzeige gegen sie ermittelt worden wäre.

Was mich aber wunderte, war, dass du anscheinend gegen eine offensichtliche Ungesetzlichkeit nichts einzuwenden hattest. Jetzt verstehe ich allerdings, dass sie ja gegen die gleiche Art von Leuten vorgegangen war wie du. Nur nicht so unmenschlich wie du. Sie hatte sie lediglich um ihr Geld gebracht. Und ich beginne zu ahnen, dass du sie aus ganz anderen Gründen unterstützt hattest, als ich damals glaubte. Du selbst hattest schon lange vor, das Land zu verlassen, und du wolltest sie nicht alleine hier zurücklassen. Was ich nicht weiß ist, ob du von ihrem Erpressungsversuchen gewusst hast."

„Ich versichere dir, ich habe es nicht mal geahnt. Ich habe es erst an dem Tag erfahren, als du mir von der Anzeige erzähltest. Ich habe sie gefragt und sie hat es sofort zugegeben. Ich wusste nicht, wie weit sie gegangen war und wollte sie aber auf jeden Fall beschützen, weil ich sie verstand. Ich war sogar ein bisschen stolz auf sie."

Jo lächelte. „Dazu kam, dass ich eine Möglichkeit fand, sie von hier wegzubringen. Ich hatte ja, wie du vermutetest, die Absicht mich hier abzusetzen, wenn ich meine Mission erfüllt hatte. Renesse hatte ihr schon angeboten, ihr Studium in USA oder Kanada fortzusetzen, aber das hat sie meinetwegen abgelehnt."

Jo machte eine kleine Pause und goss sein Glas noch mal voll. „Ich habe sie geliebt wie ich meine Tochter liebte. Ich hätte alles getan, um sie nicht in meine Angelegenheiten hineinzuziehen. So musste ich keinen Grund erfinden, um sie zur Abreise zu bewegen."

„Hat Renesse eigentlich von dir und deinen Angelegenheiten gewusst?"

Jo schüttelte den Kopf. „Von Annas Unternehmungen wusste er nichts. Er hat sie als Freund, ohne zu fragen, hier weggebracht. Unterwegs hat ihm Anna alles erzählt. Von mir wusste er schon gar nichts. Ich denke aber, er hat sich manches zusammengereimt, da ich ihm von mir und meiner Tochter alles erzählt habe.. Vielleicht hat er es verstanden. Vielleicht auch nicht."

Heller kam auf eine andere Frage zurück, die Jo noch nicht beantwortet hatte. „Warum hast du diese Männer auf so grausame Weise getötet, und wie bist du an die Waffen gekommen?"

Jo wirkte ein bisschen verlegen. „Ich war schon immer sehr sensibel. Das weißt du . Ich kann nicht mal eine Spinne töten. Ich meine zertreten oder so. Ich habe es, wenn es mal nötig war, mit Insektenspray getan. So konnte ich ein Insekt von weitem vernichten. Ich weiß nicht ob du verstehst. Ich sprühte und wandte mich ab. So konnte ich mir einreden, dass nicht ich, sondern das Gift getötet hat. Ich musste das eklige Knirschen nicht hören. Ich wusste, dass ich die Männer töten muss, um meinen Frieden zu bekommen. Es wäre mir aber niemals möglich gewesen, zum Beispiel ein Messer in einen Körper zu stechen, oder eine Pistole an eine Stirn zu setzen und abzudrücken."

Hellers Blick schien Verachtung auszudrücken. „Du hast eine eigenartige Art, Vergleiche zu ziehen. Du kannst doch diese Männer, Menschen; nicht mit irgendeinem Ungeziefer gleichsetzen."

Jo wurde hart. „Sie waren Ungeziefer. Nichts anderes. Eine Schmeißfliege ist unschuldiger als diese Leute."

Heller konnte nicht weitersprechen. Solch einen Hass hatte er noch bei niemandem erlebt. Er merkte dass er Hunger bekam, und um sich abzulenken machte er sich einen Toast zurecht, legte ihn aber nach dem ersten Bissen wieder auf den Teller zurück.

Er wandte sich wieder Jo zu. „Du wolltest doch wissen, wie ich dahinter kam, dass du hinter den Morden steckst?"

Jo blickte ihn fragend an.

„An irgendeinem Punkt kamen wir einfach nicht weiter, und wir begannen von vorne. Ich nahm mir alle Alibis noch mal vor. Deines war ja perfekt. Sogar von Emilio dokumentiert. Und der Pizzabote hat es noch mal bestätigt.

Natürlich haben wir das alles überprüft, denn so lange wir keinen Täter hatten, waren alle verdächtig, auch du. Natürlich haben wir die Benutzung eines Handys in Betracht gezogen. Der Anruf musste ja nicht von zu Hause gekommen sein. Aber da war ja die Nachrichtensprecherin im Hintergrund. Auch den Boten hatten wir befragt. Er bestätigte, dass er kurz vor acht Uhr bei dir war. Er sagte uns, dass er öfter bei dir was ablieferte. Er kannte sich in deiner Wohnung aus. Manchmal hast du ihm was zu trinken angeboten. An jenem Tag hing ein Zettel an der Tür.

Ich bin im Bad. Die Tür ist offen. Ware bitte auf den Tisch legen. Danke!

Er ging also hinein, hörte die Dusche rauschen und grüßte laut, bekam aber keine Antwort. Er stellte die Lieferung auf den Küchentisch. Uns kam natürlich sofort der Gedanke mit dem alten Trick aus den Fernsehkrimis. Mit laufender Dusche oder mittels Tonbandgerät Anwesenheit vorzutäuschen. Aber der Mann hat uns sofort enttäuscht. Als er die Wohnung verlassen wollte, kamst du mit nassen Haaren und im Bademantel aus der Dusche und hast ein paar Worte mit ihm gewechselt. Auch Renesse überraschte dich

175

scheinbar im Bademantel. Du hattest ein perfektes Alibi. Bis gestern."

„Jetzt bin ich aber gespannt", lächelte Jo, und Heller fuhr fort.

„Irgendwie war mir inzwischen klar, dass dir die Taten zuzutrauen waren, was ich anfangs konsequent ablehnte. Ich habe es dir ja erzählt. Da ich aber nicht weiter wusste, habe ich mir nochmals die Aufzeichnung deiner Bestellung angehört. Ich habe mir extra deshalb einen Anrufbeantworter gekauft. Dass ich ins Fernsehstudio gefahren bin, war im Grunde ein hilfloser Versuch, von dem ich mir wenig erhoffte. Ich bat, mir die halb-acht-Uhr Nachrichten von diesem Tag noch mal ansehen zu dürfen. Da hatte ich dich. An diesem Tag hatte ein Mann die Nachrichten gesprochen. Bei der Bestellannahme auf Emilios Band sprach eine Frau.

Es war also die Aufnahme von einem anderen Tag. Bei Beginn des Gesprächs hast du ja leiser gedreht, sodass vom Inhalt der Nachrichten nichts zu verstehen war. Du hattest deine Pizza vom Tatort aus bestellt, einen Recorder ans Handy gehalten und deinen Text gesprochen. Unklar ist mir nur, wie du so schnell nach Hause kommen konntest. Hat da vielleicht doch Renesse und sein Wagen damit zu tun?"

Jo nickte anerkennend. „Gar nicht so dumm. Hab ich also doch einen Fehler gemacht. Ich war so stolz auf meine Perfektion. Aber zu deiner Frage. Renesse hatte zu keiner Zeit etwas mit der Sache zu tun. Ich hatte schon am Vorabend ein Fahrrad im Unterholz hinter Langendörfers Villa versteckt. Über den Feldweg ist der Garten meines Hauses schnell erreicht. Ich sah aus Neundorf einen Wagen mit kanadischer Zulassungsnummer fahren, habe aber erst später erfahren, dass es Renesses Fahrer war. Es kam mir ganz gelegen, dass ihr ihn kurzzeitig in starkem Verdacht hattet. Ich wusste ja, es kann ihm nichts passieren. Aber weiter. Ich kann mein Haus auch über die Terrasse betreten, und während der Pizzamann in die Küche ging, die Dusche lief die ganze Zeit, habe ich schnell Hose Strümpfe und Schuhe ausgezogen, den Bademantel übergestreift und den Kopf unter die Dusche gehalten. Ich erwischte den Boten noch kurz bevor er das Haus verlassen wollte. Gleich darauf klingelte Marten, und er hat dir ja erzählt, dass er mich noch im Bademantel antraf. Ich hatte also zwei sichere Zeugen. Übrigens, mit dem gleichen Fahrrad bin ich auch zum Schießplatz gefahren. Ich war ganz schön nervös mit den Knalldingern auf dem Gepäckträger."

„Und die Waffe bei Langendörfer hast du bewusst zurückgelassen, weil du wusstest, dass sie neu war. Du hast mir übrigens noch nicht erzählt, wo du die ganzen Kriegsgeräte her hattest."

Jo legte nachdenklich die Hand ins Genick und strich über seinen Hinterkopf. „Es hat sich alles so ergeben. Die MP, die Minen und die Handgranaten waren in Basils Kiste. Vielleicht wollte er sie zu Geld machen , oder wer weiß was er damit vorhatte. Ohne diese Kiste, wäre meine Vergeltung wesentlich schwieriger geworden. Es war ein Geschenk des Himmels."

„Lass den Himmel aus dem Spiel!", lachte Heller höhnisch. „Wenn es den gibt, war es eher ein Geschenk des Teufels. Aber um Himmels Willen, um bei deinem Beispiel zu bleiben, warum hast du die Dinger, ich meine die Minen und Granaten nicht einzeln benutzt? Warum so grausam als geballte Ladung?"

Jo sah wirklich unschuldig aus als er die Antwort gab. „Es war nicht grausam gemeint. Ich habe keine Ahnung von der Wirkung solcher Dinge, und ich wollte nicht, dass es nur Verletzungen gab. Sie sollten nicht ein Leben lang leiden. Ich wollte dass sie tot sind. Tot wie meine Tochter." Sein Gesicht bekam einen harten Ausdruck.

„Irgendwie ist es aber eine Ironie des Schicksal, dass du ausgerechnet den h.c. Lauritz, den du doch wohl am meisten gehasst haben musst, nicht erwischt hast. Deine Behauptung, er würde noch sterben, heute sterben, ist unglaubwürdig. Wie willst du das anstellen?"

Jo zog eine Ausgabe der *Wahrheit* aus der Brusttasche und breitete sie vor Heller aus.

„Du irrst."

In den bekannten großen Lettern las er auf der Titelseite

PROMI IM TSCHECHISCHEN BORDELL AUF UNGEKLÄRTE WEISE UMS LEBEN GEKOMMEN!

Der in der Stadt bekannte Dr.Rudolf h.c.Lauritz fiel gestern beim Verlassen eines Bordells an der Grenze zu Tschechien tot um. Die näheren Umstände sowie die Todesursache sind noch ungeklärt. Dr.L. war Stammgast in diesem Haus. Vorgestern noch war er von der Polizei festgenommen worden unter dem Verdacht der Täterschaft oder Mittäterschaft an den letzten drei grausigen Mordfällen bekannter Persönlichkeiten unserer Stadt. Die Staatsanwaltschaft musste ihn jedoch noch am gleichen Abend auf freien Fuß setzen, da der Verdacht nicht genügend begründet schien.

L. War zu Zeiten der DDR Mitglied der Medizischen Akademie und hat danach die Leitung eines Krankenhauses übernommen. Nach der Wende musste er wegen angeblicher Stasi-Mitarbeit seinen Posten räumen. Der Staatsanwalt lehnte uns gegenüber eine Stellungnahme zu diesen Vorwürfen ab.

Eigenartigerweise ist der Hauptkommissar H., der in den Mordfällen ermittelte, seit gestern spurlos verschwunden. Fest steht, dass er einen konkreten Täterverdacht hatte, dem er nachgehen wollte. Die letzte Nacht hat er nachweisbar nicht in seiner Wohnung verbracht.

Ist KHK H. Ein weiteres Opfer des unheimlichen Killers geworden? Lesen Sie weiter auf Seite vier.

Mit ungläubigem Kopfschütteln fragte Heller: „Wie hast du das geschafft?"

„In Basils Kiste war, neben den KO-Tropfen, die du gestern verkostet hast, ein weißes Pulver. Mit meinen knappen Sprachkenntnissen und mit Hilfe meines Wörterbuches, habe ich mit viel Mühe herausgefunden, dass dies ein Gemisch war aus vielen verschiedenen Substanzen, das absolut tödlich ist.

Was du bei deinen fleißigen Recherchen wahrscheinlich nicht herausgefunden hast, ist die Tatsache, dass die Frau, die mir ab und zu den Haushalt richtet, das Gleiche bei Lauritz tut,...tat. Sie besorgte unter anderem die Medikamente für Lauritz, der an Bluthochdruck litt. Da die Apotheke in der Nähe meines Hauses ist, du kennst sie, die Löwen Apotheke, tat sie das immer bevor sie zu mir kam. Während sie bei mir sauber machte, habe ich einige der Gelatinekapseln geleert und mit meinem Pulver gefüllt. Das war vor drei Tagen. Sie ist ein bisschen schwatzhaft und hat mir erzählt, dass sie die Pillen noch am gleichen Tag zu Lauritz bringen müsse, da sein Vorrat fast aufgebraucht sei. Da ihr ihn nach seiner Festnahme gleich wieder laufen lassen musstet, hab ich auf die Nachricht von seinem Tod gewartet. Und jetzt weiß ich nicht mal, ob er an meinem Pulver gestorben ist, oder ob der alte Bock sich nur übernommen hat. Vielleicht hat er nur einen Herzanfall gehabt. Das würde meine Freude trüben:"

„Du bist wirklich ein Sadist, Jo. Du bist zynischer als es unsere Frau Doktor von mir behauptet. Frau Doktor Leibold wird bei der Obduktion die Todesursache schon rausfinden. Dann kannst du es in der Zeitung lesen, falls du mir tatsächlich davon kommst. Ich werde es verhindern, wenn ich kann. "

Heller wechselte das Thema. „Warum hast du das Theater mit der Verkleidung bei Langendörfer gemacht? Siehst du zu viele Krimis im

Fernsehen? Dann hast du die Klamotten auch noch offensichtlich so versteckt, dass wir sie finden mussten. Hast du nicht befürchtet, dass wir die Herkunft ermitteln?"

Jo nahm sich Zeit mit der Antwort und goss sich sein Weinglas noch mal nach.

„Abgesehen davon, dass es Spaß gemacht hat, konnte ich mir nicht erlauben, auf dem Weg gesehen zu werden. Außerdem ist Faschingszeit, und selbst wenn einer die Verkleidung gemerkt hätte, wäre es nicht schlimm gewesen. Durch mein auffälliges Äußeres konntet ihr genau verfolgen, wo ich ein- und ausgestiegen bin. Damit habe ich eine falsche Fährte gelegt, und ihr seid ja auch darauf hereingefallen. Umgezogen habe ich mich erst in der Toilette der Bushaltestelle. Die einzelnen Stücke habe ich alle im Laufe der Jahre überall, während meiner Reisen, eingekauft. Kein Stück war ein Unikat und kein Stück stammte aus dieser Stadt. Ich habe mir überhaupt mit allem große Mühe gemacht. Den Schlüssel für das Fabriktor habe ich dem Marten aus dem Mantel genommen und in Tschechien kopieren lassen. Der Sohn meiner Putzfrau hat mich da hingefahren."

Heller holte sich eine weitere Flasche Bier und goss sich Cognac nach. Als er antworten wollte, ertönte der Gong an der Haustür. Bevor Jo aus dem Raum ging, klebte er Heller ein Pflaster über den Mund. „Tut mir leid Heller, das muss sein. Es ist zwar unwahrscheinlich, dass man dich oben hört wenn du brüllst, aber vielleicht doch, falls jemand ins Haus will."

Damit ging er hinaus, nicht ohne zuvor die Kellertür sorgfältig verschlossen zu haben. Es dauerte eine ganze Weile ehe er zurückkam. Er lächelte.

„Was war los?", fragte Heller, nachdem Jo das Pflaster wieder gelöst hatte.

„Deine Kollegen machen sich Sorgen um dich. Eine junger Polizist, ein gewisser Johannsen, war da und fragte mich, ob du hier bist, oder ob ich dich gesehen habe. Wir haben ein bisschen geplaudert und ich habe bedauern müssen. Ich habe gestern das letzte Mal von dir gehört." Jo hob bedauernd die Schultern.

„Wie geht es jetzt weiter?"

„Du wirst eine Weile hier bleiben müssen. Verdursten wirst du nicht. Du musst auch keine Alkoholiker werden, es gibt alkoholfreie Getränke in großer Auswahl. Genügend zu essen stelle ich dir in den Kühlschrank, auch

Tiefgefrorenes. Dort drüben steht eine Mikrowelle. Du wirst einige Delikatessen finden.

Ich verziehe mich derweil ins Ausland. Bevor ich fliege, schicke ich an Markert per Post eine Nachricht, wo er dich finden kann und schreibe ihm den Code auf, wie er die elektronische Sperre knacken kann. Ich stelle hier die Entlüftung an und schraube die Temperatur auf ein angenehmes Klima, damit du nachts nicht erfrierst. Die Tür zum Weinkeller, sie ist gut gedichtet, verschließe ich. Der Rotwein braucht seine konstante Temperatur. Deine Kette ist lang genug, dass du in den Kühlraum kommst. Du siehst ich habe an alles gedacht.

Die ganze Sache wird dir natürlich dein Image versauen, wenn herauskommt, wie ich dich hereingelegt habe. Das war nicht zu vermeiden. Als Trost habe ich dir, rechtskräftig vor einem Notar, mein Haus vermacht mit dem gesamten Inventar und allem was du hier siehst. Vielleicht findest du ja doch noch Geschmack an meinem Roten. Wenn nicht, kannst du ihn gut verkaufen."

Heller guckte als wolle Jo ihn veralbern. „Bist du noch bei Trost? Man wird mir das als Korruption vorwerfen. Man wird das als Bestechung und Annahme von Begünstigung vorwerfen, mit dem Verdacht, dass ich dich laufen ließ. Man wird mich aus dem Dienst entlassen."

„Das habe ich alles in einem Brief geklärt, der versiegelt bei meinem Anwalt liegt. Außerdem hast du das Tonband, das immer einschaltet, wenn einer von uns beiden spricht. Und was heißt *aus dem Dienst entlassen*? Hast du nicht schon lange auf deine Pension gewartet? Man wird dir nichts Unrechtes nachweisen können, und was dein Hoffmann denkt oder ein anderer, kann dich doch nicht jucken."

Jo ging in eine Ecke und schaltete das Tonband ab. Dann legte er Heller einen Pappkarton mit dicken Tausendmark-Bündeln auf den Tisch.

„Steck das ein! Ein Haus zu unterhalten kostet Geld. Das Tonband läuft nicht mehr, und niemand wird das erfahren."

Heller ließ das Geld auf dem Tisch liegen.

„Du glaubst das doch nicht im Ernst, dass du hier weg kommst, und wenn doch, wir haben dich bald am Kragen."

„Du irrst schon wieder. Es gibt genügen wunderschöne Länder, die nicht an die Bundesrepublik ausliefern. Außerdem: Ihr werdet mich nicht finden. An meinem Plan habe ich jahrelang gearbeitet und mir genügend

Möglichkeiten geschaffen. Ich habe fünf echte Pässe auf fünf verschiedene Namen. Du weißt, dass ich oft monatelang unterwegs war. Ich habe euch immer über meine Reiseziele informiert und euch nie die Wahrheit gesagt. Ich bin immer nur an drei Orte gefahren. An diesen Orten kennt man mich als harmlosen, netten Nachbarn mit großem Vermögen, der sich in der Welt herumtreibt und selten zu Hause ist. Ich bin dort unter verschiedenen Namen ordentlich gemeldet. Es wird also niemand misstrauisch werden, wenn plötzlich ein Fremder auftaucht. Man wird sich im Gegenteil freuen, mich jetzt ständig dort zu sehen. *Hat er jetzt endlich die Nase voll vom Vagabundieren?*, wird man sich fragen. Man wird mich zu Parties einladen und ich werde Parties geben."

„Wir werden deinen Weg verfolgen. Ich verspreche es dir."

„Wie willst du das? Ich werde erst mal kreuz und quer fliegen, mit immer anderen Namen. Mal mit Brille, mal ohne, mal in Nobelklamotten, mal Geschäftsreisender, mal als Urlauber mit Rucksack. Ich werde manchmal einen Schnurrbart tragen, mal grüne, mal blaue Augen haben. Ich besitze viele Sätze Kontaktlinsen in allen Farben und habe mich dran gewöhnt, sie zu tragen.

Fotos von mir existieren nicht, jedenfalls keine aus den letzten zehn Jahren, da habe ich aufgepasst. Was eure Phantombilder wert sind weißt du selbst am besten. Außerdem kann man Haare färben oder abrasieren, vielleicht spreche ich englisch und verstehe kein Wort deutsch."

Jo verließ den Raum und kam eine Weile später wieder mit einem Karton unter dem Arm. Er packte den Inhalt in den Kühlschrank und sah Heller an.

„Hier ist alles, was du brauchst, Kräftiges und Delikatessen, ganz wie dir zumute ist. Dort steht das Campingbett, wo du deine KO-Drogen ausgeschlafen hast. Ganz bequem glaube ich. Mach dir zwei, drei schöne Tage. Der Fernseher und die Stereoanlage funktionieren, allerdings nur mit Kopfhörer."

Jo ging zur Tür und winkte Heller lächelnd zu, als der ihn noch mal ansprach.

„Jo!", er machte eine lange Pause. „Weißt du ich habe Verständnis für deinen Groll auf die alten Funktionäre. Ich verstehe auch, dass du wütend bist auf die Leute, die schon wieder mit denen zusammenarbeiten, und die unverschämte Macht-und Geldgier dieser Leute in unserem neuen Land. Aber niemand hat das Recht, die Vergeltung in die eigene Hand zu nehmen. Auch heute ist nicht alles gerecht und es passiert viel Schlimmes.

Wie willst du also jetzt weitermachen. Bist du jetzt Robin Hood? Willst du auch jetzt jeden bestrafen, der seine Macht zum eigenen Vorteil ausnutzt? Willst du jedem Arbeitslosen, der sich ungerecht behandelt fühlt, das Recht zugestehen zu bestrafen? Wie auch immer?"

„Und du, Heller, willst du einen Arbeitslosen gleichstellen mit einem Opfer der DDR-Willkür? Frag mal einen, der zehn, fünfzehn Jahre in Bautzen gesessen hat, frag mal einen, dessen Karriere zerstört wurde weil er den Mut hatte, eine eigene Meinung zu haben, frag mal einen Vater, eine Mutter deren Kind in den Tod getrieben wurde. Frag mal einen von denen, ob er nicht lieber arbeitslos gewesen wäre. Dein Vergleich hinkt, Heller. Im Übrigen habe ich dir schon mal gesagt, dass mein Hass nicht für alle ausreicht, und das habe ich auch Renesse schon mal gesagt. Ich kann nicht jeden hassen, der es verdienen würde."

Er legte die Hand auf den Türgriff und wollte hinausgehen.

„Jo!"

„Ja?"

„Du bist ein Psychopath. Du solltest zu einem Arzt gehen."

Jo schaute Heller lange an. „Ich war ein Psychopath. Die ganzen Jahre. Mein Hass hat mich aufgefressen, und es war schwer, freundlich und gelassen zu erscheinen. Seit heute bin ich gesund. Es gibt niemanden mehr den ich hassen muss. Ich hasse auch dich nicht, Heller. Du hast deine Arbeit gemacht."

„Ich werde meine Arbeit weiter machen, Jo. Ich werde dein Geld nehmen. Ich werde dein Haus verkaufen und das Geld nutzen, dich zu finden."

„Warum Jo?"

„Weil es Mord war. Gemeiner Mord."

„Leb wohl!"

Jo ging zur Tür hinaus. Das elektronische Sicherheitsschloss verriegelte sie.

- E N D E -

...weil es Mord war !

In einer kleinen Stadt geschehen schrecklich brutale Morde. Die Kommissare Heller und Markert ermitteln einen Zusammenhang zwischen den Beziehungen der Opfer zueinander.

Am Stammtisch einer Kneipe treffen sich regelmäßig einige Einwohner der Stadt. Haben die etwas mit den Morden zu tun? Oder der geheimnisvolle Marten Dirk van Renesse van Duivenbode, ein Kanadier, der hier investieren will.

Oder sind es alte und neue Seilschaften aus der Wendezeit? Wurden öffentliche Gelder veruntreut.

Marlene
MODEN

Wenn Kleidung mehr für
Sie ist als Verhüllung,
Wenn Mode mehr ist als
ein Trend,
dann passen wir
zusammen

Rosenhof 11   **Telefon:0371/2803023**
09111 Chemnitz   **E-Mail:BiLei@comundo.de**